Das falsche Urteil

Håkan Nesser

Das falsche Urteil

Roman

Aus dem Schwedischen
von Gabriele Haefs

WELTBILD

Die schwedische Originalausgabe erschien 1995 unter dem Titel
Återkomsten
bei Albert Bonniers Förlag, Stockholm

Besuchen Sie uns im Internet:
www.weltbild.de

Genehmigte Lizenzausgabe für
Verlagsgruppe Weltbild GmbH,
Steinerne Furt, 86167 Augsburg

Übersetzung: Gabriele Haefs
Umschlaggestaltung: Thomas Jarzina, Köln
Umschlagmotiv: Mauritius, Mittenwald
Gesamtherstellung: GGP Media GmbH,
Karl-Marx-Straße 24, 07381 Pößneck
Printed in Germany
ISBN 3-8289-7212-8

2006 2005 2004 2003
Die letzte Jahreszahl gibt
die aktuelle Lizenzausgabe an.

Wenn Sie mich fragen, wie lang das Leben ist,
dann sage ich Ihnen die Wahrheit:
Es ist gerade so lang wie die Entfernung
zwischen zwei Jahreszahlen auf einem Grabstein.

W. F. MAHLER

I

24. August 1993

Lothar Sedlatschek

1

Es war der erste und letzte Tag.

Die Stahltür fiel hinter seinem Rücken ins Schloss und das metallische Klicken hing noch einen Moment in der kühlen Morgenluft. Er machte vier Schritte, blieb stehen und stellte seine Tasche hin. Kniff die Augen zusammen und riss sie dann wieder auf.

Ein leichter Morgennebel hing über dem einsamen Parkplatz, die Sonne ging über der Stadt gerade auf, und das einzige Lebenszeichen stammte von den Vögeln über den Feldern, die den Ort umgaben. Der Duft eines frisch gemähten Kornfeldes stahl sich in seine Nasenlöcher. Das Licht blendete ihn und zitterte über dem Asphalt. Aus der Ferne, einige Kilometer weiter, konnte er das sture Summen der Autos auf der Schnellstraße hören, die die offene Landschaft durchschnitt. Die plötzliche Erkenntnis der wahren Dimensionen der Welt sorgte dafür, dass ihm für einen Moment schwindlig wurde. Er hatte seit zwölf Jahren diese Mauern nicht verlassen, seine Zelle hatte zweieinhalb mal drei Meter gemessen, und er wusste, dass dieser Ort vom Bahnhof weit entfernt lag. Ungeheuer weit, vielleicht eine unüberbrückbare Entfernung für einen solchen Tag.

Sie hatten ihm ein Taxi angeboten, das stand allen zu, aber er hatte abgelehnt. Wollte auf dem Rückweg in die Welt nicht mit Abkürzungen anfangen. Wollte an diesem Morgen bei jedem Schritt Bedeutung und Schmerz und Freiheit spüren. Wenn er sein Vorhaben überhaupt durchführen wollte, dann galt es sehr viel zu überwinden, das war ihm klar. Zu überwinden und zu meistern.

Er hob seine Tasche hoch und ging los. Die Tasche wog nicht viel. Sie enthielt ein wenig Unterwäsche. Ein paar Schuhe, ein Hemd, eine Hose und ein Nageletui. Vier oder fünf Bücher und einen Brief. Die Kleidung, die er jetzt trug, hatte er am Vortag in der Kleiderkammer anprobiert, danach hatte er ihren Empfang quittiert. Es war die typische Anstaltsgarderobe. Schwarze Kunstlederschuhe. Blaue Hose. Blassgraues Flanellhemd und eine dünne Windjacke. Für die Leute in der Stadt würde er so leicht zu identifizieren sein wie ein katholischer Priester oder ein Schornsteinfeger. Einer der Leute, die mit der braunen Reisetasche aus Pappe zum Bahnhof wanderten und wegfahren wollten. Die ihre Zeit in der Großen Grauen zwischen Stadtwald und Schnellstraße abgesessen hatten. Die ganz in der Nähe wohnten und doch endlos weit fort zu sein schienen. Einer von den anderen. Die leicht Erkennbaren.

Die Große Graue. So hieß das Haus im Volksmund; für ihn selber war es eher namenlos, war nur ein Stück Zeit, aber fast kein Raum. Und die Blicke der Menschen berührten ihn schon längst nicht mehr: schon längst war er gezwungen worden, ihre oberflächliche und sinnlose Gesellschaft zu verlassen. Das hatte er ohne Zögern getan, unter Zwang, weil ihm nichts anderes übrig geblieben war, und er hatte sich niemals zurückgesehnt. Niemals.

Und die Frage war da noch, ob er jemals dazugehört hatte.

Die Sonne stieg höher. Nach einigen hundert Metern musste er abermals eine Pause einlegen. Er streifte die Jacke ab und legte sie sich über die Schulter. Zwei Autos kamen an ihm vorbei. Wärter, vermutlich, oder andere Beamte. Anstaltsleute jedenfalls. Hier in dieser Gegend gab es sonst doch nichts. Nur die Große Graue.

Er setzte sich wieder in Bewegung. Wollte vor sich hinpfeifen, kam aber auf keine Melodie. Das Morgenlicht war einfach zu stark. Er überlegte sich, dass eine dunkle Sonnenbrille eine Hilfe sein könnte, vielleicht könnte er sich in der Stadt eine kaufen. Er legte sich die Hand an die Stirn, kniff die Augen zusammen und betrachtete die Silhouetten im scharfen Licht. In diesem Moment fingen irgendwelche Kirchenglocken zu läuten an.

Er schaute auf seine Armbanduhr. Acht. Den ersten Zug würde er nicht mehr erreichen. Das wollte er aber auch eigentlich gar nicht, lieber wollte er ein paar Stunden bei einem ordentlichen Frühstück und einer aktuellen Tageszeitung im Bahnhofscafé sitzen. Er hatte es nicht eilig. An diesem ersten Tag jedenfalls nicht. Natürlich wollte er seinen Plan durchführen, aber der Zeitpunkt hing von Umständen ab, über die er noch keinerlei Überblick hatte.

Am nächsten Tag, vielleicht. Oder am übernächsten. Wenn diese vielen Jahre ihm etwas, überhaupt irgendetwas beigebracht hatten, dann sicher dieses: Geduld zu haben.

Geduld.

Zielbewusst betrat er den Ort. Nahm die menschenleeren sonnenbeschienenen Straßen in Besitz. Die schattigen Gassen, die zum Marktplatz führten. Das abgenutzte Kopfsteinpflaster. Wanderte langsam am braunen, morastigen Fluss entlang, auf dem träge Enten in zeitloser Leichtigkeit umherschwammen. Das allein, einfach zu gehen, ohne an einer Mauer oder einem Gitter zu enden, war schon seltsam. Er blieb auf einer Brücke stehen und betrachtete eine Schwanenfamilie, die auf einem Inselchen im Schatten der am Ufer wachsenden Kastanienbäume Rast machte. Betrachtete auch diese gewaltigen Bäume, deren Zweige ebenso nach oben zu streben schienen wie nach unten. Zum Wasser wie zum Licht.

Die Welt, dachte er. Das Leben.

Ein pickliger Jüngling stempelte mit sichtlichem Widerwillen seine Fahrkarte. Einfache Fahrt, ja, das war doch klar. Er schaute den Knaben kurz an und ging dann weiter zum Kiosk. Kaufte zwei Tageszeitungen und eine Zeitschrift mit großen nackten Brüsten, was ihm aber gar nicht peinlich war. Dann eine Kanne Kaffee im Café, frische Brötchen mit Käse und Marmelade. Ein oder zwei Zigaretten. Der Zug ging in einer Stunde, und es war noch immer Morgen.

Der erste Morgen seiner zweiten Rückkehr und die ganze Welt war voller Zeit. Voller Unschuld und Zeit.

Stunden später näherte er sich seinem Ziel. Einige Dutzend Kilometer saß er nun schon allein im Abteil. Schaute aus dem zerkratzten und verdreckten Fenster, sah Felder, Wälder, Orte und Menschen an sich vorbeiziehen, und plötzlich wurde alles deutlich. Zeigte seinen eigenen, ganz besonderen Inhalt. Häuser, Straßen, der innere Zusammenhang der Landschaft. Der alte Wasserturm. Der Fußballplatz. Die Fabrikschlote und die Villengärten. Gahns Möbelfabriken. Der Marktplatz. Das Gymnasium. Die Straßenüberführung und die Häuser in der Einkaufsstraße. Und dann fuhr der Zug langsamer.

Der Bahnsteig war mit einem neuen Dach aus blassgelbem Kunststoff versehen worden, das registrierte er gleich beim Aussteigen. Die Bahnhofsfassade war renoviert. Und es gab neue Schilder.

Ansonsten sah alles aus wie früher.

Er nahm ein Taxi. Verließ den Ort. Fünfzehn Minuten übellaunige Fahrt in Richtung See, der manchmal verschwand und manchmal zwischen Äckern und Laubbäumen glitzerte, dann war er da.

»Halten Sie bei der Kirche. Ich gehe den letzten Rest zu Fuß.«

Er bezahlte und stieg aus. Die Art, wie der Fahrer ihm

zum Abschied winkte, kam ihm bekannt vor. Er wartete, bis das Auto gedreht und hinter der Molkerei verschwunden war. Dann packte er seine Tasche und die Plastiktüte mit den Waren, die er für die nächsten Tage brauchte, und machte sich an die letzte Etappe.

Die Sonne stand jetzt hoch am Himmel. Bald strömte ihm der Schweiß über das Gesicht und die Schulterblätter. Es war weiter als in seiner Erinnerung, außerdem ging es steiler bergauf.

Aber er war schließlich seit zwölf Jahren nicht mehr hier gewesen.

Auch das Haus war zwölf Jahre älter, aber immerhin stand es noch. Sie hatte wie versprochen den Weg zur Vortreppe freigelegt, aber das war auch alles. Die Grenze zwischen Garten und Wald schien verwischt zu sein, kleine Birken waren schon weit vorgerückt, Gras und Schlingpflanzen und Gestrüpp wuchsen an den Wänden meterhoch. Das Dach des Schuppens war eingesunken, die Dachziegel sahen angegriffen aus, ein Fenster im Obergeschoss war zerbrochen, aber das interessierte ihn nicht weiter. Sofern er sich überhaupt etwas vorgestellt hatte, sah alles ungefähr so aus wie erwartet.

Der Schlüssel hing am abgemachten Ort unter der Regenrinne. Er schloss auf. Stemmte die Schulter gegen die Tür und drückte zu, damit sie sich öffnete. Sie hatte sich offenbar ein wenig verkeilt.

Es roch muffig, aber nicht übermäßig. Nichts war verfault, und Ratten gab es offenbar auch nicht. Auf dem Küchentisch lag ein Zettel.

Sie wünsche ihm alles Gute, stand dort. Mehr nicht.

Er stellte Tasche und Tüte aufs Sofa unter der Uhr und schaute sich um. Lief umher und öffnete die Fenster. Im Schlafzimmer blieb er vor dem Spiegel stehen und betrachtete sich.

Ihm fiel auf, dass er alt geworden war. Sein Gesicht war grau und eingefallen. Die Wangen dünner und verkniffener. Die Haut am Hals hing schlaff und faltig herab. Seine Schultern waren krumm und sahen auf irgendeine Weise bedrückt aus.

Siebenundfünfzig Jahre, dachte er. Vierundzwanzig hinter Gittern. Kein Wunder.

Er drehte sich um und suchte nach einer Waffe. Eine Waffe brauchte er ja auf jeden Fall, und je schneller er die Sache erledigte, desto besser. Falls ihn nicht wieder Zweifel überkommen sollten.

Gegen Abend saß er mit dem Brief in der Küche. Las ihn noch einmal, bei einer Tasse Kaffee, die auf dem geblümten Wachstuch stand.

Lang war der Brief nicht. Knappe anderthalb Seiten. Er schloss die Augen und versuchte ihr Bild vor sich zu sehen.

Ihre schwarzen, vom Tode gezeichneten Augen auf der anderen Seite des Gitters. Ihre verkrampften Hände.

Und ihre Mitteilung.

Nein, es konnte keinen Zweifel geben.

II

20. April – 5. Mai 1994

2

Es war einer von diesen Ausflügen.

Natürlich hätten vier Erwachsene dabei sein müssen. Oder zumindest drei. Das war auch so geplant gewesen, aber eine halbe Stunde vor Aufbruch hatte Henriette angerufen und wegen einer ihrer vagen Unpässlichkeiten abgesagt. Gleich darauf war ihnen aufgegangen, dass Hertl zur Unterstützung der Krankenschwester zurückbleiben musste. Die wurde nämlich an diesem Nachmittag erwartet und sollte die Zweijährigen impfen.

Also blieben noch Elisabeth und Moira. Dass Moira früher oder später von Migräne gequält werden würde, war ohnehin selbstverständlich. Weshalb sie eigentlich für die ganze Bande allein verantwortlich war. Aber egal, es war ja nicht das erste Mal.

Vierzehn Kinder. Im Alter zwischen drei und sechs. Eunice, 6, eröffnete das Fest damit, dass sie schon nach vierhundert Metern im Bus loskotzte. Paul, 3, pisste sich derweil die Stiefel voll. Ellen und Judith, 4 und 5, versuchten einander im Streit um ein grünes Halstuch mit rosa Kaninchen die Augen auszukratzen. Emile, 3½, schrie so laut nach seiner Mama, dass der ganze Bus dröhnte, und Christophe, 6, hatte Zahnschmerzen.

Immerhin erreichten sie lebend die Haltestelle auf der Lichtung im Wald. Rasch zählte sie ihre Lieben durch. Es stimmte. Vierzehn Stück, mit Moira fünfzehn. Sie holte tief

Atem. Drei Stunden mit Waldspaziergängen, Würstchengrillen, Schatzsuche und allerlei botanischen Untersuchungen lagen vor ihnen. Durch die Baumkronen konnte sie den dunkel werdenden Himmel ahnen und sie fragte sich, wie bald wohl der Regen über sie hereinbrechen würde. Das sollte knapp fünfunddreißig Minuten dauern, wie sich herausstellte, und inzwischen waren sie schon ziemlich tief in den Wald hineingegangen. Moira spürte den Druck auf der Stirn und lief fünfzig Meter vor den anderen her, um den Druck nicht schlimmer werden zu lassen. Erich und Wally pöbelten Eunice an, weshalb dieses dicke Kind nicht mehr bei den anderen sein wollte, sie lief allein und maulend zwischen den Bäumen, statt auf dem Weg zu bleiben, aber Elisabeth rief sie ab und zu und blieb auf diese Weise mit ihr in Kontakt. Einer der Jömpers-Zwillinge war gestolpert, mit dem Kopf gegen eine Wurzel geschlagen und musste deshalb getragen werden. Sein Bruder hüpfte hinter ihr her und zog mit verdreckten Fingern an ihrem Gürtel.

»Jetzt regnet's«, schrie Bartje, 4.

»Ich will nach Hause«, rief Heinrich, 5.

»Pissgören«, erklärten Erich und Wally. »Geht nach Hause und fickt eure Mutter.«

»Fickt«, piepste ein anonymer Dreijähriger.

»Haltet die Fresse, Wally und Erich«, fauchte Elisabeth. »Sonst schneid ich euch die Ohren ab!«

Moira stand vor der Wanderhütte, in der sie zu Mittag essen wollten.

»Was für ein Glück«, flüsterte sie, als die anderen sie eingeholt hatten. Sie musste flüstern, um ihre Migräne in Schach zu halten. »Jetzt los, damit wir ins Trockene kommen!«

Noch ehe Wally an der Tür angelangt war, wusste Elisabeth, dass diese abgeschlossen war, und dass der Schlüssel in Hertls Handtasche im Personalzimmer des Kindergartens steckte.

»Die Scheißtür ist zu!«, schrie Wally. »Lass den Schlüssel rüberwachsen!«

Moira blickte sie verständnislos an. Elisabeth seufzte. Kniff die Augen zusammen und zählte bis drei. Der Regen strömte auf sie hernieder und sie spürte, wie ihre Absätze langsam im triefnassen Gras versanken.

»Ich friere«, jammerte der eine Jümperszwilling auf ihrem Arm.

»Ich hab Hunger«, erklärte der andere.

»Habt ihr den Schlüssel vergessen, ihr Blödis?«, schrie Erich und schmiss einen Lehmklumpen an die Hüttenwand.

Elisabeth dachte noch drei weitere Sekunden nach. Dann packte sie ihren am Kopf verwundeten Patienten in Moiras Arme, lief auf die Rückseite des Hauses und schlug ein Fenster ein.

Einige Zeit später hatte der Regen aufgehört. Aller Proviant war verzehrt, sie hatte achtzehn Märchen vorgelesen, die sie schon achtzehnhundertmal vorgetragen hatte, einige Fünf- und Sechsjährige hatten die Umgebung erforscht und sich dermaßen versaut, dass sie bezweifelte, ob der Busfahrer sie wieder mitnehmen würde. Moira hatte eine Weile in einer Kammer im Obergeschoss geschlafen, fühlte sich ein wenig weniger elend, aber eben nur ein wenig. Gerard, ein drei Jahre alter Allergiker, hatte große roten Flecken im Gesicht und in der Armbeuge, da ein bisher nicht identifizierter Übeltäter ihm heimlich ein Nussbonbon zugespielt hatte. Zwei Kinder von drei und vier Jahren hatten sich in die Hosen gepisst.

Ansonsten hatte sie alles unter Kontrolle. Sie beschloss, alle auf die Treppe zu rufen und zum Aufbruch zu blasen.

Dreizehn. Es waren nur dreizehn. Und mit Moira vierzehn.

»Wer fehlt denn noch?«, fragte sie.

Wie sich dann herausstellte, fehlte Eunice.

Eine erste vorläufige Umfrage brachte die Information, dass Eunice vor zwanzig bis fünfunddreißig Minuten zuletzt gesehen worden war, die Sache mit der Zeitrechnung nahm kein Kind so genau, und die Ursache des Verschwindens war auch nicht ganz klar – möglicherweise hatten Wally oder Erich oder auch beide ihr mit einem Brett auf den Rücken geschlagen, vielleicht hatte Marissa sie auch als »Affennutte« bezeichnet. Oder sie hatte Bauchweh gehabt.

Vermutlich lag es an einer Kombination von allem.

Nachdem alle einige Minuten lang gerufen und geschrien hatten, beschloss Elisabeth, die Gegend durchzukämmen.

Moira musste sich im Haus um die Drei- und Vierjährigen kümmern, Elisabeth selber ging mit den etwas Älteren in den Wald.

Älter, dachte sie. Fünf und sechs Jahre. Sieben Kinder.

»Wir gehen im Abstand von zehn Metern los«, erklärte sie. »Wir rufen die ganze Zeit und lassen einander nicht aus den Augen. Ist das klar?«

»Yes boss«, schrie Wally und salutierte.

Und Wally fand die Vermisste dann auch.

»Sie sitzt in einem Scheißgraben und heult«, teilte er mit. »Da hinten. Sie sagt, sie hat einen Toten ohne Kopf gefunden.«

Und Elisabeth wusste sofort, dass das stimmte. Auf so einen Hammer hatte sie an diesem Tag natürlich nur noch gewartet.

In Wirklichkeit fehlte dem Toten nicht nur der Kopf. Sein Körper – oder das, was davon noch übrig war – war in einen schweren Teppich eingewickelt gewesen, und es fand sich einfach nicht die Zeit, um in Erfahrung zu bringen, warum Eunice diesen Teppich so genau untersucht hatte. Möglicherweise hatte ein Beinstumpf hervorgelugt. Auf jeden Fall hatte das kräftige und starke Mädchen den Teppich weit genug aus dem Graben ziehen können, um ihn auseinanderzuwickeln. Er war von der Feuchtigkeit hart angegriffen ... und vom Schimmel, Pilzen und allgemeiner Auflösung, dachte Elisabeth. An einigen Stellen fiel er schon auseinander, und der Leichnam, der sich in seinem Innersten verbarg, befand sich mehr oder weniger im selben betrüblichen Zustand.

Kein Kopf. Keine Hände, keine Füße.

»Zurück zur Hütte«, schrie Elisabeth und drückte die schluchzende Eunice an sich.

Dann überfiel sie plötzlich eine fürchterliche Übelkeit und sie wusste, dass ihr hier ein Anblick zuteil geworden war, der in allen dunklen Nächten ihres weiteren Lebens ihr treuer Begleiter sein würde.

3

»Bericht, danke«, sagte Hiller und faltete die Hände.

Reinhart schaute zur Decke hoch. Münster räusperte sich pflichtschuldigst und Van Veeteren gähnte.

»Na?«, drängte Hiller.

»Also«, sagte Münster und blätterte in seinem Notizblock.

»Das dauert nicht lange, das verspreche ich euch«, sagte der Polizeichef und schaute auf seine Armbanduhr aus Golddoublé. »In fünfundzwanzig Minuten habe ich eine Besprechung, es reicht also, wenn ich die Geschichte in groben Zügen bekomme.«

Münster räusperte sich noch einmal.

»Es geht also um eine männliche Leiche«, sagte er dann. »Gefunden gestern in einem Waldgebiet in der Nähe von Behren, an die dreißig Kilometer von hier entfernt, von einer Sechsjährigen ... sie machte zusammen mit ihrem Kindergarten einen Ausflug. Der Tote lag eingewickelt in einen Teppich in einem Graben, ungefähr dreißig Meter vom nächsten befahrenen Weg entfernt, und er lag schon lange dort.«

»Wie lange?«

»Gute Frage«, sagte Reinhart. »Ein Jahr vielleicht. Vielleicht etwas mehr, vielleicht etwas weniger.«

»Lässt sich das nicht feststellen?«, fragte Hiller.

»Noch nicht«, erklärte Van Veeteren. »Meusse ist aber schon voll im Einsatz. Mindestens ein halbes Jahr jedenfalls.«

»Aha«, sagte Hiller. »Und weiter?«

»Weiter«, sagte Münster, »hat sich die Identität bisher nicht feststellen lassen, da der Mörder Kopf, Hände und Füße abgehackt hat ...«

»Wissen Sie überhaupt mit Sicherheit, dass es sich um einen Mord handelt?«, fragte der Polizeichef. Reinhart seufzte.

»Nein«, sagte er. »Es kann sich durchaus um einen ganz natürlichen Todesfall handeln. Um jemanden, der sich keine richtige Beerdigung leisten konnte. Das ist heutzutage ja nicht billig ... der Kopf und die anderen Teile sind vermutlich in Übereinstimmung mit den letzten Wünschen des Verblichenen von der Witwe der Forschung überlassen worden.«

Van Veeteren räusperte sich.

»Es wird wahrscheinlich noch einige Zeit dauern, bis wir die Todesursache festgestellt haben«, sagte er und klemmte sich einen Zahnstocher zwischen die unteren Vorderzähne. »Offenbar sind keine tödlichen Wunden zu entdecken ... aber meistens sterben die Leute ja, wenn man ihnen den Kopf abhackt.«

»Meusse ist nicht gerade begeistert von dieser Leiche«, schaltete Reinhart sich ein. »Und das kann man ja fast verstehen. Der Tote hat auf jeden Fall während des ganzen Winters in diesem verfaulenden Teppich im Graben gelegen. Ist gefroren und wieder aufgetaut, gefroren und wieder aufgetaut. Tiere haben auch ein wenig daran herumgenagt, aber offenbar hat er ihnen nicht besonders gut geschmeckt ... und leicht zu erreichen war er wohl auch nicht. Teilweise hat er unter Wasser gelegen ... was ihn ein wenig konserviert hat, sonst hätten wir nur noch das Skelett gefunden. Er sieht einfach grauenhaft aus, um das kurz zu sagen.«

Hiller dachte nach.

»Warum sind ... diese Körperteile abgehackt worden, was meinen wir?«

Wir?, dachte Münster. Was meinen wir? Wie geht's uns denn heute? Ist das hier ein Polizeipräsidium oder ein Krankenhaus? Oder vielleicht ein Tollhaus, wie Reinhart immer behauptet? Ab und zu war das schwer zu sagen.

»Schwer zu sagen«, wiederholte Van Veeteren seinen Gedanken. »Wir haben es ja ab und zu mit Mördern zu tun, die ihre Opfer zerlegen, aber in diesem Fall sollte sicher die Identifikation erschwert werden.«

»Und ihr habt keine Ahnung, wer der Mann sein könnte?«

Van Veeteren schüttelte den Kopf.

»Natürlich kämmen wir die Umgebung durch«, sagte Münster. »Das haben Sie ja selber angeordnet ... zwanzig Kollegen suchen schon seit gestern Nachmittag den Wald ab ... ja, natürlich nicht während der Nacht.«

»Eigentlich unnötig«, erklärte Reinhart und zog die Pfeife aus der Jackentasche.

»Du kannst rauchen, wenn wir fertig sind«, sagte der Polizeichef und schaute auf die Uhr. »Warum ist das unnötig?«

Reinhart steckte die Pfeife wieder ein und faltete die Hände hinter seinem Nacken.

»Weil sie nichts finden werden«, lautete seine Antwort. »Wenn ich jemanden umbringe und mir dann noch die Zeit nehme, um dem Toten Kopf, Hände und Füße abzuhacken, dann bin ich vermutlich nicht so verdammt blöd, dass ich die an derselben Stelle deponiere wie den Leichnam. Im

Grunde gibt es auf der ganzen Welt nur eine Stelle, wo wir garantiert nichts finden werden, und zwar die, an der wir suchen. Genial, das muss ich schon sagen.«

»Alles klar«, fiel Hiller ihm ins Wort. »Der Kommissar war doch gestern nicht da, und deshalb dachte ich ...«

»Na ja«, sagte Van Veeteren. »Es schadet ja nichts, den Fundort abzusuchen, aber ich glaube, wir hören heute Abend auf damit. Nicht viele Spuren überleben doch einen ganzen Winter, und wir können außerdem davon ausgehen, dass er nicht lebend dorthin gebracht worden ist.«

Der Polizeichef war nicht überzeugt.

»Wie werden wir die Ermittlungen anlegen?«, fragte er. »Ich habe nicht mehr viel Zeit ...«

Van Veeteren mochte nichts überstürzen.

»Tja«, sagte er. »Das müssen wir uns erst überlegen. Wie viel Mann willst du einsetzen?«

»Da sind ja noch die, die sich mit diesem verdammten Überfall befassen«, sagte Hiller und erhob sich. »Und dieser Erpresser ...«

»Und die Rassisten«, sagte Reinhart.

»Dieser Erpresser ...«, sagte Hiller.

»Die Scheißrassisten«, sagte Reinhart.

»O verdammt«, sagte Hiller. »Komm morgen früh als Erstes zu mir, VV, dann sehen wir, wie die Lage ist. Ist Heinemann eigentlich noch immer krankgeschrieben?«

»Kommt am Montag wieder«, sagte Münster.

Er verschwieg, dass er eigentlich nach Heinemanns Rückkehr einige Tage Urlaub hatte nehmen wollen. Er ahnte schon, dass solche Wünsche im Moment nicht gern gesehen wären.

»Na ja, dann müssen wir eben wie gehabt weitermachen«, entschied Hiller und fing an, die anderen aus der Tür zu scheuchen. »Je schneller wir diesen Fall klären, desto besser. Es sollte doch nicht unmöglich sein, zumindest festzustellen, wer dieser Kerl war. Oder was?«

»Nichts ist unmöglich«, sagte Reinhart.

»Na, was denkt sich denn der Polizeidirektor?«, fragte Van Veeteren und reichte die Fotos weiter.

Münster betrachtete die Bilder des verstümmelten und braun gefleckten Leichnams und des Tatorts, der sich durchaus als gute Wahl erwies, verwuchertes Unterholz, ein überwachsener Graben … es war kaum ein Wunder, dass der Tote erst jetzt entdeckt worden war. Im Gegenteil, dass diese arme Sechsjährige darüber gestolpert war, war ganz und gar auf das Konto des Zufalls zu buchen.

»Ich weiß nicht«, sagte er. »Kommt mir jedenfalls ziemlich vorsätzlich vor.«

Der Kommissar brummte:

»Vorsätzlich, ja. Davon können wir wohl ausgehen. Und was hältst du von dieser Verstümmelung?«

Münster dachte nach.

»Soll natürlich die Identifikation verhindern …«

»Erkennst du die Leute denn an den Füßen?«

Münster schüttelte den Kopf.

»Nur dann, wenn es besondere Kennzeichen gibt. Tätowierungen oder so … wie alt war er?«

»Zwischen fünfzig und sechzig, meint Meusse, aber wir müssen bis heute Abend warten. Wie gesagt, es ist keine schöne Leiche. Ich nehme an, sie wird dir und Rooth vermacht werden.«

Münster schaute auf.

»Wieso das? Was hat der Kommissar …«

Van Veeteren hob einen mahnenden Finger.

»Hat alle Hände voll zu tun mit diesem verdammten Bankräuber. Und Reinhart wird sicher bald seine Terroristen hochnehmen. Ja, und mich wollen sie ins Krankenhaus stecken und mir den Bauch aufschlitzen … in der ersten Maiwoche. Also ist es besser, du übernimmst den Fall von Anfang an.«

Münster spürte, dass er errötete.

»Ich stehe natürlich zur Verfügung, wenn du stecken bleibst«, sagte Van Veeteren.

»Erst muss ich irgendwas finden, worin ich stecken bleiben kann«, sagte er. »Hat Rooth sich schon die Vermissten angesehen?«

Der Kommissar drückte auf das Haustelefon, und fünf Minuten später erschien Kriminalinspektor Rooth mit einem Stapel Computerausdrucken. Er ließ sich auf den freien Stuhl sinken und kratzte sich am Bart. Der Bart war noch dünn und frisch und ließ ihn ein wenig aussehen wie einen Penner, fand Münster. Aber es schadete natürlich gar nichts, dass nicht alle Kollegen schon auf hundert Meter Entfernung als Bullen auszumachen waren.

»Zweiunddreißig Vermisstenanzeigen aus diesem Bezirk während der vergangenen zwei Jahren«, teilte er mit, »von Leuten, natürlich, die nicht wieder aufgetaucht sind. Sechzehn hier aus der Stadt. Ich habe die Liste durchgesehen ... wenn wir davon ausgehen, dass er zwischen sechs Monaten und einem Jahr dort gelegen hat, dann müsste er zwischen April und Dezember des vergangenen Jahres vermisst gemeldet worden sein. Aber das sehen wir uns noch genauer an, wenn Meusse fertig ist ...«

»Wie können so viele Menschen verschwinden?«, fragte Münster. »Kann das denn wirklich stimmen?«

Rooth zuckte mit den Schultern.

»Die meisten setzen sich ins Ausland ab. Jugendliche vor allem. Ich glaube nicht, dass in mehr als fünfzehn bis zwanzig Prozent dieser Fälle ein Verbrechen vorliegt ... ja, Stauff behauptet das immerhin, und der kennt sich damit doch aus. Kleinigkeiten zählt er wohl nicht mit. Schließlich verschwinden immer wieder Junkies. Nach Thailand und Indien und da so rum.«

Van Veeteren nickte.

»Wie viele Kandidaten bleiben dann noch?«

Rooth blätterte in seinen Listen. Münster sah, dass er einige Namen eingekringelt hatte, hinter anderen hatte er ein Fragezeichen gemalt, weitere Namen waren durchgestrichen, und offenbar fehlte es an heißen Tipps.

»Nicht viele«, sagte Rooth. »Wenn es wirklich um einen Mann von fünfzig bis sechzig Jahren geht ... ungefähr einsfünfundsiebzig groß, inklusive Kopf und Füße ... ja, dann bleiben uns eigentlich nur zwei oder vielleicht drei.«

Der Kommissar betrachtete seinen Zahnstocher.

»Einer reicht«, sagte er. »Wenn es der Richtige ist.«

»Er braucht ja auch nicht aus diesem Bezirk zu sein«, sagte Münster. »Schließlich weist nichts darauf hin, dass er in der Nähe von Behren umgebracht worden ist ... das kann doch überall passiert sein, nehme ich an.«

Rooth nickte.

»Wenn wir landesweit suchen, dann haben wir die Wahl zwischen sieben oder acht. Aber wir müssen wohl das Obduktionsergebnis abwarten, ehe wir uns auf die Suche nach potenziellen Witwen machen?«

»Zweifellos«, sagte Van Veeteren. »Je weniger ihn ansehen müssen, desto besser.«

»Und was machen wir so lange?«

Van Veeteren ließ sich in seinem Schreibtischsessel zurücksinken, dass er nur so knackte.

»Ich schlage vor, ihr geht irgendwohin und denkt euch was Schlaues aus. Ich sage Hiller, dass ihr euch um die Sache kümmert ... aber wie gesagt, ich stehe zur Verfügung.«

»Alsdann«, sagte Rooth, als sie in der Kantine beim Kaffee saßen. »Sagen wir, wir schaffen das in einer Woche?«

»Von mir aus gern«, erwiderte Münster. »Wann wollte Meusse fertig sein?«

Rooth schaute auf die Uhr.

»In einer Stunde, glaube ich. Besser, wir fahren beide hin, oder was meinst du?«

Münster nickte.

»Wie halten wir's mit der Detektivin Öffentlichkeit?«, fragte er. »In den Zeitungen hat ja einiges gestanden.«

Rooth schüttelte abwehrend den Kopf und spülte einen halben Bienenstich hinunter.

»Bisher noch nichts Gescheites eingelaufen. Krause notiert alle Hinweise. Heute Abend bringen die Nachrichten einen Aufruf ... im Fernsehen und im Radio, aber es müsste doch eigentlich einer von denen hier sein.«

Er tippte mit dem Löffel auf die Listen. Münster zog sie an sich und betrachtete Rooths Notizen. Drei Namen waren doppelt umkringelt, offenbar handelte es sich dabei um die heißesten Kandidaten.

Kandidaten dafür, ermordet, verstümmelt und notdürftig in einem überwucherten Garten in der Nähe von Behren begraben worden zu sein. Eilig las er weiter:

Claus Menhevern
Droutens Vej 4
Blochberg
geboren 1937
vermisst gemeldet 1.6.1993

Pierre Kohler
Armastenstraat 42
Maardam
geboren 1936
vermisst gemeldet am 27.8.1993

Piit Choulenz
Hagmerlaan 11
Maardam
geboren 1945
vermisst gemeldet am 16.10.1993

»Ja«, sagte er und schob die Listen zurück über den Tisch. »Es muss ja wohl einer von denen sein.«

»Sicher«, sagte Rooth. »Und dann knacken wir die Sache in einer Woche. Ich hab das gewissermaßen im Gespür …«

4

Er verließ die Wache eine Stunde früher als sonst und fuhr direkt nach Hause. Der Brief lag da, wo er ihn hingelegt hatte, im Bücherregal in der Diele. Er öffnete ihn und las ihn noch einmal. Der Inhalt hatte sich nicht verändert.

Hiermit können wir Ihnen mitteilen, dass wir für die Operation Ihres Kolon Adenocarcinoms am Dienstag, dem 5. Mai, einen OP-Termin anberaumt haben.

Wir bitten Sie, diesen Termin bis 25. April schriftlich oder telefonisch zu bestätigen und sich spätestens am Mittwoch, dem 4. Mai, um 21 Uhr auf der Station einzufinden.

Nach der Operation sind vermutlich zwei bis drei Wochen Krankenhausaufenthalt vonnöten; wir erwähnen das, damit Sie entsprechend ihr Berufs- und Familienleben planen können.

Mit freundlichen Grüßen
Marieke Fischer, Krankenhaussekr.
Gemeindehospital, Maardam

O verdammt, dachte er. Dann schaute er das Adressenfeld unten auf dem Bogen an, wählte die Nummer und wartete.

Eine junge Frauenstimme antwortete. Höchstens fünfundzwanzig Jahre, entschied er. Wie seine eigene Tochter.

»Dann komme ich also«, sagte er.

»Entschuldigung, mit wem spreche ich?«, fragte die junge Frau.

»Mit Kommissar Van Veeteren, natürlich. Ich habe Dickdarmkrebs und den will Dr. Moewenroedhe wegschneiden, und ...«

»Einen Moment.«

Er wartete. Sie meldete sich wieder zu Wort.

»Am 5. Mai, ja. Dann ist das notiert. Bitte kommen Sie am Vortag, ich reserviere für Sie ein Bett auf Station 46 B. Haben Sie irgendwelche Fragen?«

Tut es weh, dachte Van Veeteren. Werde ich überleben? Wie groß ist der Prozentsatz der Leute, die aus der Narkose nicht mehr aufwachen?

»Nein«, sagte er. »Ich sage Bescheid, wenn ich mir die Sache anders überlege.«

Er konnte aus ihrem Schweigen ihre Verwunderung heraushören.

»Warum sollten Sie sich die Sache anders überlegen?«

»Vielleicht, weil ich anderweitig zu tun habe. Man weiß doch nie.«

Sie zögerte.

»Machen Sie sich Sorgen wegen der Operation, Herr Van Veeteren?«

»Sorgen? Ich?«

Er versuchte zu lachen, hörte aber selber, dass er sich eher anhörte wie ein sterbender Hund. Er hatte eine gewisse Erfahrung mit sterbenden Hunden.

»Na dann«, sagte sie freundlich. »Ich kann Ihnen zu Ihrer Beruhigung mitteilen, dass Dr. Moewenroedhe zu unseren tüchtigsten Chirurgen gehört, und im Grunde ist Ihr Fall ja auch nicht sonderlich kompliziert.«

Nein, aber es ist mein Bauch, dachte Van Veeteren. Und mein Darm. Den habe ich schon lange und hänge ein wenig daran.

»Sie können jederzeit anrufen und weitere Fragen stellen«, sagte die Frau. »Wir sind doch da, um Ihnen zu helfen.«

»Danke, danke«, er seufzte. »Ja, ich lasse auf jeden Fall vorher noch von mir hören. Erst mal auf Wiederhören.«

»Auf Wiedersehen, Herr Van Veeteren.«

Er blieb noch einige Sekunden mit dem Brief in der Hand stehen. Dann zerriss er ihn in vier Stücke und warf ihn in den Papierkorb.

Eine knappe Stunde später hatte er auf dem Balkon seine zwei Bratwürste mit Kartoffelsalat verzehrt. Hatte dazu Dunkelbier getrunken und mit dem Gedanken gespielt, trotz allem zum Kiosk zu gehen und eine Schachtel Zigaretten zu kaufen. Er hatte keine Zahnstocher mehr, und es war ein schöner Abend.

Sterben muss ich ja doch, dachte er.

Er hörte die Turmuhr der Kejmerkirche sechs Uhr schlagen. Auf seinem Nachttisch lagen zwei halb gelesene Romane, aber ihm war klar, dass die auch noch einige Zeit so liegen bleiben würden. Er hatte einfach nicht genügend innere Ruhe. Im Gegenteil, die Unruhe wetzte schon ihre Krallen, und es war natürlich kein Geheimnis, woran das lag.

Kein Wunder also. Die Luft war mild. Ein versöhnlicher sanfter Wind stahl sich über das Balkongeländer, die Sonne hing rot über dem Brauereidach auf der anderen Seite des Kloisterlaan. In den Fliederbüschen hinter dem Fahrradständer zwitscherten kleine Vögel.

Hier sitze ich, dachte er. Der berühmte Kommissar Van Veeteren. Siebenundfünfzig Jahre alt, achtundachtzig Kilo schwer, Bulle mit Dickdarmkrebs. In zwei Wochen werde ich mich ganz und gar freiwillig auf den Operationstisch legen und einen ganz und gar ungetesteten Schlachterlehrling elf Zentimeter meines Körpers wegschneiden lassen. O verdammt.

Ein leichtes Unwohlsein machte sich in seinen unteren Bauchregionen bemerkbar, aber das passierte jetzt immer, wenn er gegessen hatte. Es waren jedoch keine Schmerzen. Sondern nur diese leichte Irritation. Und dafür sollte er natürlich dankbar sein: Bratwurst war nun wirklich nicht auf der Diätliste vertreten gewesen, die ihm bei den ersten Untersuchungen im Februar ausgehändigt worden war, aber na und? Er wollte schließlich vor dem Operationstag nicht noch den Verstand verlieren; wenn alles gut ginge, könnte danach vielleicht von neuen Gewohnheiten die Rede sein. Von Gesundheit und allem, was dazugehörte.

Hat alles seine Zeit.

Er räumte den Tisch ab. Ging in die Küche und stellte das Geschirr ins Spülbecken. Ging dann ins Wohnzimmer und suchte ziellos seine CDs und Kassetten durch.

Elf Zentimeter meines Körpers, dachte er und dann fielen ihm plötzlich die Fotos vom Vormittag ein.

Der kopflose Mann draußen in Behren.

Kopf-, hand- und fußlos.

Es könnte schlimmer sein, dachte er.

Zwischen fünfzig und sechzig, hatte Meusse behauptet.

Das passte. Vielleicht waren sie ja im selben Jahr geboren? Siebenundfünfzig. Warum nicht?

Es könnte sehr viel schlimmer sein.

Zehn Minuten später saß er im Auto, und aus den Lautsprechern dröhnte ein Monteverdichor. Es würde wohl erst in anderthalb Stunden dunkel werden. Er hatte Zeit genug.

Wollte sich einfach nur umschauen. Mehr nicht. Hatte ja doch nichts Besonderes vor.

Hat alles seine Zeit, wie gesagt.

5

»Wie sieht's denn mit der Liebe aus?«, fragte Münster, als er neben Rooth in dessen altem Citroën saß. Sie brauchten einfach auch ein Gesprächsthema, das nichts mit dem Dienst zu tun hatte.

»Gar nichts zu holen«, sagte Rooth. Manchmal wünschte

er sich fast, dass eine Spritze erfunden würde, mit der sich die Triebe ein für allemal abschaffen ließen.

»Ach was«, sagte Münster und bereute, dieses Thema angeschnitten zu haben.

»Das ist schon komisch mit den Frauen«, erklärte Rooth. »Jedenfalls mit denen, die man in meiner Lage kennen lernt. Letzte Woche hatte ich eine Dame eingeladen – eine rothaarige Donna aus Oosterbrügge, die hier in der Stadt eine Art Krankenpflegekurs machte. Wir waren im Kino und dann im Kraus, und als ich dann fragte, ob sie noch auf einen Schluck Portwein und einen Bissen Käse zu mir kommen wollte, ja, weißt du, was sie da geantwortet hat?«

»Keine Ahnung«, sagte Münster.

»Dass sie zu ihrem Freund nach Hause müsste. Der war mit hierher gekommen und wartete im Schwesternheim, behauptete sie.«

»Das gibt's doch nicht«, sagte Münster.

»Einfach übel«, sagte Rooth. »Nein, ich glaube, ich werde langsam zu alt, um Jagd auf Frauen zu machen. Vielleicht sollte man lieber Zeitungsanzeigen aufgeben. Kurmann von der Fahndung hat auf diese Weise offenbar das große Los gezogen ... aber dazu muss man einfach Riesenschwein haben.«

Er verstummte und konzentrierte sich auf das Überholen eines blauen Möbelwagens, um nicht mit der Straßenbahnlinie 12 zusammenzustoßen. Münster kniff die Augen zusammen und konnte, als er sie wieder zu öffnen wagte, feststellen, dass sie es geschafft hatten.

»Und was ist mit dir?«, fragte Rooth. »Noch immer keine Probleme mit der schönsten Polizistengattin auf der ganzen Welt?«

»Das pure Paradies«, sagte Münster und musste nach kurzem Nachdenken zugeben, dass das wirklich kaum übertrieben war. Synn war eben Synn. Das Einzige, was ihm ab und zu Sorgen machte, war die Frage, was eine solche Frau eigentlich an ihm finden konnte – an einem schlecht bezahlten Bullen, der zehn Jahre älter als sie war und so viel arbeiten musste, dass er kaum je Zeit für sie oder die Kinder hatte. Deshalb konnte er sich leicht einbilden, etwas bekommen zu haben, was er nicht verdient hatte. Und dafür irgendwann teuer bezahlen zu müssen.

Aber warum sich Sorgen machen? Er war glücklich verheiratet, hatte zwei Kinder, vielleicht sollte er einfach ausnahmsweise nur dankbar sein. Auf keinen Fall jedoch hatte er Lust, diese Fragen mit Kriminalinspektor Rooth zu diskutieren.

»Du solltest dir den Bart abnehmen«, sagte er stattdessen. »Ich als Frau würde nie auf so eine Matte anspringen.«

Rooth strich sich mit der Hand über die Wange und schaute nachdenklich in den Rückspiegel.

»Ja, Scheiße«, sagte er. »Sieht nicht schlecht aus, finde ich. Und ich bin nicht sicher, ob du verstehst, was in Frauen so vorgeht.«

»Na gut«, sagte Münster. »Mach, was du willst. Aber was machen wir nun mit Meusse?«

»Müssen ihn wohl zu einem Glas einladen, wie immer«, sagte Rooth und hielt vor der Gerichtsmedizinischen Klinik. »Oder was glaubst du?«

»Ja, das wäre sicher das Einfachste«, sagte Münster.

Meusse, der Gerichtsmediziner, hatte noch nicht letzte Hand an die Leichname dieses Tages gelegt, und statt ihn bei der Arbeit zu stören, wollten Münster und Rooth lieber in seinem Büro auf ihn warten.

Dort tauchte er mit fünfundzwanzig Minuten Verspätung auf, und Münster sah sofort, dass er einen schweren Tag hinter sich hatte. Sein dünner Vogelleib hatte größere Ähnlichkeit mit einem Skelett denn je, sein Gesicht war aschgrau, die Augen hinter den dicken Gläsern schienen tief in ihren Höhlen versunken zu sein – nachdem er sich an Bosheit und

Perversität dieser Welt satt und übersatt gesehen hatte, wie man annehmen konnte. Münster hatte es gereicht, den verstümmelten Leib fünf und die Fotos zehn Minuten lang anzusehen. Er tippte, dass der Gerichtsmediziner mindestens zehn bis zwölf Stunden in dem schwammigen Fleisch herumgewühlt hatte.

Meusse grüßte ihn stumm und hängte seinen weißen, fleckigen Kittel an einen Haken neben der Tür. Wusch sich die Hände im Waschbecken und streifte seine Jacke über, die auf dem Schreibtisch gelegen hatte. Fuhr sich zweimal mit der Hand über seinen absolut kahlen Kopf und seufzte.

»Also, meine Herren?«

»Vielleicht können wir uns über einem Glas im Fix besser unterhalten?«, schlug Rooth vor.

Das Fix lag der Gerichtsmedizin schräg gegenüber, wenn man durch die Hintertür ging, und natürlich gab es auch an diesem Tag keinen Grund, einen anderen Weg zu nehmen.

Meusse ging mit den Händen in den Taschen und hochgezogenen Schultern vorweg, und erst nach einem großen Genever und einem halben Glas Bier war er im Stande zu reden. Münster und Rooth hatten das schon häufig erlebt und wussten, dass es keinen Sinn hatte, ihn zur Eile zu mahnen – oder ihn zu unterbrechen, wenn er dann erst einmal in Gang gekommen war. Eventuelle Fragen wurden beantwortet, wenn sein Bericht beendet war, so einfach war das.

»Also, meine Herren«, sagte er. »Ich sehe, dass der Kommissar sich diesmal nicht blicken lässt. Das wundert mich nicht. Da habt ihr wirklich eine grausige Leiche erwischt. Wenn ein schlichter Pathologe einen Wunsch äußern darf, dann den, dass ihr sie in Zukunft ein wenig schneller ausgrabt. Wir finden Leichen, die seit ewigen Zeiten vor sich hin verwest sind, überhaupt nicht lustig ... drei Monate, höchstens vier, da verläuft so ungefähr die Grenze. Tatsache ist, dass einer meiner Assistenten mich heute Nachmittag im Stich gelassen hat, hmm.«

»Wie alt war er denn eigentlich?«, warf Rooth dazwischen, während Meusse sich in sein Bierglas vertiefte.

»Wie gesagt«, wiederholte Meusse dann. »Es war eine ungewöhnlich geschmacklose Leiche.«

Geschmacklos, dachte Münster, und dann fiel ihm ein, dass Meusse ihm einmal erzählt hatte, wie sein Leben sich durch seinen undankbaren Beruf verdüstert und verändert hatte. Mit dreißig war er impotent geworden, mit fünfunddreißig von seiner Frau verlassen, mit vierzig zum Vegetarier konvertiert, mit fünfzig hatte er fast damit aufgehört, feste Nahrung zu sich zu nehmen ... sein eigener Körper und dessen Funktionen waren für ihn mit den Jahren immer widerlicher geworden. Etwas, für das er nur Ekel und Abneigung empfinden konnte, hatte er Münster und Van Veeteren eines Nachmittags anvertraut, als sie um einiges mehr getrunken hatten als sonst.

Vielleicht ist das ja alles kein Wunder, dachte Münster. Sondern einfach eine natürliche Entwicklung.

»Es ist schwer, den ungefähren Todeszeitpunkt festzulegen«, erzählte Meusse und steckte sich eine dünne Zigarre an. »Ich tippe auf acht Monate, aber ich kann mich in beiden Richtungen um zwei Monate irren. Mit dem Ergebnis des Labors können wir in einigen Wochen rechnen. Und was die Todesursache angeht, sieht es genauso übel aus, fürchte ich. Fest steht nur, dass er viel früher gestorben ist ... ehe er in den Graben gelegt wurde, meine ich. Mindestens zwölf Stunden. Vielleicht einen ganzen Tag. Es gibt fast kein Blut auf dem Teppich und im Körper war auch nicht mehr viel. Enthauptung und Verstümmelung sind früher passiert. Das Blut ist ausgelaufen, um es ganz einfach zu sagen.«

»Wie ist die Verstümmelung vor sich gegangen?«, fragte Münster.

»Unprofessionell«, sagte Meusse. »Vermutlich mit einer Axt. Die wohl nicht besonders scharf geschliffen war, also hat es sicher seine Zeit gedauert.«

Er leerte den letzten Rest Bier. Rooth erhob sich, um ein neues zu holen.

»Was sich über die Todesursache sagen lässt, ist, dass sie im Kopf steckt.«

»Im Kopf?«, fragte Rooth.

»Im Kopf, ja«, erwiderte Meusse und zeigte dabei auf seinen eigenen kahlen Schädel. »Ihm wurde vielleicht in den Kopf geschossen oder er wurde mit einer Axt erschlagen, oder was auch immer ... Todesursache: Gewalteinwirkung am Kopf. Abgesehen von Verstümmelung und Verwesung ist der Rumpf unversehrt ... ja, wenn ich von gewissen sekundären Deformierungen absehe, die hungrige Füchse und Krähen verursacht haben, die an zwei Stellen zulangen konnten. Aber viel haben sie nicht angerichtet. Der Teppich und das Wasser im Graben waren von einer gewissen konservierenden Wirkung ... oder haben den Verwesungsprozess zumindest verlangsamt.«

Münster hatte sein Bierglas erhoben, stellte es aber auf den verschmutzten Tisch zurück.

»Was Alter und besondere Kennzeichen angeht«, fuhr Meusse unangefochten fort, »so können wir wohl davon ausgehen, dass er zwischen fünfundfünfzig und sechzig war. Und er war wohl zwischen einsdreiundsiebzig und einssechsundsiebzig groß und eher von schmächtigem Körperbau, mit leichtem Skelett. Gut proportioniert, würde ich behaupten. Keine Arm- oder Beinbrüche, keine Operationsnarben. Es kann natürlich andere äußerliche Narben gegeben haben, aber die sind entweder verwest oder kleben im Teppich. Eine Art Todessymbiose zwischen Leichnam und Teppich hat die Sache nämlich noch erschwert. Sie sind gewissermaßen miteinander verschmolzen oder sollte man sagen zerschmolzen?«

»O Scheiße«, sagte Rooth.

»Ganz recht«, erwiderte Meusse. »Habt ihr Fragen?«

»Gibt es denn keine besonderen Kennzeichen?«, fragte Münster.

Plötzlich lachte Meusse. Seine dünnen Lippen zogen sich nach oben und entblößten zwei Reihen von überraschend weißen und gesunden Zähnen.

»Eins«, sagte er und ihm war anzusehen, dass er diese Situation genoss. Weil er sich immerhin die düstere Befriedigung gönnen konnte, seine Gesprächspartner für einige armselige Sekunden auf die Folter zu spannen. Der Triumph der Berufsehre, dachte Münster.

»Wenn der Mörder alle Identifikationsmöglichkeiten vernichten wollte«, erklärte Meusse. »Dann hat er etwas übersehen.«

»Was denn?«, fragte Rooth.

»Einen Hoden«, sagte Meusse.

»Was?«, rief Münster.

»Er hatte nur einen Hoden«, erklärte Meusse.

»Ein eineiiger Toter?«, fragte Rooth und machte ein dummes Gesicht.

»Ach was«, sagte Münster. »Ja, damit kommen wir natürlich gleich viel weiter.«

Darin hatte keine absichtliche Ironie gelegen, aber er merkte sofort, dass er den kleinen Gerichtsmediziner verletzt hatte. Er versuchte ablenkend zu husten und hob sein Glas, aber das half natürlich nicht weiter.

»Was den Teppich angeht«, sagte Meusse kurz, »da müsst ihr morgen mit Van Impre reden. Ich glaube, ich muss euch jetzt verlassen. Morgen früh werdet ihr auf euren auf Glanz polierten Tischen selbstverständlich einen schriftlichen Bericht vorfinden.«

Er leerte sein Glas und erhob sich.

»Danke«, sagte Rooth.

»Bis dann, die Herren«, sagte Meusse. »Und wenn ihr in den nächsten Tagen keinen weiteren alten Torso anschleppt, ist euch unsere Dankbarkeit gewiss.«

In der Tür blieb er noch einmal stehen.

»Aber wenn ihr über die restlichen Teile von diesem hier stolpert, dann setzen wir ihn natürlich gern zusammen. Immer zu Diensten.«

Münster und Rooth blieben noch einige Minuten sitzen und leerten ihre Gläser.

»Warum hat er nur einen Hoden?«, fragte Rooth.

»Weiß nicht«, erwiderte Münster. »Aber einer ist im Grunde ja genug. Wahrscheinlich hatte er sich den anderen verletzt. Musste ihn wegnehmen lassen oder so.«

»Kann denn kein Tier ihn gefressen haben? Im Graben, meine ich.«

Münster zuckte mit den Schultern.

»Frag mich nicht. Aber wenn Meusse meint, dass er schon vorher gefehlt hat, dann hat er sicher Recht.«

Rooth nickte.

»Verdammt gute Spur«, sagte er.

»Ja«, sagte Münster. »Steht sicher in allen Melderegistern. Aufgepasst, der Mann hat nur eine Nuss. Glaubst du noch immer, dass wir das in einer Woche schaffen werden?«

»Nein«, sagte Rooth. »Aber vielleicht in einem Jahr. Gehen wir?«

Auf der Rückfahrt zur Wache sagten sie nicht viel. Sie konnten aber immerhin feststellen, dass der Dritte auf der Liste der möglichen Kandidaten, Piit Choulenz aus dem Hagmerlaan, wohl doch zu jung war, um in Frage zu kommen.

Denn der Liste zufolge war er noch keine fünfzig, und obwohl Meusse betont hatte, dass es sich nur um Annahmen handelte, wussten Rooth und Münster, dass er sich nur selten irrte. Nicht einmal bei einer puren Spekulation.

Doch sowohl Claus Menhevern als auch Pierre Kohler konnten es sein. Und da lag es doch auf der Hand, dass jeder sich einen vornahm. Sie brauchten das nicht einmal laut zu sagen.

»Welchen willst du?«, fragte Rooth.
Münster schaute sich die Namen an.
»Pierre Kohler«, sagte er. »Wär wohl besser, das noch heute Abend zu erledigen.«
Rooth schaute auf die Uhr.
»Aber klar«, sagte er. »Es ist erst sieben. Vor neun darf ein anständiger Bulle nicht nach Hause kommen.«

6

Als er ankam, wurden gerade die Busse beladen.
»Guten Abend, Kommissar«, sagte Inspektor le Houde. »Suchen Sie etwas Bestimmtes?«
Van Veeteren schüttelte den Kopf.
»Ich wollte mich nur mal kurz umsehen. Hört ihr mit der Suche auf?«
»Ja«, sagte le Houde. »Ist uns befohlen worden. Und ich glaube auch, dass es jetzt reicht. Auf große Ergebnisse können wir wohl nicht hoffen.«
»Habt ihr überhaupt irgendwas gefunden?«
Le Houde lachte auf. Zog ein Taschentuch hervor und wischte sich die Stirn.
»Und wie«, erklärte er und zeigte auf einige schwarze Plastiksäcke in einem Einsatzwagen, dessen Hintertüren offen standen. »Sechs von der Sorte. Wir haben absolut alles eingesackt, was in einem Wald nichts zu suchen hat ... auf einer Fläche von zwanzig Fußballplätzen, so ungefähr. Wird sicher lustig, das alles durchzusehen.«
»Hm«, sagte Van Veeteren.
»Und danach können wir dann der Stadtreinigung von Behren eine Rechnung schicken. Schließlich ist das deren Job.«
»Ja, gute Idee«, sagte Van Veeteren. »Nein, jetzt geh ich mal eine Runde rekognoszieren.«

»Viel Glück, Kommissar«, sagte le Houde und schloss die Autotüren. »Wir lassen von uns hören.«

Van Veeteren folgte dem Weg. Hier war der Kindergarten unterwegs gewesen, wenn er das richtig verstanden hatte. Ein toller Weg war das übrigens nicht, oft nur einen halben Meter breit, voller Wurzeln, spitzer Steine und anderer Unebenheiten ... nein, die Lokalpolizei hatte sicher Recht: Der Mörder war aus einer anderen Richtung gekommen. Aller Wahrscheinlichkeit nach hatte er seinen Wagen auf dem Reitweg auf der anderen Seite des kleinen Hügelkamms abgestellt, der sich quer durch die ganze Waldpartie hinzog – und danach hatte er seine Last fünfzig bis sechzig Meter in den Wald hineingetragen oder geschleppt ... durch überwuchertes und leicht ansteigendes Terrain. Es war nicht gerade ein gepflegter Wald, also war das keine leichte Aufgabe gewesen, das war klar. Wenn sich nicht mehrere daran beteiligt hatten, aber vermutlich handelte es sich doch um eine ziemlich große und starke Person. Wohl kaum um eine Frau, wohl kaum um einen Greis ... diesen Schluss durfte man doch immerhin wagen.

Er erreichte die Fundstelle. Die rotweißen Bänder rahmten noch immer den Grabenabschnitt ein, doch es standen keine Wachen mehr hier. Drei oder vier Meter davor blieb er stehen. Betrachtete eine halbe Minute lang das düstere Bild und wünschte sich abermals eine Zigarette.

Dann stieg er über den Graben und bahnte sich einen Weg in Richtung Reitweg. Dem Weg des Mörders, vermutlich. Er brauchte sieben oder acht Minuten dafür und zog sich allerlei Kratzer an den Händen und im Gesicht zu.

Wenn wir die Leiche sofort gefunden hätten, dachte er, dann hätten wir den Weg des Mörders Meter für Meter verfolgen können.

Aber jetzt war das natürlich unmöglich.

Unmöglich und vermutlich wohl auch nicht von wirklicher Bedeutung. Wenn sie diesen Fall je klären könnten, dann nicht mit Hilfe einiger abgeknickter Zweige. Derzeit jedoch, daran konnte es kaum einen Zweifel geben, befanden sich das Verbrechen und sein Täter endlos weit weg. In Zeit und Raum.

Vom Opfer ganz zu schweigen.

Er machte sich wieder auf den Weg zurück zum Parkplatz.

Wenn nun niemand den Toten vermisst, dachte er dann plötzlich. Wenn nun niemand sein Verschwinden bemerkt hat.

Einfach niemand.

Diesen Gedanken wurde er nicht wieder los. Und wenn ihn dieses fette Kind nicht entdeckt hätte, dachte er dann weiter, dann hätten noch Jahre vergehen können, ehe jemand ihn vermisst hätte. Oder gefunden. Eine Ewigkeit. Und während dieser Zeit hätten Verwesungsprozess und andere Ursachen ihn ganz einfach verschwinden lassen können. Warum nicht?

Abgesehen von den Knochenresten, natürlich. Und einem grinsenden Totenschädel.

Und dann hätte niemand je auch nur einen Finger zu rühren brauchen.

Das war keine angenehme Vorstellung. Er versuchte sie zu verdrängen, aber an ihrer Stelle tauchte vor seinem inneren Auge der klinisch angestrahlte Operationstisch auf, und der schlaffe, betäubte Körper darauf war sein eigener.

Und der grün gekleidete Fremde beugte sich mit seinen scharf geschliffenen Messern über seinen Bauch.

Er ging schneller. Die Dämmerung hatte schon eingesetzt, und als er zwanzig Minuten später vor dem Eisenbahnkiosk stand, um Zigaretten zu kaufen, trafen die ersten Regentropfen auf seine Hand auf.

7

Nach einigem Nachdenken beschloss Rooth anzurufen, statt einen Besuch zu machen. Bis Blochberg waren es immerhin fünfzehn Kilometer und es war fast halb acht Uhr abends.

Als er danach den Hörer aufgelegt hatte, war er immerhin dankbar dafür, dass seine Gesprächspartnerin nicht wusste, wie er aussah. Und wenn er Glück hatte, dann hatte sie seinen Namen auch nicht richtig verstanden, er hoffte zumindest, den so rasch hingenuschelt zu haben, dass das der Fall war.

Es war nämlich kein vom Glück begünstigtes Gespräch gewesen.

»Hallo?«

»Frau Menhevern?«

»Marie-Louise Menhevern, ja.«

Die Stimme klang scharf und abweisend.

»Hier spricht Inspektor Rooth von der Kriminalpolizei. Ich rufe wegen einer Vermisstenmeldung an. Sie haben mitgeteilt, dass Sie Ihren Mann vermissen, Claus Menhevern, seit Juni letzten Jahres, stimmt das?«

»Nein, ich habe nie behauptet, dass ich ihn vermisse. Sondern nur, dass er verschwunden ist.«

»Seit Juni 1993?«

»Ja, sicher.«

»Und er ist nicht wieder aufgetaucht?«

»Nein.«

»Sie haben auch nie wieder von ihm gehört?«

»Nein. Sonst hätte ich das natürlich mitgeteilt.«

»Und Sie haben keine Vorstellung davon, was ihm passiert sein kann?«

»Doch, ich nehme an, dass er mit irgendeiner Frau durchgebrannt ist. Das würde ihm ähnlich sehen.«

»Ach. Und wo könnte er sich wohl aufhalten?«

»Woher soll ich das wissen, Herr Wachtmeister. Und stimmt es überhaupt, dass Sie von der Polizei sind?«

»Sicher.«

»Und was wollen Sie von mir? Haben Sie ihn gefunden?«

»Das kommt darauf an«, sagte Rooth. »Wie viele Hoden hat er?«

»Was zum Teufel soll das denn?«

»Ja, ich meine natürlich, die meisten haben ja zwei ... er hatte sich nicht einen wegoperieren lassen oder so?«

»Warten Sie nur, ich kann feststellen, woher Sie anrufen.«

»Aber liebe Frau Menhevern, Sie haben das falsch verstanden ...«

»Sie sind die schlimmste Sorte, wissen Sie das? Wo Sie nicht mal wagen, mir in die Augen zu blicken. Telefonschweine! Wenn ich Sie hier vor mir hätte, dann würde ich ...«

Erschrocken legte Rooth auf. Saß dann eine halbe Minute bewegungslos da ... als könne die geringste Unvorsichtigkeit ihn verraten. Er starrte aus dem Fenster in den dunkler werdenden Abendhimmel über der Stadt.

Nein, dachte er. Ich komme bei Frauen einfach nicht an. So ist das eben.

Danach beschloss er, Claus Menhevern von der Liste der potenziellen Opfer zu streichen. Genau besehen gab es damit nur noch eins.

Münster hielt vor dem arg heruntergekommenen Haus in der Armastenstraat. Er blieb noch einen Moment im Wagen sitzen, dann überquerte er die Straße und ging ins Haus. Der unverkennbare Geruch von Katzenpisse hing im Treppenhaus, an den Wänden klafften große Löcher, wo der Verputz es nicht mehr ausgehalten hatte. Unten auf dem Klingelbrett hatte er keinen Pierre Kohler gefunden, aber das hatte ebenso unzuverlässig gewirkt wie das restliche Haus, deshalb wollte er sich alle Türen einzeln ansehen.

Im vierten Stock hatte er Glück.
Pierre Kohler
Margite Deling
Jürg Eschenmaas
Dolomite Kazaj
stand auf einem handgeschriebenen Zettel über dem Briefschlitz.

Er drückte die Klingel. Nichts passierte, vermutlich funktionierte die nicht mehr. Also klopfte er zweimal. Nach einer knappen Minute hörte er Schritte, dann wurde die Tür von einer Frau in den Fünfzigern geöffnet. Ihr übergewichtiger Leib steckte in einem lose hängenden lila Bademantel, und sie musterte Münster abschätzend von Kopf bis Fuß.

Offenbar beeindruckte dieser Anblick sie nicht weiter.

Münster ging es ebenso.

»Ich bin von der Polizei«, sagte er und zeigte für eine Zehntelsekunde seinen Dienstausweis vor. »Es geht um eine Vermisstenmeldung. Darf ich hereinkommen?«

»Nur mit Hausdurchsuchungsbefehl«, sagte die Frau.

»Danke«, sagte Münster. »Wir haben nicht weit von der Stadt entfernt in einem Wald einen Leichnam gefunden, bei dem es sich um den seit August letzten Jahres vermissten Pierre Kohler handeln kann.«

»Warum glauben Sie das?«, fragte die Frau und spielte mit dem Gürtel ihres Bademantels.

»Na ja, das wissen wir natürlich nicht«, sagte Münster. »Wir überprüfen nur alle Vermisstenmeldungen ... das Alter scheint zu stimmen, die Größe auch, es ist also eine reine Routinefrage. Es gibt ansonsten keinen Grund zu der Annahme, dass er es ist.«

Warum bin ich zu dieser Kuh bloß so verdammt höflich, dachte er. Ich hätte sie von Anfang an ordentlich in die Mangel nehmen müssen.

»Und?«, fragte sie und steckte sich eine Zigarette an.

»Es gibt da ein Detail«, sagte Münster.

»Ein Detail?«

»Ja, mit dem wir ihn wohl identifizieren können ... der Tote, den wir gefunden haben, hat keinen Kopf, verstehen Sie? Das macht es so schwer ihn zu identifizieren.«

»Ach.«

Ein Mann war hinter sie getreten. Er nickte Münster mürrisch zu und legte ihr eine Hand auf die Schulter.

»Was für ein Detail?«, wollte er wissen.

»Hrm«, sagte Münster. »Ja, also, unserem Opfer fehlt ein Hoden ... ist vermutlich vor langer Zeit entfernt worden. Wissen Sie vielleicht ...«

Der Mann fing an zu husten, und Münster verstummte. Nach dem Hustenanfall ging ihm auf, dass es wohl eher ein Lachanfall gewesen war. Der Mann lachte nämlich. Und die Frau auch.

»Also, Herr Oberpolizist«, sagte der Mann und schlug sich mit den Fingerknöcheln an die Stirn. »Das hier ist mein Kopf. Wenn Sie meine Eier zählen wollen, dann müssen Sie hereinkommen. Ich bin Pierre Kohler.«

Warum zum Teufel habe ich nicht einfach angerufen, fragte sich Münster.

Als er zu Hause das Gute-Nacht-Märchen vorgelesen hatte, rief Rooth an.

»Wie war's bei dir?«, fragte er.

»Er ist es nicht«, sagte Münster. »Er lebt bei bestem Wohlergehen. Sie hatten einfach vergessen, Bescheid zu sagen.«

»Eiwei«, sagte Rooth.

»Und deiner?«

»Ebenso, nehme ich an«, seufzte Rooth. »Ein Hoden scheint ihm jedenfalls nicht zu fehlen. Und seine Frau auch nicht. Ist wohl einfach abgehauen.«

»Ach«, sagte Münster. »Und was machen wir jetzt?«

»Ich hab mir eins überlegt«, sagte Rooth. »Was diese Verstümmelungen angeht, meine ich. Entweder haben Füße und Hände irgendwelche Kennzeichen aufgewiesen oder alles war noch einfacher.«

»Einfacher?«

»Fingerabdrücke«, sagte Rooth.

Münster dachte nach.

»Aber Fingerabdrücke kriegt man nicht weg, indem man Füße abhackt«, sagte er.

»Stimmt«, sagte Rooth. »Aber vielleicht hat er das nur gemacht, um uns zu verwirren. Und weißt du, was das bedeuten würde?«

Münster dachte noch zwei Sekunden nach.

»Sicher«, sagte er. »Wir haben die Fingerabdrücke. Er ist vorbestraft.«

»Tüchtiger Polizist«, lobte Rooth. »Ja, irgendwo in unserem Archiv haben wir seine Fingerabdrücke, darauf würde ich Gift nehmen. Weißt du übrigens, wie viele wir haben?«

»Dreihunderttausend, glaube ich«, sagte Münster.

»Ganz schön viel, ja. Na ja, wir können ihn da ja doch nicht finden, aber immerhin haben wir etwas. Wir sehen uns morgen.«

»Davon gehe ich aus«, sagte Münster und legte auf.

»Was macht ihr denn gerade?«, fragte Synn, als sie das Licht ausgeknipst hatten und er den linken Arm um sie legte.

»Tja«, sagte Münster. »Nichts Besonderes. Wir suchen nur einen alten Knastbruder, der letztes Jahr verschwunden ist. Er ist zwischen fünfundfünfzig und sechzig und hat nur einen Hoden.«

»Interessant«, sagte Synn. »Und wie wollt ihr ihn finden?«

»Das haben wir schon«, sagte Münster. »Er ist tot, wollte ich sagen.«

»Ach«, sagte Synn. »Alles klar. Nimm mich doch ein wenig fester in den Arm, ja?«

8

Ausnahmsweise siegte Münster in allen drei Sätzen, aber zweifellos war es das ausgeglichenste Spiel, das sie seit mehreren Jahren hingelegt hatten. 15-10, 15-13, 15-12 hätten die Zahlen gelautet, wenn jemand sich die Mühe gemacht hätte, sie zu verkünden, und der Kommissar hatte lange in Führung gelegen, sowohl im zweiten als auch im dritten Satz. Im letzten sogar mit 12-8.

»Wenn ich nicht diesen Scheißserve geliefert hätte, hättest du Prügel bezogen«, erklärte er, als sie zum Umkleideraum zurückstapften. »Das solltest du dir klar vor Augen halten.«

»Ungewöhnlich gutes Spiel«, kommentierte Münster. »Der Kommissar war offenbar in guter Form.«

»Guter Form«, schnaubte Van Veeteren. »Das sind nur die letzten Zuckungen. Morgen lege ich mich auf den Operationstisch, wenn ich dich daran erinnern darf.«

»Was du nicht sagst«, sagte Münster, als sei nicht die ganze Wache über den Stand der Dinge informiert. »Wann ist es denn soweit?«

»Ich gehe heute Abend hin. Der Eingriff findet morgen Vormittag statt. Ja ja, den Weg müssen wir alle gehen.«

»Ich habe einen Onkel, der einmal Darmkrebs hatte«, sagte Münster. »Er ist zweimal operiert worden. Und es geht ihm ausgezeichnet.«

»Wie alt ist er?«

»Siebzig, glaube ich«, sagte Münster.

Der Kommissar murmelte etwas vor sich hin und ließ sich auf die Bank sinken.

»Nach dem Duschen trinken wir bei Adenaar einen«, erklärte er. »Ich will hören, wie weit ihr seid.«

»Na gut«, sagte Münster. »Ich muss nur vorher schnell Synn anrufen.«

»Mach das«, sagte Van Veeteren. »Und bestell ihr einen schönen Gruß.«

Er glaubt sicher, dass er das nicht überlebt, dachte Münster und wusste plötzlich, dass der Kommissar ihm Leid tat. Und das passierte zweifellos zum ersten Mal und kam ziemlich überraschend. Er drehte sich zur Dusche und ließ das heiße Wasser das plötzlich entstandene Lächeln wegspülen.

Doch bei Adenaar hatte der Kommissar sein altes Ich wiedergefunden. Er beklagte sich wütend über das Wasser im Bier und ließ sich zweimal ein neues Glas bringen. Schickte Münster Zigaretten kaufen. Aschte in die Blumenvase.

»Ihr kommt nicht weiter, oder?«

Münster seufzte. Er trank einen tiefen Schluck und machte sich an einen Lagebericht.

Nein, er musste einfach zugeben, dass Van Veeteren absolut richtig lag mit seiner Vermutung. Der unidentifizierte Leichnam aus dem Wald war so unidentifiziert wie eh und je. Zwei Wochen waren vergangen und sie traten noch immer auf der Stelle.

Nicht, dass ihr gemeinsamer Arbeitseinsatz zu wünschen übrig ließe, es fehlte nur eben das Ergebnis. Wiederholt war die Öffentlichkeit zur Mitarbeit aufgefordert worden, in Zeitungen, Rundfunk und Fernsehen. Im ganzen Land war über den Fall berichtet worden, aber natürlich hatte das Interesse der Medien nach der ersten Woche nachgelassen. Alle Vermisstenmeldungen im ganzen Land (Männer zwischen vierzig und siebzig, für den Fall, dass Meusse sich gegen alle Erwartungen doch geirrt haben könnte) waren überprüft worden, und noch keiner war in Frage gekommen, und sei es nur wegen der Hodensache. Rooth hatte bei allerlei Krankenhäusern angerufen und in Erfahrung gebracht, dass im Land wohl zwischen neunhundert und tausend Männern im fraglichen Alter aus verschiedenen Gründen ein Hoden fehlte. Das war eine um einiges größere Anzahl, als er angenommen hatte, und es hatte sich als mehr oder weniger unmöglich erwiesen, sie mit Hilfe von Krankenberichten ausfindig zu machen, zumal auch die ärztliche Schweigepflicht zu bedenken war. Münster hatte sich an drei oder vier Gefängnisdirektoren gewandt und feststellen müssen, dass Kontrolle und Registrierung der Geschlechtsorgane der Insassen ein bedauerlich vernachlässigter Teil der Rechtspflege war.

»Ist doch sowieso ziemlich sinnlos, die Gefängnisse durchzuwühlen«, meinte Münster. »Das mit den Fingerabdrücken ist schließlich auch nur eine Annahme.«

Van Veeteren nickte.

»Und der Teppich?«, fragte er.

»Tja«, sagte Münster. »Über den wissen wir natürlich eine ganze Menge. Möchte der Kommissar das hören?«

»In groben Zügen, bitte.«

»Viehhaarteppich. Ziemlich schlechte Qualität, war irgendwann mal blau und grau. Hundertsechzig mal hundertneunzig Zentimeter. Zwischen dreißig und vierzig Jahre alt, nehmen wir an. Kein Firmenetikett oder so, war schon ziemlich verschlissen, ehe er zum … Einwickeln benutzt wurde.«

»Hm«, sagte Van Veeteren.

»Es gibt Spuren von Hundehaaren und fünfzig anderen Dingen, die man in jedem Haushalt findet. Braune Paketschnur, übrigens. Damit ist er zugebunden worden, klar. Doppelt gewickelt, damit sie hält. Ganz normale Sorte. Davon werden an die zweihunderttausend Meter verkauft … im ganzen Land, meine ich.«

Der Kommissar steckte sich eine Zigarette an.

»Noch mehr von Meusse?«

»So einiges«, sagte Münster. »Sie haben eine DNS-Analyse durchgeführt und den gesamten genetischen Code ermittelt, wenn ich das richtig verstanden habe. Das Problem ist nur, dass wir keine Vergleichsmöglichkeiten haben. Kein Register.«

»Gott sei Dank«, sagte Van Veeteren.

»Finde ich ja auch«, sagte Münster. »Aber im Grunde wissen wir alles, was es über diesen verdammten Kadaver zu wissen gibt.«

»Nur nicht, wem er gehört hat«, sagte Van Veeteren.

»Nur das nicht, nein«, seufzte Münster.

»Wissen die Medien das mit der Hodengeschichte? Ich habe nichts gesehen.«

»Nein«, sagte Münster. »Das wollten wir erst mal für uns behalten. Um sicher zu sein, wenn der Richtige auftaucht, aber ich glaube, es ist doch ein wenig durchgesickert.«

Van Veeteren dachte noch eine Weile nach.

»Muss verdammt einsam gewesen sein«, sagte er dann. »Unvorstellbar einsam.«

»Ich habe über Leute gelesen, die zwei oder drei Jahre tot in ihrer Wohnung gelegen haben, und niemand hat sie vermisst«, sagte Münster.

Van Veeteren nickte düster und bestellte noch zwei Bier.

»Ich weiß nicht, ob ich ...«, sagte Münster zaghaft.

»Ich geb einen aus«, erklärte der Kommissar und damit war der Fall erledigt. »Glaubst du, dass er überhaupt vermisst gemeldet worden ist? Irgendwo?«

Münster schaute aus dem Fenster und dachte nach.

»Nein«, sagte er. »Ich habe mir das lange überlegt und glaube es eigentlich nicht.«

»Kann natürlich auch ein Ausländer sein«, meinte Van Veeteren. »Die Grenzen sind doch heute so offen, dass jeder mit einer Leiche im Kofferraum angefahren kommen kann.«

Münster nickte.

»Und wie wollt ihr jetzt weiter vorgehen?«

Münster zögerte.

»Tja, die Sache auf Eis legen, nehme ich an. Rooth sitzt schon an einem anderen Fall. Ich vermute, dass Hiller mich von übermorgen an in eine andere Einsatzgruppe stecken will. Und unser Mann kann solange in der Kühlhalle liegen und auf den nächsten Zufall warten.«

Van Veeteren nickte beifällig.

»Gut, Polizeidirektor«, sagte er und hob das Glas. »Verdammt gut formuliert. In der Kühlhalle liegen und auf einen Zufall warten – es ist wohl nicht so ganz nach Plan ausgefallen, das mit dem Leben nach diesem. Aber auf jeden Fall Prost!«

»Und der Kommissar kann mir keinen guten Rat geben?«, fragte er, als sie das Lokal verließen.

Van Veeteren kratzte sich im Nacken.

»Nein«, sagte er. »Du sagst es ja selber. Man muss auch Geduld haben können. Die Hühner legen nicht schneller Eier, wenn wir sie dabei anglotzen.«

»Woher nimmt der Kommissar nur die vielen Vergleiche?«

»Keine Ahnung«, sagte Van Veeteren zufrieden. »Das ist so bei uns Poeten. Es fliegt uns einfach zu.«

9

Auf das erste Zeichen hatte sie nicht geachtet. Es hatte nur aus einigen Zeilen bestanden, die sie auf dem Weg vom Flughafen in einer Abendzeitung gesehen hatte. Und die hätten sich auf alle Welt beziehen können.

Später fand sie die Sache schon beunruhigender. Als sie ausgepackt und ihre beiden Tabletten genommen hatte, vertiefte sie sich in die Tageszeitungen, die Frau Pudecka wie immer ordentlich auf dem Küchentisch gestapelt hatte. Sie ließ sich in den Biedermeiersessel vor dem Kamin sinken und ging langsam eine nach der anderen durch, und dabei stiegen dann die bösen Ahnungen in ihr auf. Natürlich handelte es sich bis auf weiteres um pure Hirngespinste – um Grillen im Kopf, die vermutlich auf das Konto ihres nicht ganz reinen Gewissens gingen. Dieses vage Schuldbewusstsein, das eigentlich ganz unbegründet war und das sie dennoch nie verließ … Sie hätte es sich anders gewünscht. Hätte es vorgezogen, wenn das schlechte Gewissen sich entschlossen hätte, einfach nicht mehr da zu sein. Nie mehr.

Aber das passierte natürlich nicht.

Sie ging in die Küche. Kochte sich noch eine Tasse Tee, trug einige Zeitungen ins Schlafzimmer und ging sie noch einmal systematisch durch. Ausgestreckt lag sie unter der Decke und las, während sie in Gedanken in der Zeit zurückging und versuchte sich an Daten und Ereignisse zu erinnern. Als die Dämmerung einsetzte, nickte sie für einige Minuten ein, wurde dann aber aus einem Traum geschleudert, in dem sie sein Gesicht plötzlich ganz deutlich vor sich gesehen hatte.

Sein ganz und gar stummes Gesicht mit den unergründlichen Augen.

Sie streckte die Hand aus und knipste die Lampe an.

Ob er es sein könnte?

Sie schaute auf die Uhr. Halb sieben. Es war auf jeden Fall zu spät, um sich an diesem Abend noch ins Auto zu setzen. Und der Flug hatte sie wie immer müde gemacht. Niemand konnte verlangen, dass sie sofort aktiv wurde, aber sie wusste auch, dass sie diese Sache nicht einfach unter den Teppich kehren und hoffen konnte, dass sie dort bleiben würde. Es gibt Dinge, die man nicht einfach ausfallen lassen kann. Es gibt Pflichten.

Sie duschte und verbrachte zwei Stunden vor dem Fernseher. Rief Liesen an und meldete sich zurück, erwähnte ihre Befürchtungen jedoch mit keinem Wort. Natürlich nicht. Liesen gehörte zu denen, die nichts wussten, es hatte nie einen Grund gegeben, sie in dieser Hinsicht ins Vertrauen zu ziehen.

Keinen ersichtlichen Grund.

In den Nachrichten wurde kein Wort über diese Angelegenheit gesagt. Was ja eigentlich kein Wunder war, es waren schon über zwei Wochen vergangen, und es gab wichtigere Dinge, die der Bevölkerung mitgeteilt werden mussten. Vermutlich war die Sache schon aus dem Bewusstsein der Öffentlichkeit verschwunden, und sie stellte sich vor, dass alles bald vergangen und vergessen sein würde, wenn sie sich jetzt nicht einschaltete.

Vergangen und vergessen? Das war schließlich nicht dasselbe.

Vergangen und vergessen.

Sie seufzte nervös. Wäre das nicht doch die beste Lösung? Warum in aller Welt sollte sie diese alte Geschichte wieder aufwühlen? Wie viel Böses würde dabei ans Tageslicht kommen? Würde er denn nie damit aufhören, sie zu verfolgen wie ein ... wie ein, wie hieß das denn bloß heutzutage? Poltergeist? Irgendetwas in dieser Richtung jedenfalls.

Aber da war dieses vage Gefühl. Dieses leichte, bohrende Schuldbewusstsein. Darum ging es hier. Würde sie sich jemals davon befreien können, wenn sie sich auch diesmal aus der Sache heraushielte? Eine gute Frage, zweifellos. Auch bei optimistischer Rechnung blieben ihr wohl kaum mehr als zehn oder zwölf Jahre, und dann würde auch sie das Ende erreicht haben.

Und vor ihrem Schöpfer stehen. Und dann wäre es vielleicht angesagt, keinen Dreck mehr am Stecken zu haben.

Ja, sicher. Sie seufzte, erhob sich und schaltete den Fernseher aus. Sie musste der Sache nachgehen.

Ansonsten sprach eigentlich nichts, rein gar nichts dafür, dass er es war. Nicht im Geringsten.

Bestimmt spielten ihr nur ihre Nerven einen Streich.

Am frühen Morgen brach sie auf. Sie war um halb sechs aufgewacht, auch das war eine dieser unvermeidlichen Alterserscheinungen. Sie war aufgestanden, hatte gefrühstückt und noch vor sieben Uhr ihren Wagen aus der Garage geholt.

Es war nicht viel Verkehr, als sie die Stadt hinter sich gelassen und das Hochland erreicht hatte, war sie fast allein auf der Straße. Es war ein schöner Morgen mit dünnem Dunst, der sich langsam auflöste, während die Sonne immer stärker wurde. Sie machte in der pittoresken Gaststätte zwischen Gerlach und Würpatz Pause und trank eine Tasse Kaffee. Versuchte sich zu sammeln und ihre bohrende Unruhe zu bezähmen, während sie in den Tageszeitungen blätterte. Dort stand keine Zeile. In keiner.

Sie fuhr ohne anzuhalten durch Linzhuisen und hatte kurz nach halb zehn das Haus erreicht. Stieg aus und bahnte sich einen Weg zur Tür. Mit einiger Mühe konnte sie sie öffnen, und danach brauchte sie nicht lange, um einzusehen, dass ihre Befürchtungen durchaus zutreffen könnten.

Sicher war sie natürlich noch immer nicht, aber wo sie nun schon einmal so weit gekommen war, blieb ihr nichts anderes übrig, als sich an die Polizei zu wenden.

Das tat sie dann auch umgehend: vom Postamt in Linzhuisen aus, genauer gesagt, der Anruf wurde um 10.03 Uhr in der Maardamer Wache vom Dienst habenden Polizeianwärter Pieter Willock registriert.

Zehn Minuten später öffnete Kriminalinspektor Rooth die Tür zum Arbeitszimmer des Kollegen Münster, ohne vorher anzuklopfen, und verkündete mit kaum verhohlener Aufregung:

»Ich glaube, wir haben ihn!«

10

Schlafen, dachte er. Nur schlafen.

Die Stunden vor seiner Aufnahme im Krankenhaus waren nicht zu der erwarteten Orgie der Einsamkeit geworden, und vielleicht lag es ebenso an den Telefonstimmen wie an dem, was ihm bevorstand, dass er bis in die frühen Morgenstunden keinen Schlaf finden konnte.

Nicht, dass sie offen versucht hatten, Abschied von ihm zu nehmen, so hatten sie sich zumindest nicht angehört. Aber wenn etwas Unvorhergesehenes eintreffen sollte, dann wäre es für sie sicher eine Befriedigung, dass sie am letzten Abend noch mit ihm gesprochen hatten.

Renate war die Erste. Schlich wie immer wie die Katze um den heißen Brei; erzählte vom Sommerhaus, das sie einst besessen hatten, von Büchern, die sie nicht gelesen, sondern irgendwo im Schaufenster gesehen hatte, von ihrem Bruder und ihrer Schwägerin (diesem hassenswerten Bruder, mit der Schwägerin hatte er sich aus unerfindlichen Gründen immer gut verstanden – damals, wohlgemerkt), und erst nach fünfzehn oder zwanzig Minuten brachte sie unaufgefordert das Thema Operation zur Sprache.

Ob er sich Sorgen mache?

Ach, das nicht? Na, das hatte sie natürlich auch nicht erwartet. Aber er würde sich doch auf jeden Fall melden, wenn alles vorüber wäre?

Er hatte ihr ein halbes Versprechen gegeben. Er war zu allem bereit, wenn sie nur nicht vorschlug, wieder zusammenzuziehen. Sie lebten jetzt seit fast drei Jahren getrennt, und wenn er in seinem Leben etwas nicht bereute, dann war das die Trennung von Renate.

Vielleicht könnte man gerade aus diesem Grund behaupten, ihre Ehe sei doch keine so große Torheit gewesen. Als Mittel zum Zweck gewissermaßen.

Depressive Menschen sollten sich voreinander hüten, hatte Reinhart einmal gesagt. Die Summe werde zumeist größer als die Teile. Um einiges größer.

Und dann war da noch Mahler. Kaum hatte er das erste Telefongespräch beendet, als er auch schon den alten Poeten an der Strippe hatte.

Er hatte das Bevorstehende offenbar erwähnt. Vermutlich bei der Schachpartie am vergangenen Samstag. Es war aber auf jeden Fall eine Überraschung. Mahler war kein Mensch, der ihm nahe stand – was immer das bedeuten mochte –, aber vielleicht lag ja doch mehr in ihrem ruhigen Beisammensein im verräucherten Gewölbe, als er sich hatte vorstellen mögen. Oder als er sich vorzustellen gewagt hatte. Er hatte sich die Sache natürlich nicht weiter überlegt, aber auf jeden Fall war der Anruf eine Überraschung gewesen.

»Du musst sicher zwei Runden aussetzen, stelle ich mir vor«, hatte er gesagt, dieser Mahler.

»Bin bald wieder da«, hatte Van Veeteren geantwortet. »Und nichts steigert die Fähigkeiten besser als zwei Wochen Enthaltsamkeit.«

Und Mahler hatte sein tiefes Lachen gelacht und ihm alles Gute gewünscht.

Und dann hatte natürlich auch noch Jess angerufen.

Hatte ihn aus der Ferne innig und töchterlich umarmt und versprochen, in einigen Tagen mit Weintrauben, Schokolade und Enkelkindern zu Besuch zu kommen.

»Nie im Leben«, protestierte er. Die Kinder tausend Kilometer weit hierher zu schleppen, um einen grauen Drecksgreis anzustarren! »Ich würde denen doch eine Höllenangst einjagen!«

»Unfug«, sagte Jess. »Danach gehe ich mit ihnen in eine Eisdiele, dann legt sich die Angst wieder. Ich weiß, dass du eine Heidenangst vor der Operation hast, aber das streitest du natürlich ab, wenn jemand es erwähnt.«

»Ich streite alles ab«, sagte Van Veeteren.

Wie Mahler musste auch Jess lachen, und dann hatte er Schulfranzösisch mit zwei Dreijährigen gesprochen, die ebenfalls energisch mit einem Besuch gedroht hatten. Wenn er sie richtig verstanden hatte. Und sie schienen ziemlich gut informiert zu sein, das musste er einfach zugeben.

»Man kriegt eine Spritze, dann schläft man ein«, sagte das eine Kind.

»Und die Toten werden in den Keller gesteckt«, sagte das andere.

Als auch das überstanden war, hatte er sich auf den Weg zum Krankenhaus machen müssen. Er hinterlegte wie üblich seinen Schlüssel zwei Treppen tiefer bei Frau Grambowska, und auch diese weißhaarige getreue Gehilfin erschien ihm an diesem Abend in einem seltsam versöhnlichen Licht. Sie umfasste mit beiden Händen seine Hand und streichelte sie zärtlich, eine Geste, wie sie in all den Jahren ihrer Bekanntschaft noch nicht vorgekommen war.

»Machen Sie es gut«, sagte sie. »Und seien Sie vorsichtig!«

Ich werde sie alle enttäuschen, wenn ich das überstehe, dachte er und stieg ins Taxi. Kein schlechter Rat, übrigens. Vorsichtig sein! Wenn er erst einmal betäubt und aufgeschlitzt dalag, durfte er auf keinen Fall etwas Übereiltes tun. Daran musste er denken!

Er überlegte sich, dass Erich im Grunde der Einzige war, der nichts von sich hatte hören lassen, aber vielleicht hatte er es früher am Nachmittag versucht. Das Spiel mit Münster und der Besuch bei Adenaar hatten ihre Zeit gedauert und er war höchstens zwei Stunden zu Hause gewesen. Und im Gefängnis durfte man sicher nicht zu jeder Zeit telefonieren, nahm er an.

In dem blassgelben Zimmer, in das die Schwester ihn führte, standen zwei Betten, aber das andere war leer, so dass er allein und ungestört mit seinen Gedanken daliegen konnte.

Und die waren zahlreich und wechselhaft. Und heftig genug, um den Schlaf auf Distanz zu halten. Mit Hilfe der Telefongespräche suchte er vorsichtig den Weg zurück durch die Zeit; es war keine aktive Suche, seine Gedanken zogen ihn mit sich und bald fing er an, sich an alle Schmerzpunkte und Freudenkörner im Leben zu erinnern, er versuchte zu verstehen, was ihn eigentlich zu dem Menschen gemacht hatte, der er war ... falls eine dermaßen infantil vereinfachte Fragestellung überhaupt zulässig war. Auf jeden Fall schien es höchste Zeit zum Nachdenken zu sein; so, als verfasse er seine eigene Grabinschrift, ging ihm auf – seinen eigenen Nekrolog, mit umgekehrten, wahrheitsgetreuen Vorzeichen. Oder Fragezeichen.

Aus der Erinnerung.

Ex memoriam.

Wer bin ich? Wer war ich?

Eine Antwort ließ sich natürlich nicht finden; abgesehen davon, dass es für alles viele Ursachen zu geben schien. Die ihn alle auf unklare Weise in dieselbe unbarmherzige Richtung gezogen hatten.

Sein Vater, diese zutiefst tragische Gestalt (aber Kinder sind ja blind für die Größe in der Tragik), der ihn so stark geprägt hatte. Der ihm mit so sicherer und fester Hand die Lehre eingeschärft hatte, dass wir uns vom Leben nicht die geringste Kleinigkeit erwarten dürfen. Nichts ist von Dauer, es gibt nur kurze Strecken, pure Willkür, reinen Zufall und Finsternis.

Ja, ungefähr so, wenn er ihn richtig verstanden hatte.

Seine Ehe; fünfundzwanzig Jahre mit Renate. Das hatte immerhin zu zwei Kindern geführt, und das war wirklich das Große daran. Das eine saß im Gefängnis und würde auf diesem Weg wohl weitergehen, aber Jess und die Enkelkinder waren auf jeden Fall ein unerwarteter grüner Zweig an diesem kranken alten Baum. Das ließ sich einfach nicht leugnen.

Die Toten werden in den Keller gesteckt!

Der Dienst; ja, wenn nichts anderes ihn hierher geführt hatte, so mussten doch an die fünfunddreißig Jahre Sisyphosarbeit im Dienste der Gesellschaft und der Schattenseiten des Lebens irgendwelche Wirkung gezeitigt haben.

Doch, es gab bestimmt Zusammenhänge.

Er schob die Hand unter den gestärkten Bettbezug und strich sich über den Bauch. Da ... da saß es irgendwo, gleich rechts vom Nabel, wenn er das richtig verstanden hatte. Und dort würde der Eingriff erfolgen.

Er drückte vorsichtig zu. Spürte, wie der Hunger sich einstellte, wie auf einen Knopfdruck hin, er hatte seit sechs Uhr abends nichts mehr essen dürfen, und nun fiel ihm ein, dass er bereits seit dem Mittag gefastet hatte. Vermutlich versuchten seine Darmzotten in zähem, vergeblichem Kampf den letzten Biertropfen von Adenaar ihren Saft zu entlocken ... er versuchte sich diesen bizarren Prozess vor sein inneres Auge zu rufen, aber die Bilder, die zögernd erschienen, waren unklar und weit über die Grenze des Begreiflichen hinaus abstrakt.

Irgendwann während seiner Beschäftigung mit diesem verworrenen Geflimmer musste er dann eingeschlafen sein; die unklare Filmvorführung aus seinen Darmregionen ging noch eine Weile weiter, doch nach und nach wurde dann alles deutlicher. Das Bild wurde wieder scharf, der Schauplatz war grell erleuchtet und unverkennbar: der Operationssaal mit seinen grün gekleideten geheimnisvollen Gestalten, die unter hypnotisch tiefer Konzentration schweigend umherglitten. Nur das dünne, scharfe Funkeln der spitzen Instrumente, die geschliffen oder in harte Metallschalen gelegt wurden, durchbrach dann und wann die verschwörerische Stille.

Und er lag da, nackt und preisgegeben auf dem kalten Marmortisch, und plötzlich wusste er, dass alles schon vorbei war, dass hier durchaus nicht die Rede von einer Operation war, dass stattdessen alles in dem vertrauten und kühlen Obduktionssaal der Gerichtsmedizin vor sich ging, wo er Meusse und dessen Kollegen so oft bei der Arbeit zugesehen hatte.

Und er näherte sich dem Tisch und den eifrig schlitzenden und schneidenden Gestalten und begriff, dass nicht er dort liegen konnte, sondern irgendein wildfremder Unglückswurm. Nein, vielleicht doch nicht so fremd ... dieser kopflose Körper hatte etwas Bekanntes. Ihm schienen auch Füße und Hände zu fehlen, und als er sich endlich an Meusse und diesem bleichen, fetten Assistenten, dessen Namen er sich nie merken konnte, vorbeigedrängt hatte, sah er, dass hier nicht an einem Tisch gearbeitet wurde, sondern an einem Stück Waldboden. Einem Graben; und dass es hier auch nicht um eine Operation oder Obduktion ging, sondern dass der Leichnam einfach in einen großen, verdreckten Teppich gewickelt worden war und nun im morastigen Graben versenkt werden sollte, wo er hingehörte. Wo alles hingehörte. Jetzt und in alle Ewigkeit.

Und dann war er es doch selber, der im Teppich steckte. Er konnte keinen Laut herausbringen, konnte kaum atmen, hörte aber das erregte Flüstern der anderen: »Hier wird er gut liegen! Niemand wird ihn jemals finden. Ein ganz und gar überflüssiger Mensch. Warum sollten wir uns um so einen Sorgen machen?«

Und er schrie sie an, sie sollten ... sich an ihre moralische Verantwortung erinnern. Ja, genau das schrie er, aber viel kam nicht dabei heraus, denn der Teppich war so dick und die anderen gingen schon weg und es war ungeheuer schwer, sich ohne Kopf Gehör zu verschaffen.

Die Frau packte ihn am Arm. Er öffnete die Augen und wollte noch einmal rufen, sie müsse sich auf ihre moralische Verantwortung besinnen, doch dann ging ihm auf, dass er wach war.

Die Frau sagte etwas und ihre Augen schienen von Mitleid erfüllt zu sein. Oder von etwas Ähnlichem.

Bin ich tot, fragte sich Van Veeteren. Die Frau hatte im Grunde doch sehr viel von einem Engel. Unmöglich war das also nicht.

Aber sie hielt einen Telefonhörer in der Hand. Das kam

ihm reichlich weltlich vor, und er sah ein, dass er vermutlich noch nicht einmal operiert worden war. Dass noch Morgen war, und dass er noch alles vor sich hatte.

»Telefon«, sagte sie noch einmal. »Ein Anruf für den Kommissar.«

Sie reichte ihm den Hörer und trat vom Bett zurück. Er räusperte sich und setzte sich halbwegs auf.

»Ja?«

»Kommissar?«

Es war Münster.

»Ja, am Apparat.«

»Entschuldige, dass ich dich im Krankenhaus störe, aber ich habe gehört, die Operation findet erst um elf statt ...«

»Und wie spät ist es jetzt?« Er hielt an den leeren Wänden nach einer Uhr Ausschau, konnte aber keine finden.

»Zwanzig nach zehn.«

»Ach?«

»Ich wollte nur sagen, dass wir wissen, wer er war ... das schien den Kommissar doch ein klein wenig zu interessieren.«

»Du meinst die Leiche im Teppich?«

Für einen Bruchteil einer Sekunde war er wieder in seinen Traum hineinversetzt.

»Ja. Wir sind also ziemlich sicher, dass wir es mit Leopold Verhaven zu tun haben.«

»Was?«

Für einen Moment war Kommissar Van Veeterens Bewusstsein einfach leer. Eine sorgfältig blank polierte Stahlplatte, die alles abstieß und von nichts durchdrungen werden konnte.

»Was zum Teufel hast du da gesagt?«

»Leopold Verhaven eben. Der ist es. Ich gehe davon aus, dass der Kommissar sich an ihn erinnert?«

Drei Sekunden vergingen. Die Stahlplatte weichte auf und ließ Informationen durch.

»Unternehmt noch nichts«, sagte Van Veeteren. »Ich komme.«

Er schwang die Beine über die Bettkante, doch in diesem Moment wurde die Tür aufgerissen und eine unerwartet große Gruppe von grün gekleideten Gestalten trat ins Zimmer.

Der Hörer baumelte an der Leitung.

»Hallo«, rief Münster. »Bist du noch da, Kommissar?«

Die farbige Schwester hob den Hörer auf.

»Der Kommissar ist soeben zur Operation gefahren worden«, erklärte sie freundlich und legte den Hörer auf die Gabel.

III

24. August 1993

11

Es gab zwei gute Aussichtspunkte und zwei mögliche Züge.

Der erste würde erst um 12.37 ankommen, aber er hatte schon um elf Uhr Posten bezogen. Die richtige Position war natürlich wichtig; er hatte sich einen Fenstertisch auf der Veranda ausgesucht. Das hatte er schon einige Tage zuvor entschieden, der Ausblick auf den Bahnhofsvorplatz war hervorragend, vor allem auf den Zwischenraum zwischen Taxirufsäule und Kiosk. Er hatte ihn genau im Blick, und alle Eintreffenden mussten früher oder später dort auftauchen.

Falls sie sich nicht für den verbotenen Weg über die Gleise entschieden, natürlich, aber warum sollte er das tun? Er wohnte in dieser Richtung, hatte also keinen Grund nach Norden zu gehen, und wenn er an diesem Tag überhaupt hier eintreffen würde, dann müsste er dort unten vorbeikommen. Früher oder später, wie gesagt. Vermutlich so gegen Viertel vor eins.

Oder anderthalb Stunden später.

Was er danach unternehmen würde, war natürlich noch die Frage, aber vermutlich würde er sich einfach die restlichen fünfzehn Kilometer von einem Taxi fahren lassen. Eigentlich war das auch egal. Wichtig war, dass er kam.

Danach würden alle Zweifel sich auflösen. Auf irgendeine Weise.

Er bestellte sein Mittagessen – eine kalte Platte mit Salat, Brot, Butter und Käse, doch während der zwei Stunden, die er dort saß, rührte er das Essen kaum an. Stattdessen rauchte er an die fünfzehn Zigaretten und blätterte ab und zu eine Seite in dem Buch um, das rechts neben seinem Teller lag – ohne mehr zu lesen als hier und dort eine Zeile, deren Inhalt er nicht erfasste. Als Tarnung war das Buch also ein Misserfolg. Wer immer einen genaueren Blick auf ihn warf, musste erkennen, dass hier etwas nicht stimmte. Das wusste er auch selber, aber weiter gefährlich war das nicht.

Denn wer in aller Welt sollte ihn genauer unter die Lupe nehmen wollen?

Niemand, hatte er festgestellt, und zweifellos war das ein absolut korrektes Urteil. Zur Mittagszeit zwischen elf und zwei suchten zwischen zweihundert und zweihundertfünfzig Gäste das Bahnhofsrestaurant auf. Die meisten waren natürlich Stammgäste, aber es gab auch so viel Laufkundschaft, dass sich wohl kaum irgendwer an den absolut unscheinbaren Mann in Cordhosen und graugrünem Pullover erinnern würde, der am Fenster gesessen und keiner Fliege etwas zu Leide getan hatte.

Vor allem, wenn man den Zeitfaktor bedachte. Er ertappte sich bei einem heimlichen Lachen, als ihm dieser Gedanke kam. Wenn alles nach Plan lief, würde viel Zeit vergehen. Monate. Hoffentlich sogar Jahre. Jede Menge Zeit. Im allerbesten Fall würde die Sache überhaupt nie ans Tageslicht gelangen.

Das wäre natürlich die optimale Lösung – dass alles geheim bleiben könnte –, aber er sah ja ein, dass es dumm wäre, sich darauf zu verlassen. Besser und klüger war es, auf alle Eventualitäten vorbereitet zu sein. Besser war es, hier in aller Ruhe zu sitzen und nicht aufzufallen. Ein Unbekannter unter den vielen anderen Unbekannten. Von niemandem bemerkt, von allen vergessen.

Gegen zwölf, als der Zustrom an Gästen den Höhepunkt erreichte, machte der eine oder andere Gast den Versuch, die andere Hälfte des Tisches oder den zweiten Stuhl an sich zu reißen, aber er wehrte ab. Erklärte freundlich, leider sei der Stuhl besetzt, weil er noch auf jemanden warte.

Später, während der kritischen Minuten gegen Viertel vor eins, war er angespannt, das ließ sich einfach nicht vermeiden. Als er die ersten Reisenden kommen sah, zog er seinen Stuhl näher ans Fenster und vergaß alle anderen Rücksichten. Er musste sich konzentrieren, die Identifizierung war vielleicht das schwächste Glied in der ganzen Kette. Es war viel Zeit vergangen und wer konnte wissen, wie sehr der andere sich während dieser Jahre verändert hatte? Und er durfte ihn unter keinen Umständen verpassen.

Er durfte ihn nicht unbemerkt vorübergehen lassen.

Als er ihn dann wirklich entdeckte, geschah das anderthalb Stunden später vom Café auf der anderen Straßenseite aus, und er sah ein, dass er sich unnötig Sorgen gemacht hatte.

Denn natürlich war er es. Er sah das schon auf dreißig Meter Entfernung – dieselbe energische sehnige kleine Gestalt; ein wenig gebückt vielleicht, aber nicht sehr. Die Haare farbloser und schütterer. Geheimratsecken. Ein wenig steifere Bewegungen.

Ein wenig grauer, ein wenig älter.

Aber zweifellos der Gesuchte.

Er verließ den Tisch und ging hinaus auf die Straße. Der andere stand jetzt vor der Taxirufsäule. Genau wie erwartet. Stand als dritter in der Schlange und suchte etwas in seinen Hosentaschen. Zigaretten oder Geld oder was auch immer.

Also brauchte er nur zu warten. Zu warten, sich ins Auto zu setzen und dem anderen zu folgen. Es gab auch keinen Grund zur Eile. Er wusste ja, wie es weitergehen würde.

Wusste, dass alles klappen würde.

Für einen kurzen Moment wurde ihm schwindlig, weil sein Puls sich so beschleunigt hatte, aber bald hatte er sich wieder im Griff.

Das Taxi fuhr los. Drehte auf dem Bahnhofsvorplatz, und als es vor dem Café an ihm vorbeifuhr, sah er aus weniger als zwei Metern Entfernung durch das Seitenfenster das bekannte Profil und wusste plötzlich, dass es kein Problem geben würde.

Wirklich nicht das geringste Problem.

IV

5. – 10. Mai 1994

12

»Was glaubst du?«, fragte Rooth.

Münster zuckte mit den Schultern.

»Weiß nicht. Aber bestimmt ist er das. Wir müssen nur auf die Leute von der Spurensicherung warten.«

»Nicht gerade gemütlich hier.«

»Nein, aber passt doch zu der ganzen Geschichte. Sollen wir einen Spaziergang in den Ort machen? Hier können wir ja doch nichts ausrichten. Und wir müssen uns bestimmt ein bisschen mit den Nachbarn unterhalten.«

Rooth nickte, und sie gingen schweigend den kurvenreichen Waldweg hinab. Nach zweihundert Metern öffnete sich die Landschaft, sie sahen Bauernhöfe und einen Steinwurf entfernt die Ortschaft Kaustin. Sie gingen zur Kirche und zur Hauptstraße.

»Wie viele Seelen hier wohl wohnen?«, fragte Rooth.

Münster schaute zum Friedhof hinüber, ging aber davon aus, dass sich die Frage auf die bezog, die noch nicht zur Ruhe gekommen waren.

»Einige hundert, schätze ich. Auf jeden Fall gibt es Läden und eine Schule.«

Er nickte zur Straße hinüber.

»Was meinst du?«, fragte Rooth. »Schauen wir uns mal genauer um?«

»Warum nicht«, meinte Münster. »Wenn der Kaufmann nichts weiß, dann weiß bestimmt auch sonst niemand was.«

Im Laden saßen zwei alte Damen, und Münster musste einsehen, dass sie durchaus nicht vorhatten, sich vertreiben zu lassen. Während Rooth sich in das Angebot an Schokoladenkuchen und Bonbontüten vertiefte, lotste Münster vorsichtig den mageren Kaufmann in einen Nebenraum. Vielleicht war es eine unnötige Vorsichtsmaßnahme; ihr Einzug in der Stadt, mit fünf oder sechs Wagen, die im Konvoi über den ansonsten nicht befahrenen Waldweg bretterten, konnte wohl kaum unbemerkt verlaufen sein. Aber natürlich gab es noch allerlei Gründe, die Sache möglichst geheim zu halten. Die Identität des Toten war schließlich noch nicht bewiesen.

»Mein Name ist Münster«, sagte er und zeigte seinen Dienstausweis.

»Hoorne. Janis Hoorne«, erklärte der Kaufmann mit nervösem Lachen.

Münster beschloss, sofort zur Sache zu kommen.

»Wissen Sie, wem das Haus oben im Wald gehört? Das am Weg liegt, der bei der Kirche abbiegt, meine ich.«

Der Kaufmann nickte stumm.

»Wem denn?«

»Verhaven.«

Ausgedörrter Mund, dachte Münster. Flackernder Blick. Warum ist er so nervös?

»Haben Sie diesen Laden schon lange?«

»Dreißig Jahre. Ich habe ihn von meinem Vater übernommen.«

»Sie kennen die Geschichte?«

Wieder nickte der Kaufmann. Münster ließ einige Sekunden verstreichen.

»Ist etwas passiert?«

»Das wissen wir noch nicht«, erklärte Münster. »Vielleicht. Ist Ihnen irgendetwas aufgefallen?«

»Nein ... nein, was sollte das auch sein?«

Die Nervosität umgab ihn wie eine Aura, aber natürlich

konnte das seinen guten Grund haben. Münster betrachtete ihn kurz, dann redete er weiter.

»Leopold Verhaven wurde im vergangenen August aus dem Gefängnis entlassen … am 23., um genau zu sein. Wir glauben, dass er kurz darauf in sein Haus zurückgekehrt ist. Wissen Sie etwas darüber?«

Der Kaufmann zögerte.

»Sie erfahren doch sicher so ungefähr alles, was hier in Kaustin passiert, oder?«

»Ja …«

»Also? Wissen Sie, ob er zurückgekommen ist … im Herbst oder zu irgendeinem anderen Zeitpunkt?«

»Angeblich …«

»Ja.«

»Angeblich ist er damals gesehen worden.«

Er zog ein Taschentuch aus der Hosentasche und wischte sich die Oberlippe.

»Wann denn?«

»Ja, irgendwann im vergangenen August.«

»Aber seither hat er sich nicht mehr blicken lassen?«

»Ich glaube nicht.«

»Also nur einmal? Stimmt das? Er ist nur ein oder zweimal gesehen worden?«

»Ich weiß es nicht. Ich glaube es aber.«

»Von wem?«

»Entschuldigung?«

»Wer hat ihn gesehen?«

»Maertens, wenn ich das richtig in Erinnerung habe … vielleicht auch Frau Wilkerson, ich weiß es nicht mehr genau.«

Münster machte sich Notizen.

»Und wo kann ich Maertens und Frau Wilkerson finden?«

»Maertens wohnt bei Niedermanns hinter der Schule, aber er arbeitet auf dem Friedhof. Da werden Sie ihn sicher finden, wenn Sie meinen …«

Ihm versagte die Stimme.

»Und Frau Wilkerson?«

Der Kaufmann hustete und stopfte sich einige Pastillen in den Mund.

»Hat ein Haus oben im Wald. Rechts ... den Weg zu Verhaven hoch, meine ich.«

Münster nickte und klappte seinen Block zu. Als sie in den Laden zurückgingen, wagte Kaufmann Hoorne eine Frage.

»Hat er es wieder getan?«

Es war eigentlich mehr geflüstert. Münster schüttelte den Kopf.

»Nein«, sagte er. »Wohl kaum.«

»Willst du ein Stück?«

Rooth hielt ihm ein halb gegessenes Stück Schokoladenkuchen hin.

»Nein, danke«, sagte Münster. »Hast du die Omas ins Kreuzverhör genommen?«

»Mm«, sagte Rooth mit vollem Mund. »Gerissene Typen. Wollten ohne ihren Anwalt ihr Gebiss nicht einen Millimeter öffnen. Wohin gehen wir jetzt?«

»Zur Kirche. Der Totengräber hat ihn gesehen.«

»Gut«, sagte Rooth.

Maertens hob gerade ein Grab aus, als Münster und Rooth sich näherten, und Münster fiel plötzlich ein, wie er zu seiner Schulzeit einmal einen überaus pubertären Horatio gegeben hatte. Er lachte kurz bei dieser Erinnerung. Vielleicht traf die Behauptung des enthusiastischen kleinen Theaterlehrers wirklich zu und Hamlet war ein Stück, das für jede denkbare Lebenslage etwas enthielt. Er wagte jedoch nicht, sich in diesen Gedankengang zu vertiefen und fragte deshalb nicht, für wen dieses Grab bestimmt sei.

»Dürfen wir ein paar Fragen stellen?«, sagte Rooth als Erstes. »Sie sind Herr Maertens, ja?«

Der kräftige Mann nahm seine Mütze ab und richtete sich langsam auf.

»Absolut derselbe«, sagte er. »Und für die Polizei immer zu Diensten.«

»Hrrm«, sagte Münster. »Es geht um Leopold Verhaven. Wir wüssten gern, ob Sie ihn in letzter Zeit gesehen haben.«

»In letzter Zeit? Was verstehen Sie unter letzter Zeit?«

»Das letzte Jahr oder so«, präzisierte Rooth.

»Ich habe ihn gesehen, als er im vorigen Sommer zurückgekommen ist, mal überlegen, ich glaube, das war im August. Aber seither ist er nicht mehr hier gewesen.«

»Erzählen Sie«, sagte Münster.

Herr Maertens setzte seine Kopfbedeckung wieder auf und stieg aus seinem noch ziemlich flachen Grab.

»Tja«, sagte er. »Es war wirklich nur einmal. Ich war hier mit Unkraut jäten beschäftigt. Er kam mit einem Taxi, stieg vor der Kirche aus, ja, und dann ging er in den Wald hinauf, nach Hause, mit anderen Worten.«

»Wann war das?«, fragte Rooth.

Maertens dachte nach.

»August, wie gesagt«, sagte er dann. »Ende des Monats, wenn ich mich nicht irre.«

»Wissen Sie, ob sonst noch jemand ihn gesehen hat?«

Er nickte.

»Frau Wilkerson. Und vielleicht auch ihr Mann. Die wohnen da oben.«

Er zeigte auf das grauweiße Haus am Waldrand.

»Danke«, sagte Rooth. »Ich hoffe, wir dürfen Sie auch später noch einmal fragen.«

»Was hat er denn jetzt getan?«, fragte Maertens.

»Nichts«, sagte Münster. »Kennen Sie ihn?«

Maertens kratzte sich im Nacken.

»Früher einmal, vielleicht. Aber dann ist sozusagen aller Kontakt abgebrochen.«

»Das habe ich mir fast schon gedacht«, sagte Rooth.

Das Ehepaar Wilkerson schien sie erwartet zu haben, was an sich vielleicht kein Wunder war. Der Weg führte nur an die zehn Meter entfernt an ihrem Küchentisch vorbei, an dem jetzt Herr Wilkerson mit Kaffeetasse und Plätzchenschüssel saß und so tat, als lese er Zeitung. Seine Frau brachte eifrig noch Tassen für Münster und Rooth, und die beiden nahmen Platz.

»Danke«, sagte Rooth. »Das wird uns gut tun.«

»Habe mich zurückgezogen«, teilte der Mann ein wenig unmotiviert mit. »Mein Sohn kümmert sich jetzt um den Hof. Der Rücken wollte nicht mehr.«

»So ein Rücken macht viel Ärger«, sagte Rooth.

»Sehr viel«, sagte der Mann.

»Also«, sagte Münster. »Wir würden Ihnen gern ein paar kleine Fragen stellen. Über Leopold Verhaven.«

»Bitte sehr«, sagte Frau Wilkerson und setzte sich neben ihren Mann. Die Einladung galt vermutlich der Plätzchenschüssel und der Frage.

»Er ist offenbar im August letzten Jahres zurückgekommen«, sagte Rooth und nahm sich ein Plätzchen.

»Ja«, sagte Frau Wilkerson. »Ich habe ihn kommen sehen. Da draußen.« Sie zeigte auf den Weg.

»Würden Sie erzählen, was Sie gesehen haben?«, bat Münster.

Sie nippte vorsichtig an ihrem Kaffee.

»Ja, ich habe ihn einfach nur den Hang hochgehen sehen. Zuerst habe ich ihn nicht erkannt, aber dann habe ich doch gesehen ...«

»Sie sind sich sicher?«

»Wer hätte das denn sonst sein sollen?«

»Hier kommen wohl nicht viele vorbei?«, fragte Rooth und nahm sich noch ein Plätzchen.

»Kaum eine Menschenseele«, sagte der Mann. »Nur Czermaks von gegenüber, aber in den Wald geht fast nie jemand.«

»Gibt es hier keine weiteren Häuser?«, fragte Münster.

»Nein«, sagte der Mann. »Der Weg endet fünfzig Meter hinter dem Haus von Verhaven. Natürlich kommt es vor, dass die Jäger Hasen oder Fasane schießen, aber das passiert nicht oft.«

»Haben Sie ihn auch gesehen, Herr Wilkerson?«

Seine Frau nickte.

»Ich habe ihn natürlich gerufen. Doch, wir haben ihn alle beide gesehen ... das war am 24. August. Gegen drei oder etwas später. Er hatte eine Reisetasche und eine Plastiktüte, das war alles ... und er hatte sich kaum verändert. Damit hatte ich nicht gerechnet, das muss ich sagen.«

»Ach«, sagte Rooth. »Und dann?«

»Wie meinen Sie das?«

»Ja, er muss doch mehrere Male hier aufgetaucht sein.«

»Nein«, erklärte Wilkerson energisch. »Ist er nicht.«

Rooth nahm sich noch ein Plätzchen und kaute nachdenklich darauf herum.

»Sie meinen«, fasste Münster zusammen, »dass Sie Leopold Verhaven am 24. August des vergangenen Jahres hier draußen auf dem Weg gesehen haben ... am Tag seiner Entlassung aus dem Gefängnis ... und dass er seither nicht mehr aufgetaucht ist?«

»Ja.«

»Kommt Ihnen das nicht ein wenig seltsam vor?«

Frau Wilkerson verzog verärgert den Mund.

»An Leopold Verhaven kommt mir vieles seltsam vor«, erklärte sie. »Finden Sie nicht? Was ist denn eigentlich passiert?«

»Das wissen wir noch nicht«, antwortete Rooth. »Hatte irgendwer aus dem Ort näheren Kontakt zu ihm?«

»Nein«, erwiderte Wilkerson. »Niemand.«

»Das können Sie sich doch denken«, sagte seine Frau.

Ja, ich werde mir Mühe geben, dachte Münster. In dieser mit Zierrat voll gestopften kleinen Küche überkam ihn jetzt ein gewisses Gefühl des Eingesperrtseins und er hielt es für angeraten, weitere Fragen für später aufzuheben.

Wenn sie mehr Fleisch an den Knochen hatten, gewissermaßen. Wenn zumindest feststand, dass es sich bei ihrem Toten wirklich um Leopold Verhaven handelte. Bei ihrer Leiche. Es wäre doch verdammt ärgerlich, wenn Verhaven plötzlich auftauchte und seinen Tod dementierte, sozusagen.

Aber eigentlich war Münster mit jeder Stunde überzeugter. Es konnte kaum ein anderer sein. Es gab Zeichen und es gab Zeichen, wie Van Veeteren immer sagte.

Rooth schien seine Gedanken gelesen zu haben. Und die Plätzchenschüssel war auf jeden Fall leer.

»Wir melden uns vielleicht wieder«, sagte er. »Danke für den Kaffee.«

»Nichts zu danken«, sagte Frau Wilkerson.

Ehe sie das Haus verließen, stellte Münster aufs Geratewohl noch eine Frage.

»Wir haben mit dem Kaufmann gesprochen«, sagte er. »Der kam uns ... unglücklich vor, gelinde gesagt. Können Sie sich vorstellen warum?«

»Natürlich«, sagte Frau Wilkerson kurz. »Beatrice war doch seine Kusine.«

»Beatrice«, sagte Rooth auf dem Rückweg. »Das war die Erste. 1962, ja?«

»Ja«, sagte Münster. »Beatrice 1962 und Marlene 1981. Fast zwanzig Jahre liegen dazwischen. Das ist wirklich eine seltsame Geschichte, bist du dir darüber im Klaren?«

»Sicher«, sagte Rooth. »Nur hatte ich das Gefühl, sie sei abgeschlossen. Jetzt muss ich sagen, dass ich mir da gar nicht mehr sicher bin.«

»Was will der Inspektor damit sagen?«

»Nichts«, sagte Rooth. »Jetzt wollen wir mal sehen, was die Wissenschaft erreicht hat. Da sind Kluisters und Berben.«

13

»Willkommen im Club«, sagte Rooth.

DeBries ließ sich auf den Stuhl sinken und steckte sich eine Zigarette an. Rooths Augen brannten sofort vom Rauch, aber er beschloss, gute Miene zum bösen Spiel zu machen.

»Wenn der Kollege mich freundlicherweise informieren würde«, sagte deBries. »Langsam und klar verständlich, wenn ich bitten darf. Ich habe die ganze Nacht wach in einem Auto gesessen und ein Haus bewacht.«

»Und ist was dabei herausgekommen?«, fragte Rooth.

»Aber sicher«, sagte deBries. »Das Haus steht noch. Wie lange züchtest du das eigentlich schon?«

»Was denn?«

»Das da in deinem Gesicht ... das erinnert mich an etwas, aber mir fällt nicht ein, an was. Doch, jetzt hab ich's. Pat Boone!«

»Wovon redest du da, zum Teufel?«

»Von meinem Meerschweinchen natürlich. Das ich als kleiner Knabe hatte. Es wurde krank und verlor sein Fell. Kurz vor seinem Tod sah es ungefähr so aus wie du.«

Rooth seufzte.

»Spitze«, sagte er. »Wie alt bist du?«

»Vierzig, aber ich komme mir vor wie achtzig. Wieso?«

Rooth kratzte sich nachdenklich unter den Achseln.

»Ich wüsste gern, ob du dich an den Beatricemord erinnerst, oder ob du schon damals zu klein und dumm warst!«

DeBries schüttelte den Kopf.

»Tut mir Leid«, sagte er. »Vielleicht sollten wir jetzt loslegen. Nein, an den Beatricemord kann ich mich nicht erinnern.«

»Ich weiß das noch verdammt gut«, sagte Rooth. »Ich war zehn oder elf ... 1962, meine ich. Las jeden Tag darüber in der Zeitung, in den Monaten, in denen so viel davon die

Rede war. Oder in dem Monat. Wir sprachen in der Schule darüber, im Unterricht und in den Pausen, ja, das ist eine der klarsten Erinnerungen aus meiner ganzen Kindheit.«

»Ich war erst acht«, sagte deBries. »Zwischen acht und zehn besteht ein großer Unterschied ... und ich habe auch nicht hier gewohnt. Aber nachher habe ich natürlich darüber gelesen.«

»Mm«, murmelte Rooth und blies eine Rauchwolke zurück. »Es war so eine seltsame Stimmung ... ich weiß noch, dass mein Vater zu Hause am Mittagstisch über diesen Leopold Verhaven gesprochen hat. Er sprach sonst nur selten über solche Dinge, deshalb wussten wir, dass es etwas ganz Besonderes sein musste. Alle haben sich für diesen Mord interessiert. Wirklich alle, glaub mir!«

»Das habe ich schon begriffen«, deBries nickte. »Kleine Hetzjagd, war das nicht so?«

»Klein war die wirklich nicht«, sagte Rooth.

DeBries ging zum Waschbecken und drückte seine Zigarette aus.

»Erzähl von Anfang an«, sagte er.

Rooth krempelte die Hemdsärmel auf.

»Auch die Sportgeschichte? Du weißt, dass er in den Fünfzigern ein hervorragender Läufer war?«

»Ja«, sagte deBries. »Aber nimm zuerst die Morde.«

Rooth blätterte einige Seiten in dem Schreibblock zurück, der vor ihm auf dem Schreibtisch lag.

»Alles klar«, sagte er. »Wir fangen mit dem 16. April 1962 an. An diesem Tag meldet Leopold Verhaven bei der Polizei seine Lebensgefährtin als vermisst. Beatrice Holden. Er hat sie bereits seit zehn Tagen nicht mehr gesehen, sie leben seit etwa anderthalb Jahren zusammen ... in diesem Haus in Kaustin. Unverheiratet, kann man vielleicht hinzufügen.«

»Weiter«, sagte deBries.

»Ungefähr eine Woche später wird sie zwei Kilometer vom Haus entfernt ermordet im Wald aufgefunden. Die Polizei bietet alle Kräfte auf und langsam richtet sich der Verdacht auf Verhaven selber. Es gibt allerlei Zeichen, die in diese Richtung weisen, und Ende April wird er festgenommen und unter Mordanklage gestellt. Und bald wird der Prozess eröffnet.«

»Sein Name wurde von Anfang an genannt, war das nicht so?«

»Sicher. Die Zeitungen brachten den Namen im Zusammenhang mit dem Verschwinden – er war trotz allem ziemlich bekannt – und danach sahen sie keinen Grund, damit aufzuhören. Wenn ich mich nicht irre, dann wurde damals zum ersten Mal in unserem Land der Name eines Verdächtigen veröffentlicht, vielleicht hat das auch dazu beigetragen, dass die Sache solche Ausmaße annahm. Ich glaube, die Zeitungen haben jedes Wort gedruckt, das während der Verhandlung vor Gericht gefallen ist ... und die Journalisten – aus dem ganzen Land, ja, die ganze Bande hat unten am Kongers Platz gewohnt und jeden Abend Hof gehalten ... auch sein Verteidiger war dabei. Quenterran hieß er, komischer Name. Es war der erste Massenmedienmord, könnte man sagen. Muss grauenhaft gewesen sein, aber das habe ich damals nicht begriffen. Ich war doch erst elf.«

»Mm«, sagte deBries. »Und dann wurde er verurteilt.«

»Ja. Obwohl er alles abstritt. Es war der 20. Juni, das weiß ich noch, weil in derselben Woche die Ferien anfingen, wir haben in der Schule die Radioreportage gehört.«

»Unglaublich«, sagte deBries. »Und was hat er gekriegt?«

»Zwölf«, sagte Rooth.

DeBries nickte.

»1974 entlassen«, sagte er. »Und wann ging es wieder los?«

»1981. Er war in sein Haus zurückgezogen und hatte die Hühnerzucht wieder aufgenommen.«

»Hühnerzucht?«

»Sieben. Oder Eierfarm, oder was du willst. Er schien

durchaus kein gebrochener Mann zu sein. Hatte schon vor der Beatricegeschichte mit dem Federvieh angefangen ... war so eine Art Pionier, glaube ich, mit künstlichem Licht im Hühnerstall, so dass die Viecher die Nacht für den Tag gehalten haben oder so. Hat den Tag um zwei Stunden verkürzt, und deshalb haben sie schneller gelegt oder so ähnlich ...«

»Erstaunlich«, sagte deBries. »Erfinderischer Knabe.«

»Sicher«, sagte Rooth. »Hat seine Eier in Linzhuisen und hier in Maardam verkauft. Vor allem in der Markthalle, glaube ich. Doch, er ist immer wieder auf die Beine gekommen.«

»Stark?«

»Ja«, sagte Rooth und dachte nach. »Das war es doch gerade ... er war gewissermaßen unmenschlich stark.«

Er verstummte und deBries nahm sich noch eine Zigarette.

»Der Marlenemord«, sagte er dann und blies einen dünnen Rauchstreifen über den Schreibtisch. Rooth hustete.

»Scheißschlot«, sagte er. »Na ja, im selben Wald wurde also wieder eine Frauenleiche gefunden. Fast an derselben Stelle sogar. Und nach zwei Monaten wurde er wieder festgenommen. Nach zwanzig Jahren also.«

»Und auch diesmal hat er nicht gestanden?«

»Gestanden? Nicht ums Verrecken. Hat nicht einen Millimeter nachgegeben. Sei zweimal mit der Kleinen im Bett gewesen, aber das sei nun wirklich alles, behauptete er. Auch diesmal gab es wieder einen schrecklichen Prozess, aber davon erzähle ich ein andermal. Er ist auf jeden Fall einzigartig ... war einzigartig, sollte ich vielleicht sagen.«

»In welcher Hinsicht?«

»Er ist der Einzige hier zu Lande, der zweimal ohne Geständnis wegen Mordes verurteilt worden ist. Absolut einzigartig, ganz einfach.«

DeBries dachte nach.

»Ist sein Geisteszustand untersucht worden?«, fragte er.

»Beide Male«, sagte Rooth. »Ganz gesund, hieß es. Da gab es keinen Zweifel.«

»Hat er sie auch vergewaltigt?«

Rooth zuckte mit den Schultern.

»Weiß ich nicht«, sagte er. »Spermaspuren gab es jedenfalls keine. Aber beide waren nackt, als sie gefunden wurden. Und beide waren erwürgt worden. Ungefähr mit derselben Methode.«

»Aha«, sagte deBries und verschränkte die Hände im Nacken. »Und jetzt liegt er selber da. Das riecht wirklich nicht gut, das kann ich dir sagen. Um über etwas anderes zu reden, wo steckt Münster?«

Rooth seufzte.

»Im Krankenhaus«, sagte er. »Du glaubst doch wohl nicht, der Kommissar könnte die Finger von so einem Leckerbissen lassen?«

»Leckerbissen?«, wiederholte deBries. »O Scheiße!«

14

Münster entfernte das Papier von den gelben Rosen und steckte es in seine Jackentasche. Die Krankenschwester lächelte vorsichtig und flüsterte, als sie die Tür öffnete: »Viel Glück.«

Kann ich auch brauchen, dachte Münster und ging hinein. Das Bett links war leer. Im rechten, vor dem Fenster, lag der Kommissar und Münster musste sofort an einen alten miesen Witz denken: Warum sind die Einwohner der Stadt Neubadenberg so unsäglich doof?

Weil die Hebammen dort alles umgekehrt machen.

Sie werfen nämlich die Babys weg und ziehen die Nachgeburt auf.

Van Veeteren eine Nachgeburt? Ganz so schlimm war es

vielleicht nicht, aber als Münster sich vorsichtig dem Bett näherte, sah er immerhin ein, dass er in der nächsten Zeit vom Badminton befreit sein würde.

»Hrrm«, sagte er vorsichtig und blieb am Fußende stehen.

Der Kommissar öffnete die Augen, eins nach dem anderen. Einige Sekunden verstrichen. Dann öffnete er auch den Mund.

»Ja Scheiße.«

»Wie geht es dem Kommissar?«, fragte Münster.

»Zieh mich hoch«, fauchte Van Veeteren.

Münster legte die Blumen auf die Bettdecke und konnte Van Veeteren halbwegs zum Sitzen bringen – mit Hilfe zweier Kissen und der geröchelten Instruktion des Kommissars.

Seine Gesichtsfarbe erinnerte Münster an Erdbeeren, die über Nacht in Alkohol gelegen haben, und nichts sprach gegen die Vorstellung, dass Van Veeteren sich auch so fühlte. Er wiederholte seine Begrüßung.

»Ja Scheiße.«

Münster griff nach den Rosen.

»Die sind von allen«, sagte er. »Die anderen lassen grüßen.«

Er suchte sich eine Vase und füllte sie über dem Waschbecken in der Ecke mit Wasser. Van Veeteren sah ihm dabei misstrauisch zu.

»Hu«, sagte er. »Gib mir auch was.«

Münster goss ihm aus einer Karaffe auf dem Nachttisch ein, und nachdem der Kommissar zwei Becher geleert hatte, wirkte er immerhin ansprechbar.

»Ich war offenbar eingeschlafen«, stellte er fest.

»Nach Operationen ist man immer müde«, sagte Münster. »Das ist ganz normal.«

»Was du nicht sagst«, sagte Van Veeteren.

»Reinhart lässt ganz besonders grüßen und ausrichten, dass der Teufel mit Beelzebub ausgetrieben werden soll.«

»Vielen Dank. Und?«

Er beißt schon wieder, dachte Münster und setzte sich auf den Besucherstuhl. Zog den Briefumschlag hervor und lehnte ihn an die Blumenvase.

»Ich lege die Kopien dahin. Das sind nur die aus den Zeitungen. Die Gerichtsprotokolle dauern etwas länger, aber die bringe ich morgen.«

»Gut«, sagte Van Veeteren. »Ich seh sie mir an, wenn du gegangen bist.«

»Sollte sich der Kommissar nicht ausruhen, jetzt, wo ...«

»Halt die Fresse«, fiel Van Veeteren ihm ins Wort. »Red keinen Scheiß, Münster. Ich fühle mich mit jeder Sekunde besser. Und meinem Kopf hat wirklich nichts gefehlt. Also sag schon, was ihr unternommen habt.«

Münster seufzte und legte los. Beschrieb den Besuch in Kaustin und die Durchsuchung von Verhavens Haus.

»Das Technische ist natürlich noch nicht gelaufen, aber alles weist darauf hin, dass er es ist. Er war offenbar nur einen Tag zu Hause ... im August letzten Jahres. Wir haben eine Zeitung gefunden, einige Lebensmittel mit Verfallsdatum und so. Er scheint am 24. da gewesen zu sein, am Tag seiner Entlassung. Einige Zeugen haben ihn auch gesehen ... unten im Ort, meine ich. Vielleicht ist er eine Nacht geblieben, einiges weist darauf hin. Hat sich auf jeden Fall ins Bett gelegt. Die Kleider, die er bei seiner Entlassung getragen hat, sind noch dort.«

»Hm«, sagte Van Veeteren. »Warte mal ... nein, rede weiter!«

»Etwas direkt Aufsehenerregendes war nicht zu finden. Kein Hinweis darauf, dass er dort umgekommen sein könnte ... Keine Blutspuren, keine Waffe, keine Anzeichen von Gewalttätigkeiten. Aber das ist ja auch über acht Monate her.«

»Die Zeit heilt nicht alle Wunden«, sagte Van Veeteren und strich sich vorsichtig den Bauch.

»Nein«, sagte Münster. »Kann schon sein. Wir müssen

abwarten. Er kann natürlich an diesem Tag oder in dieser Nacht ermordet und dort verstümmelt worden sein ... oder sonst wo. Überall.«

»Hm«, sagte Van Veeteren noch einmal. Münster lehnte sich an die Wand und wartete.

»Zieh mich hoch«, befahl der Kommissar nach einer Weile und Münster wiederholte die Prozedur mit den Kissen. Van Veeteren schnitt Grimassen und fand einen etwas behaglicheren Winkel.

»Tut weh«, erklärte er und nickte zu seinem Bauch hinab.

»Was hatte der Kommissar denn erwartet?«, fragte Münster.

Van Veeteren murmelte einen Kommentar und trank noch einen Schluck Wasser.

»Heidelbluum«, sagte er dann.

»Was?«, fragte Münster.

»Das ist der Richter«, erklärte Van Veeteren. »Heidelbluum. Beide Male. Ist jetzt sicher über achtzig, aber du musst mit ihm reden.«

Münster notierte den Namen.

»Ich glaube, es geht ihm gut«, fügte Van Veeteren hinzu. »Schade, dass Mort tot ist.«

Kommissar Mort war Van Veeterens Vorgänger gewesen und Münster begriff, dass er zumindest mit dem zweiten Fall zu tun gehabt haben musste. Vermutlich sogar mit beiden. Van Veeteren hatte dabei keine Hauptrolle gespielt, das hatte Rooth bereits überprüft.

»Und dann ist da ja noch das Motiv.«

»Das Motiv?«, fragte Münster.

Der Kommissar nickte.

»Ich bin müde«, sagte er. »Wie siehst du das mit dem Motiv, erzähl.«

Münster dachte eine Weile nach. Lehnte den Kopf an die Wand und betrachtete das nichts sagende Karomuster der Lampen, die von der Decke hingen.

»Tja«, sagte er. »Es gibt einige Varianten, glaube ich.«

»Zum Beispiel?«, fragte Van Veeteren.

»Eine interne Geschichte wäre die Erste. Etwas, das mit dem Gefängnis zu tun hat. Irgendeine Art von Abrechnung.«

Van Veeteren nickte.

»Richtig«, sagte er. »Du musst feststellen, was er hinter Gittern so getrieben hat. Wo hat er überhaupt gesessen?«

»In Ulmenthal«, sagte Münster. »Rooth ist gerade auf dem Weg dorthin.«

»Gut«, sagte Van Veeteren. »Und dann? Motiv, meine ich.«

Münster räusperte sich. Dachte wieder nach.

»Ja, wenn es keine interne Geschichte ist, dann kann es mit dem alten Kram zusammenhängen.«

»Das kann es, ja«, sagte Van Veeteren und Münster hatte den Eindruck, dass die graubleiche Farbe für einen Moment aus seinem Gesicht wich.

»Wie?«, fragte der Kommissar dann. »Zum Teufel, Polizeidirektor, erzähl mir doch nicht, du hättest darüber noch nicht nachgedacht. Wir wissen das doch schon seit über vierundzwanzig Stunden.«

»Aber sicher sind wir erst seit einem halben Tag«, brachte Münster zu seiner Entschuldigung vor.

Van Veeteren schnaubte.

»Motiv!«, wiederholte er. »Mach schon!«

»Jemand fand die Gefängnisstrafe nicht ausreichend«, sagte Münster.

»Kann sein«, sagte Van Veeteren.

»Jemand, der ihn verabscheut hat. Ein Bekannter dieser Frauen, der auf Rache aus war … es ist ja nicht leicht, sich in ein Gefängnis einzuschleichen und da jemanden umzubringen.«

»Gar nicht leicht«, sagte Van Veeteren. »Wenn man drinnen nicht jemanden anheuert, meine ich. Gibt doch welche, die sich vermutlich überreden lassen würden. Hast du noch andere Vorschläge?«

Münster zögerte kurz.

»Das ist kein Vorschlag«, sagte er dann.

»Raus damit«, sagte Van Veeteren.

»Nichts spricht dafür.«

»Ich will es aber trotzdem hören.«

Seine Gesichtsfarbe war wieder da. Münster räusperte sich.

»Also gut«, sagte er. »Es besteht auch noch die Möglichkeit, dass er unschuldig war.«

»Wer?«

»Verhaven natürlich.«

»Wirklich?«

»Zumindest bei einem Mord, und dieser hier könnte damit etwas zu tun haben ... auf irgendeine Weise.«

Van Veeteren schwieg.

»Aber das sind natürlich pure Spekulationen ...«

Die Tür wurde zwanzig Zentimeter weit geöffnet und eine müde Krankenschwester schaute herein.

»Darf ich daran erinnern, dass die Besuchszeit vorbei ist? Dr. Ratenau möchte sich den Patienten in zwei Minuten ansehen.«

Der Kommissar starrte sie wütend an und sie zog den Kopf ein und schloss die Tür.

»Spekulationen, ja. Findet der Polizeidirektor nicht, dass ich mir hier in der Wohnstatt der Verdammten ein paar Spekulationen gestatten kann?«

»Doch, sicher«, sagte Münster und erhob sich. »Natürlich.«

»Und wenn ...«, sagte Van Veeteren. »Wenn es denn so sein sollte, dass dieser arme Teufel vierundzwanzig Jahre im Gefängnis gesessen hat, für etwas, das er nicht getan hat, dann ...«

»Dann?«

»Dann ist das der schlimmste Justizskandal, der sich in diesem Land während der letzten hundert Jahre zugetragen hat, zum Teufel. Nein, der allerschlimmste Skandal aller Zeiten!«

»Aber nichts weist darauf hin«, sagte Münster und zog sich zur Tür zurück.

»Calpurnia«, sagte Van Veeteren.

»Was?«, fragte Münster.

»Cäsars Gattin«, erklärte der Kommissar. »Der Verdacht reicht aus. Und hier gibt es einen«, fügte er hinzu und tippte sich mit dem Zeigefinger an die Stirn.

»Das habe ich schon verstanden«, sagte Münster. »Dann auf Wiedersehen, Kommissar. Ich schaue morgen Nachmittag wieder rein.«

»Ich rufe heute Abend oder morgen früh an und sage, was ich brauche. Richte Hiller aus, dass ich von jetzt ab die Verantwortung für den Fall übernehme.«

»Wird gemacht«, sagte Münster und schlüpfte aus dem Zimmer.

Na ja, dachte er, als er auf den Fahrstuhl wartete. Durch und durch verändert kommt er mir jedenfalls nicht vor.

15

Hauptkriminalassistent Jung schaute auf die Uhr und seufzte. Er war um vier mit Madeleine Hoegstraa in deren Wohnung verabredet und beschloss, in ihrem Wohnviertel am Stadtrand von Groenstadt eine Dreiviertelstunde in einer Bar totzuschlagen, um nicht viel zu früh vor ihrer Haustür zu erscheinen. Die Autofahrt war viel schneller gegangen als erwartet, und natürlich wusste er, dass ihm einfach seine übliche Angst vor dem Zuspätkommen einen Streich gespielt hatte.

Er setzte sich mit einer großen Tasse Schokolade an einen Fenstertisch. Durch halb durchsichtige Gardinen konnte er die diffusen Umrisse der Leute sehen, die draußen über die Straße gingen, und für ein paar Sekunden stellte er sich vor, dass er in einem alten surrealistischen Film saß. Er schüttelte den Kopf. Film? Ja verdammt. Erschöpfung, darum ging es hier. Um schnöde, triste Bullenmüdigkeit.

Er rührte die Tasse um und kritzelte Fragen in seinen Notizblock. Als er ihn sich näher ansah, den Block nämlich, ging ihm auf, dass er ein französisches Vokabelheft erwischt hatte, und er wusste, dass er es eingesteckt haben musste, als er kürzlich Sophie abgehört hatte.

Sophie war dreizehn, fast vierzehn, und die Tochter von Maureen, mit der er seit einiger Zeit zusammen war.

Seit ziemlich langer Zeit, wenn man genau sein wollte, obwohl sie sich nicht so oft trafen. Und als er nun hier saß und darauf wartete, dass die Zeit verging, fragte er sich, ob die Sache wohl irgendwann ernster werden würde. Zwischen ihm und Maureen. Er versuchte sich klarzumachen, ob er in dieser Hinsicht überhaupt Ambitionen hatte.

Und vor allem – wie Maureen das sah.

Vielleicht wäre es besser, keine zu haben. Die Sache in aller Ruhe ihren Gang gehen zu lassen und sich mit den Rosinen, die dabei zu finden waren, zufrieden zu geben. Wie immer, mit anderen Worten. Genau wie immer.

Er seufzte noch einmal und nippte an dem dampfenden Getränk.

Aber er mochte Maureen und half Sophie abends gern mit Mathe oder Französisch oder was immer gerade anlag; bisher war das kaum mehr als drei- oder viermal passiert, aber dabei war ihm schon ziemlich deutlich aufgegangen, dass er zum ersten Mal in seinem Leben eine Art Vaterrolle spielte.

Und auch das gefiel ihm. Es hatte eine ... Dimension, mit der er bisher keine Erfahrungen hatte. Die ihm ein Gefühl von Ausgeglichenheit, Sicherheit und Ruhe gab, und daran hatte in seinem Leben bisher wahrlich kein Überfluss geherrscht. Unklar blieb, was dabei wirklich herauskommen würde, aber etwas auf jeden Fall.

Sure is, murmelte er und fragte sich zugleich, wo in aller Welt er einen dermaßen idiotischen Spruch aufgeschnappt haben mochte.

Aber als er dann an diese anspruchslosen Abende dachte, an diese schlichte und doch großartige Tatsache, dass er einfach da war und ein wenig Verantwortung für ein halbwüchsiges Kind übernahm, ja, da musste er erkennen, dass er doch hoffte, dass Maureen ihn eines Tages ganz offen fragen würde.

Dass sie ihn bitten würde zu bleiben. So weiterzumachen. Zusammenzuziehen und zu dritt eine Familie bilden.

An manchen anderen Tagen konnte dieselbe Vorstellung ihm natürlich auch eine Heidenangst einjagen, das wusste er, und er selber würde es niemals wagen, dieses Thema zur Sprache zu bringen. Aber der Gedanke war vorhanden. Wie eine Art heimliche Hoffnung – eine Herzensangelegenheit, so verletzlich oder brüchig, dass er sie einfach nicht zur genaueren Untersuchung in die Hände nehmen konnte. Niemals würde er sie wirklich ausgiebig betrachten.

Das Leben hatte seine Abzweigungen, wenn man sich das richtig überlegte, und nicht immer war auf diesen Wegen die Rückkehr gestattet.

Was zum Teufel meine ich eigentlich damit, fragte er sich.

Er schaute noch einmal auf die Uhr und steckte sich eine Zigarette an. Noch fünfzehn Minuten. Er freute sich nicht gerade auf das Gespräch mit Frau Hoegstraa, seines Wissens handelte es sich um eine alte Dame aus der Oberklasse ... um eine schroffe und verwöhnte Frau mit einem reichen Schatz an Rechten und keinerlei entsprechenden Pflichten. So hatte sie sich am Telefon auf jeden Fall angehört. Aber natürlich war die Vorstellung, dass sie mit Verhaven zu tun haben sollte, ja auch ein wenig verwirrend.

Verhaven hatte doch nicht aus der Oberklasse gestammt?

Bestimmt würde sie ihn genau unter die Lupe nehmen. Seinen eingefleischten Junggesellengeruch nach Tabak und billigem Rasierwasser registrieren, die fleckige Hose und die Schuppen auf den Schultern. Sie würde ihn mustern und danach energisch diese unsichtbare und doch so deutliche Distanz beibehalten, die wohl im Grunde auch dazu führte, dass die Menschen aus ihrer Schicht die Polizei als eine Art Dienstbotin betrachteten. Als etwas, dem sie die Aufgaben übertragen hatten, sie selber und alle anderen in der Gesellschaft bestehenden Werte zu hüten – Geld, die Schönen Künste, das Recht, sich nach Belieben im eigenen Besitz zu suhlen, und noch viele andere.

Scheiße, dachte er. Das hört nie auf. Ich werde mein Leben lang mit meiner verdreckten Mütze in der Hand dastehen und meinen Diener machen.

Verzeihen Sie, dass ich mich aufdränge. Verzeihen Sie, dass ich Sie mit Fragen belästigen muss. Verzeihen Sie, dass mein Vater aus der Druckerei gefeuert wurde und sich danach zu Tode gesoffen hat.

Nicht doch, ich bedaure das zutiefst, gnädige Frau, bestimmt habe ich mich verlaufen … natürlich will ich auf dem Hundefriedhof begraben werden, wo ich hingehöre.

Er trank den Rest seiner Schokolade und erhob sich.

Ich grüble zu viel, dachte er. Das ist das ganze Problem.

Hoffentlich bietet sie mir keinen Kamillentee an, dachte er dann noch.

Frau Hoegstraa öffnete die Tür zunächst nur einen Spaltbreit und ließ sich seinen Dienstausweis zeigen, ehe sie die Sicherheitskette abnahm.

»Verzeihen Sie, ich bin ein wenig nervös«, erklärte sie und öffnete die Tür dann ganz.

»Man kann nie vorsichtig genug sein«, sagte Jung.

»Bitte, treten Sie ein.«

Sie führte ihn in ein mit Möbeln voll gestopftes Wohnzimmer. Wies auf einen der beiden großen Plüschsessel, die vor dem Kamin thronten. Dort stand auch ein ziemlich großer, gedeckter Glastisch – Tassen und Teller, Kuchen, Kekse, Butter, Käse und Marmelade.

»Ich selber trinke Kamillentee«, sagte sie. »Aus Rücksicht auf meinen Magen. Aber für einen Mann ist das ja wohl nicht das Richtige. Möchten Sie Kaffee oder ein Bier?«

Jung setzte sich langsam. Er sah ein, dass er diese mollige kleine Frau doch reichlich falsch beurteilt hatte. Dass seine Befürchtungen übertrieben waren. Wie üblich, vielleicht.

Sie besaß eine gewisse Menschlichkeit, zweifellos. Und Wärme.

»Ein Bier würde mir gut tun«, beschloss er.

Vielleicht gab es hier noch mehr, dachte er, als er sie in die Küche gehen sah. Etwas, mit dem er ziemlich vertraut war.

Ganz einfach ein schlechtes Gewissen?

»Erzählen Sie«, bat er. Der Block mit den Fragen konnte noch warten. Vielleicht würde er ihn gar nicht brauchen.

»Womit soll ich anfangen?«, fragte sie.

»Vielleicht mit dem Anfang«, schlug er vor.

»Ja, das wäre sicher das Beste.«

Sie holte tief Luft und setzte sich in ihrem Sessel zurecht.

»Wir hatten nie besonders engen Kontakt«, sagte sie. »Sie wissen sicher schon, dass wir alle Verbindungen aufgegeben hatten, nach diesen ... Mordgeschichten, aber Tatsache ist, dass unser Verhältnis auch vorher nicht eng war.«

Sie nippte an ihrem Tee. Jung bedeckte einen Keks mit einer Scheibe Käse und wartete.

»Wir waren drei Geschwister. Mein älterer Bruder ist vor zwei Jahren gestorben, ich selber werde im Herbst fünfundsiebzig. Leopold war ein Nachkömmling. Ich war bei seiner Geburt schon siebzehn ... und als er in die Schule kam, wohnten Jacques und ich schon längst nicht mehr zu Hause.«

Jung nickte.

»Danach starb meine Mutter. Er war erst acht ... und lebte dann allein mit meinem Vater.«

»In Kaustin?«

»Ja, mein Vater war Schmied ... aber damals war er natürlich im Krieg. Ein halbes Jahr vor Kriegsende wurde er entlassen und konnte sich um Leo kümmern. Ich habe auch geholfen, aber inzwischen war ich verheiratet und hatte Kinder. Und lebte in der Schweiz, deshalb konnte ich mich nicht so leicht freimachen ... und mein Mann brauchte mich auch in seiner Firma.«

Ja, dachte Jung. Schuldbewusstsein ist vorhanden, immer.

»Aber Sie wohnten nicht in dem Haus, das Ihr Bruder später hatte ... als Kinder, meine ich?«

»Nein, wir wohnten unten im Ort. Die Schmiede gibt es nicht mehr, aber das Wohnhaus steht noch.«

Jung nickte.

»Leopold hat dieses Haus gekauft, als er nach Kaustin zurückgezogen ist. Das war nach dieser Sportgeschichte.«

»Erzählen Sie«, sagte Jung. »Ich bin ganz Ohr.«

Sie seufzte.

»Leo hatte keine schöne Jugend«, sagte sie. »Ich glaube, er war ein sehr einsames Kind. Er hatte Probleme in der Schule, und so viel ich weiß auch mit anderen Kindern, aber ich glaube, darüber können andere Ihnen mehr erzählen. Nach dem siebten Schuljahr ist er von der Schule abgegangen. Hat einige Jahre bei meinem Vater in der Schmiede ausgeholfen und ist dann nach Obern gezogen. Ging einfach los, offenbar war zwischen ihm und meinem Vater etwas vorgefallen, aber Genaueres haben wir nie erfahren. Er war damals fünfzehn oder sechzehn. Ich glaube, das war 1952.«

»Aber in Obern ging dann alles gut?«

»Ja, das schon. Er hatte keine Angst vor der Arbeit und damals gab es Stellen genug. Und er trat in diesen Sportverein ein und fing an zu rennen.«

»Zu laufen«, korrigierte Jung, der sich durchaus für Sport interessierte. »Er war ein glänzender Läufer, ja, ich bin ja ein wenig zu jung, aber ich habe über ihn gelesen. Mittelstrecken und längere.«

Frau Hoegstraa nickte.

»Ja, das waren gute Jahre, damals, um die Mitte der Fünfziger. Alles schien gut zu gehen.«

»Er hat doch auch mehrere Rekorde aufgestellt, oder? Nationalrekorde, meine ich … auf fünfzehnhundert und dreitausend Metern, wenn ich mich nicht irre.«

Sie zuckte mit den Schultern und machte ein Gesicht, als ob sie um Entschuldigung bitten wolle.

»Verzeihen Sie, Inspektor, aber mit Sport kenne ich mich kaum aus. Und alle Resultate sind später ja ohnehin annulliert worden.«

Jung nickte.

»Das war offenbar ein richtiger Skandal. Gesperrt auf Lebenszeit – das muss ein harter Schlag für ihn gewesen sein … schrecklich hart. Hatten Sie während dieser Jahre Kontakt zu ihm?«

Frau Hoegstraa schlug die Augen nieder.

»Nein«, sagte sie. »Das hatte ich nicht. Und auch mein Bruder nicht.«

Jung wartete ab.

»Aber das war nicht nur unsere Schuld«, sagte sie dann. »Er wollte das selber so. Er war ein Einzelgänger, hielt sich lieber für sich … so war er immer schon. Natürlich hätte ich mir das anders gewünscht, aber was können wir jetzt daran ändern? Und was hätten wir damals daran ändern können?«

Plötzlich lag in ihrer Stimme eine tiefe Müdigkeit.

»Ich weiß nicht«, sagte Jung. »Macht es Ihnen etwas aus, noch ein wenig mehr zu erzählen?«

Sie trank einen Schluck Tee und sagte dann:

»Er gab alles auf und zog zurück nach Kaustin. Kaufte dieses Haus – offenbar hatte er doch einiges Geld gespart, von der Arbeit und vom Laufen her ... er wurde doch verurteilt wegen Dopings und wegen ... wie heißt das noch? Verstoß gegen die Amateurbestimmungen?«

Wieder nickte Jung.

»Ich habe darüber gelesen«, sagte er. »Er brach bei einem Fünftausendmeterlauf zusammen, bei dem er eigentlich den europäischen Rekord brechen wollte. Ihm war ein hoher Betrag versprochen worden, wenn er das schaffte, heimlich natürlich ... aber dann wurden Amphetamin und noch andere Stoffe entdeckt, als er im Krankenhaus lag. Er wurde als Erster in ganz Europa wegen Dopings verurteilt, glaube ich. Aber egal, erzählen Sie weiter, Frau Hoegstraa.«

»Dann hat er also dieses Haus gekauft ... den Großen Schatten, wie es in meiner Kindheit genannt wurde, ich weiß nicht, warum. Es liegt natürlich ziemlich abgelegen. Es stand damals seit zwei Jahren leer und er konnte es wohl billig bekommen. Und dann verlegte er sich auf die Hühnerzucht. In der Branche hatte er schon in Obern gearbeitet und sah wohl Möglichkeiten ... er konnte ziemlich zupacken, wenn er wollte. Hatte Geschäftssinn.«

Sie verstummte. Jung trank einen Schluck Bier, dann fragte er:

»Und dann kam also Beatrice?«

Plötzlich sah seine Gastgeberin völlig unglücklich aus.

»Müssen wir darüber sprechen, Inspektor?«

Ich weiß nicht, dachte er. Und ich bin noch gar kein Inspektor. Und bring es vielleicht auch nie so weit.

»Nur zwei kurze Fragen?«, bat er.

Sie nickte und faltete auf ihrem Schoß die Hände. Er wollte schon nach dem Vokabelheft greifen, beschloss dann aber, darauf zu verzichten.

»Haben Sie sie überhaupt gekannt?«

»Nicht als Erwachsene. Ich habe sie in Kaustin gesehen,

als sie noch ein Kind war. Die beiden waren so ziemlich gleichaltrig … und gingen in dieselbe Klasse.«

»Aber auch sie war nicht in Kaustin geblieben?«

»Nein. Kam einige Monate nach Leopold zurück. Ich glaube, sie hatte einige Zeit in Ulming gelebt … und dort einen Mann verlassen.«

Jung dachte nach, wusste plötzlich nicht mehr, was er eigentlich wissen wollte. Welche Fragen er stellen konnte und wozu sie überhaupt gut sein sollten. Diese arme alte Schwester konnte mit der Sache doch wohl nichts zu tun haben? Warum also quälte er sie mit Erinnerungen, die sie ihr Leben lang hatte abschütteln wollen?

Aber man wusste natürlich nie.

»War sie schön?«, fragte er endlich, als das Schweigen ihm über den Kopf zu wachsen drohte.

Sie zögerte ein wenig.

»Ja«, sagte sie endlich. »Einem Mann muss sie als sehr schön erschienen sein.«

»Aber Sie haben sie doch nie gesehen.«

»Nein, nur auf Bildern. In den Zeitungen.«

Er wechselte das Thema. Ganz und gar.

»Warum haben Sie sich erst so spät bei der Polizei gemeldet, Frau Hoegstraa?«

Sie schluckte.

»Ich wusste ja nichts. Glauben Sie mir, Inspektor. Ich hatte keine Ahnung davon, dass ihm etwas zugestoßen war. Wir hatten doch keinen Kontakt miteinander, gar keinen, das müssen Sie verstehen.«

»Finden Sie es nicht seltsam, dass Ihr Bruder acht Monate tot im Wald liegen konnte, ohne dass irgendwer ihn vermisste?«

»Doch, das tut mir Leid … das ist doch entsetzlich.«

»Sie haben ihn nie im Gefängnis besucht?«

»Einmal während der ersten Haftstrafe. Und da hat er ganz deutlich gesagt, dass sich das nicht wiederholen sollte.«

»Und das haben Sie respektiert?«

»Ja, das habe ich respektiert.«

»Und Ihr Bruder?«

»Der auch. Er hat nach dem zweiten Mord einen Versuch unternommen. Leo weigerte sich, ihn zu treffen.«

»Standen Sie in brieflichem Kontakt?«

Sie schüttelte den Kopf.

»Aber Sie haben sich um sein Haus gekümmert?«

»Nein, durchaus nicht. Ich hatte nur den Schlüssel. War während der letzten zwölf Jahre zweimal dort. Zum zweiten Mal eine Woche vor seiner Entlassung ... da hatte er eine Karte geschrieben und mich gebeten, den Schlüssel zu hinterlegen.«

»Und das war alles?«, fragte Jung.

»Ja«, sagte sie und schaute ihn ein wenig beschämt an. »Das war alles, fürchte ich.«

Meine Güte, dachte Jung, als er eine Viertelstunde später die Straße überquerte. Ich muss heute Abend unbedingt meine Schwester anrufen. Mit uns darf es auf keinen Fall so weit kommen.

Und Maureen rief er besser auch an. Und sei es nur wegen des Vokabelheftes.

Nach einigen Kilometern Autofahrt fiel ihm ein, dass er sich nicht nach dem Hodenunglück erkundigt hatte, aber wie er die Sache auch drehte und wendete, er konnte sich nicht vorstellen, dass sie eine Rolle spielte. Und es wäre bestimmt leichter, das per Telefon zu klären.

Und nicht so schrecklich dicht vor ihr zu sitzen.

Ich bin wohl ein bisschen empfindlich, dachte er und schaltete das Autoradio ein.

16

Auf der Fahrt nach Ulmenthal ertappte Inspektor Rooth sich dabei, dass er sich über gewisse geographische Aspekte den Kopf zerbrach; im Nachhinein ging ihm auf, dass dieser Gedankengang ausgelöst worden sein musste, als er durch Linzhuisen fuhr und dabei die Ortsnamen Kaustin und Behren auf demselben Straßenschild entdeckte.

Kaustin 16, Behren 38.

Aber natürlich in unterschiedlichen Richtungen. Kaustin lag im Nordwesten. Behren fast geradewegs im Süden. Wenn seine rudimentären Geographiekenntnisse ihn nicht trogen, dann müssten die beiden Orte ... mindestens fünfzig Kilometer auseinander liegen.

Warum hatte der Mörder den Leichnam gerade dort abgelegt?

In Behren. Einer Kleinstadt von ... ja, wie viel wohl? Fünfundzwanzigtausend Einwohnern? Auf keinen Fall konnten es mehr als dreißigtausend sein.

Purer Zufall?

Sehr gut möglich. Wenn der Mörder den Leichnam einfach so weit von Kaustin wegschaffen wollte, dass niemand ihn mit Verhaven in Verbindung brachte ... ja, dann war das vielleicht weit genug. Andererseits hätte eine noch größere Entfernung diesem Zweck natürlich noch mehr entsprochen.

Denn sie konnten ja wohl davon ausgehen, dass Verhaven in seinem eigenen Haus ermordet worden war. Oder konnten sie das nicht? Bisher wussten sie gar nichts genau, und vielleicht konnte er das Haus ja doch unbemerkt von Frau Wilkersons Falkenauge verlassen haben? Oder von irgendeinem anderen Blick?

Natürlich konnte er das. In der Nacht, zum Beispiel. Oder durch den Wald. Eigentlich hatte nur der Weg hinunter in den Ort Augen ... und natürlich der Ort selber.

Also konnte er sich nach Behren begeben haben ... oder an einen anderen Ort ... und dort auf seinen Mörder gestoßen sein. Zweifellos.

Er bog auf die Schnellstraße ab. Nächste Frage?

Wie? Wie könnte Verhaven nach Behren gelangt sein (oder, wie gesagt, an irgendeinen anderen Ort)?

Er hatte kein Auto mehr gehabt. Also mit Bus oder Taxi, andere Möglichkeiten gab es wohl nicht ... und dann dürfte es doch nicht sehr schwer sein, das in Erfahrung zu bringen.

So nach und nach zumindest. Bisher hatten sie sich die Medien noch vom Leib halten können; was natürlich gut für das Arbeitsklima und die Ermittlungen war, aber früher oder später würden sie deren Hilfe brauchen. Und natürlich war es nur eine Frage der Zeit, bis die Buschtrommel in Kaustin auch über etwas größere Entfernungen zu hören sein würde. Bald würde die Nachricht im ganzen Land verbreitet werden, und dann würden sie die Dinge nehmen müssen, wie sie kamen. Wie üblich.

Journalisten sind wie Kuhscheiße, sagte Reinhart immer. Das Phänomen als solches macht mich nicht gerade glücklich, aber ich sehe ein, dass es eine gewisse Berechtigung hat.

Und wenn es denn einen Taxifahrer gibt, dachte Rooth, oder einen Busfahrer, der sich an einen gewissen Fahrgast erinnern kann, der an einem Augustabend ... oder vielleicht an einem frühen Morgen ... von Kaustin nach ... ja, warum nicht nach Behren gereist ist, ja, dann wären die Möglichkeiten ja schon ziemlich begrenzt.

Und wir könnten der Sache ein wenig näher rücken.

Er fuhr schneller und trommelte dabei auf dem Lenkrad herum. In ihrer derzeitigen Lage konnten sie so viele Fragen stellen, wie sie wollten. Und jede verdammte Frage ergab gleich drei neue. Oder noch mehr.

Wie bei diesem griechischen Mirakel, oder wie das noch geheißen hatte.

Nein, da dachte er besser an etwas anderes, beschloss er, und fuhr sich mit der Hand durch den Bart.

Na ja, nicht durch. Eher darüber hinweg.

Was hatte deBries noch erwähnt? Ein sterbendes Meerschweinchen?

Noch hundertachtzig Kilometer bis Ulmenthal. Er musste in einer der nächsten Raststätten etwas essen, in dieser Hinsicht waren jedenfalls keine Fragen mehr offen.

Gefängnisdirektor Bortschmaas Zimmer war hell und luftig und behaglich eingerichtet, mit eingerahmten Sportdiplomen und überkreuzten Tennisschlägern. Bortschmaa selber war ein kräftiger Mann in den Fünfzigern, wie Rooth schätzte, er trug ein hellblaues Sporthemd und hatte sonnenverbrannte Arme und einen jugendlichen strohblonden Schopf.

Die kleine Sitzgruppe vor dem Aussichtsfenster – mit Blick auf den obersten Teil der gezackten Mauerkrone und die Tiefebene dahinter – bestand aus dünnen Stahlmöbeln mit knallblauen und gelben Sitzen sowie einem Tisch aus rotem Kunststoff. In einem Sessel saß ein übergewichtiger Mann mit Geheimratsecken und Schweißflecken unter den Armen. Er sah nicht glücklich aus.

Rooth und der Direktor nahmen Platz.

»Joppens, unser Fürsorgebeamter«, stellte der Direktor vor.

»Rooth«, sagte Rooth und streckte die Hand aus.

»Der Inspektor möchte uns einige Fragen über Leopold Verhaven stellen«, erklärte Bortschmaa. »Und ich dachte, dann könnten wir Joppens auch gleich dazu bitten«, er nickte in dessen Richtung. »Bitte sehr, Inspektor.«

»Danke«, sagte Rooth. »Bitte, beschreiben Sie ihn doch kurz.«

»Ja«, sagte der Fürsorgebeamte. »Wenn man überhaupt einen Menschen kurz beschreiben kann, dann ihn. Ich kann ihn in einer halben Minute ziemlich erschöpfend darstellen ... und schriftlich auf einer halben Seite.«

»Ach?«, fragte Rooth. »Was wollen Sie damit sagen?«

»Ich hatte elf Jahre lang mit ihm zu tun und weiß heute so viel über ihn wie bei unserer ersten Begegnung.«

»Ein Eigenbrötler«, fügte Direktor Bortschmaa hinzu.

»Hatte mit niemandem Kontakt«, erklärte Joppens. »Nicht mit den anderen Häftlingen, nicht mit Außenstehenden oder dem Personal und nicht einmal mit dem Gefängnisgeistlichen.«

»Seltsam«, sagte Rooth.

»Hätte eigentlich die ganze Zeit genauso gut in Einzelhaft sein können«, sagte Bortschmaa. »Einen großen Unterschied hätte das nicht gemacht. Verschlossener Typ. Verdammt eigen ... aber natürlich exemplarisch.«

»Hat sich nie daneben benommen?«, fragte Rooth.

»Nie«, sagte Joppens. »Hat auch nie gelacht.«

»Hat er sich an irgendwelchen Aktivitäten beteiligt?«

Der Fürsorgebeamte schüttelte den Kopf. »Ist einmal in der Woche Schwimmen gegangen. Zweimal in die Bücherei. Hat Zeitungen gelesen und Bücher ausgeliehen ... ich weiß nicht, ob Sie das als Aktivitäten bezeichnen würden.«

»Aber Sie müssen doch mit ihm gesprochen haben?«

»Nein«, sagte der Fürsorgebeamte.

»Hat er geantwortet, wenn er angesprochen wurde?«

»Ja, sicher. Guten Morgen und gute Nacht und danke.«

Rooth dachte nach. Wirklich toll, den ganzen Tag mit dem Auto unterwegs zu sein, um das zu erfahren, fand er. Aber da konnte er auch gleich noch eine Weile weitermachen. Wo er schon einmal hier war.

»Keine Vertrauten im ganzen Gefängnis?«

»Nein«, sagte Joppens.

»Niemanden«, betonte Bortschmaa.

»Briefe?«, fragte Rooth.

Der Fürsorgebeamte dachte nach.

»Zwei ... von Verwandten, glaube ich. Hat einige Wochen vor seiner Entlassung eine Karte verschickt.«

»In zwölf Jahren?«

»Ja. Die Karte ging an seine Schwester.«

»Und Besuch?«

»Zwei«, sagte Joppen. »Sein Bruder war ganz zu Anfang einmal da. Verhaven wollte ihn nicht sehen. Kam nicht einmal ins Besucherzimmer ... ich war damals noch nicht hier, ich weiß es aber von meinem Vorgänger. Der Bruder hat einen ganzen Tag lang gewartet ...«

»Der andere«, sagte Rooth.

»Verzeihung?«

»Der andere Besuch. Sie haben von zweien gesprochen.«

»Eine Frau«, sagte Joppen. »Im vergangenen Jahr. Nein, wohl eher ein Jahr zuvor.«

»Was war das für eine Frau?«, fragte Rooth.

»Das weiß ich nicht.«

»Aber die hat er empfangen?«

»Ja.«

Rooth betrachtete für eine Weile Diplome und Schläger.

»Das klingt ein wenig seltsam, finde ich«, sagte er dann. »Haben Sie viele solcher Fälle?«

»Keinen«, sagte der Inspektor. »Ich habe niemals etwas Vergleichbares erlebt.«

»Entsetzliche Selbstkontrolle«, sagte der Fürsorgebeamte. »Ich habe mit Kollegen über ihn gesprochen, und wir stimmen so ziemlich überein ... an der Oberfläche, meine ich. Was darunter steckt, ist ein Rätsel.«

Rooth nickte.

»Warum interessieren Sie sich so sehr für ihn?«, fragte der Direktor. »Oder muss das geheim bleiben?«

»Nein«, sagte Rooth. »Früher oder später kommt es ja doch heraus. Wir haben ihn ermordet aufgefunden.«

Das Schweigen, das jetzt das Zimmer erfüllte, kam Rooth fast vor wie ein Stromausfall.

»Also wirklich ...«, sagte der Fürsorgebeamte.

»Aber was zum ...«, meinte Direktor Bortschmaa.

»Sie brauchen das ja nicht sofort zu verbreiten«, sagte Rooth. »Wenn wir noch ein paar Tage Ruhe haben, ehe die Zeitungen uns auf den Leib rücken, sind wir wirklich dankbar.«

»Natürlich«, sagte Bortschmaa. »Wie ist er ums Leben gekommen?«

»Das wissen wir nicht«, sagte Rooth. »Uns fehlen bisher Kopf, Hände und Füße. Er ist verstümmelt worden.«

»Großer Gott«, sagte Bortschmaa und Rooth hatte den Eindruck, dass die Sonnenbräune ein wenig verblasste. »Doch nicht der Tote, von dem die Zeitungen berichtet haben?«

»Doch«, sagte Rooth.

»Und wie lange ist er schon tot?«, fragte Joppens, der Fürsorgebeamte.

»Schon ziemlich lange«, sagte Rooth. »Er ist erst nach acht Monaten gefunden worden.«

»Nach acht Monaten?«, rief Joppens und runzelte die Stirn. »Das muss ja unmittelbar nach seiner Entlassung gewesen sein.«

»Am selben Tag, glauben wir.«

»Er ist am selben Tag ermordet worden?«

»Vermutlich.«

»Hm«, sagte Bortschmaa.

»Hier drinnen besteht doch eine gewisse Sicherheit«, sagte Joppens.

Sie schwiegen eine Weile. Rooth merkte, dass er hungrig wurde und fragte sich, warum zum Henker die anderen ihm nichts anboten.

»Hatte er jemals Urlaub?«, fragte er.

»Das wollte er nicht«, antwortete Bortschmaa. »Und hier wird niemand gezwungen.«

Rooth nickte. Was konnte er sonst noch fragen?

»Und Sie haben also keinen Verdacht«, sagte er nachdenklich, »keine Vorstellung, wer ihn vielleicht ermordet haben kann?«

»Haben Sie eine?«, fragte der Fürsorgebeamte.

»Nein«, gab Rooth zu.

»Wir auch nicht«, sagte der Direktor. »Nicht die geringste Ahnung. Er hatte hier doch keinerlei Kontakt. Weder guten noch schlechten ... irgendwer muss draußen auf ihn gewartet haben.«

Rooth seufzte.

»Ja, vermutlich.«

Dann dachte er wieder eine Weile nach.

»Diese Frau«, sagte er dann. »Die ihn besucht hat, im vorletzten Jahr oder wann auch immer, wer war das?«

Bortschmaa sah den Fürsorgebeamten an.

»Das weiß ich nicht«, sagte er.

»Ich auch nicht«, sagte Joppens. »Aber wir können im Protokoll nachsehen, wenn Sie das wissen wollen.«

»Warum nicht?«, sagte Rooth.

Die beiden Frauen im Archiv mussten eine Weile suchen, aber endlich näherten sie sich dem fraglichen Datum.

Dem 5. Juni 1992. Einem Freitag.

Die Frau hieß Anna Schmidt.

»Adresse?«, fragte Rooth.

»Das steht hier nicht«, sagte die etwas ältere Frau. »Das ist nicht nötig.«

»Nur der Name?«

»Ja.«

Rooth seufzte.

»Wie sah sie aus?«

Die beiden zuckten mit den Schultern.

»Können Sie feststellen, wer damals Dienst hatte und wer sie gesehen haben kann?«

»Ja, sicher.«

Auch das brauchte seine Zeit, aber inzwischen konnte Rooth immerhin in die Kantine gehen und sich zwei Käsebrote einverleiben, ehe die richtige Person gefunden worden war.

»Sie sind Emmeline Weigers?«

»Ja.«

»Und Sie hatten am 5. Juni 1992 im Besucherzimmer Dienst?«

»Ja, sieht so aus.«

»An dem Tag hatte Leopold Verhaven Besuch. Das war doch sehr ungewöhnlich.«

»Ja.«

»Können Sie sich daran erinnern?«

»So ungefähr.«

»Aber das ist doch fast zwei Jahre her.«

»Ich weiß das noch, weil er es war. Wir haben darüber gesprochen. Er war doch ziemlich ... eigen, das wussten alle.«

»Bekam er sonst keinen Besuch?«

»Nein, nie.«

»Können Sie diese Frau beschreiben?«

»Nicht sehr gut, fürchte ich. Ich weiß es nicht mehr genau. Ziemlich alt, auf jeden Fall. Um die sechzig, vielleicht. Ein wenig kränklich. Brauchte einen Stock ...«

»Würden Sie sie erkennen?«

Sie dachte kurz nach.

»Nein, das glaube ich nicht. Nein.«

»Wie lange haben die beiden miteinander gesprochen?«

»Das weiß ich nicht so recht. Fünfzehn bis zwanzig Minuten vielleicht. Jedenfalls nicht die ganze Zeit.«

»Die ganze Zeit?«

»Erlaubt ist eine halbe Stunde.«

»Können Sie sich an etwas Besonderes erinnern, wenn Sie an diesen Besuch zurückdenken? An irgendein Detail?«

Sie dachte zehn Sekunden nach.

»Nein«, sagte sie dann. »An nichts.«

Rooth stand auf und bedankte sich.

Er brauchte eine weitere Stunde, um aus der Anstalt hinausgeschleust zu werden und im eigentlichen Ort Ulmenthal die Ruitens Allee 4 zu finden. Er hielt vor der weißen Villa an. Sprach ein Stoßgebet, stieg aus dem Auto und wanderte über die mit Platten belegte Auffahrt. Dann klingelte er an der Tür.

»Ja?«

»Herr Chervouz?«

»Ja.«

»Mein Name ist Rooth. Kriminalinspektor Rooth. Wir haben vorhin telefoniert.«

»Kommen Sie herein. Oder würden Sie sich lieber in den Garten setzen? Das Wetter ist ja gar nicht schlecht.«

»In den Garten, bitte«, sagte Rooth.

»Es ist so schön, wenn die Kastanien blühen«, sagte Herr Chervouz und goss Bier in zwei hohe Gläser.

»Ja«, sagte Rooth. »Sehr schön.«

Sie tranken.

»Was möchten Sie über Verhaven wissen?«

»Sie hatten damals Dienst, an der Pforte, wie Sie wohl sagen, am 5. Juni 1992. Und an diesem Tag kam Besuch für Verhaven. Das ist zwar zwei Jahre her, aber ich wüsste doch gern, ob Sie sich noch an diese Frau erinnern können?«

Chervouz trank noch einen Schluck.

»Ich habe mir das ja schon seit Ihrem Anruf überlegt. Sie kam mit dem Taxi, glaube ich. War schon ziemlich alt. Und gehbehindert, brauchte Stöcke, einen auf jeden Fall. Aber Himmel, vielleicht bilde ich mir das auch ein. Vielleicht habe ich sie ganz einfach verwechselt.«

»Warum können Sie sich überhaupt daran erinnern?«

»Weil sie zu ihm wollte, natürlich.«

»Aha«, sagte Rooth. »Hatten Sie sie schon einmal gesehen?«

»Nein … nein, das glaube ich nicht.«

»Waren Sie noch da, als sie wieder gefahren ist?«

»Nein, das muss ein Kollege gewesen sein ... ich kann mich jedenfalls nicht daran erinnern.«

»Würden Sie sie wiedererkennen?«

»Nein, auf keinen Fall.«

Einige Sekunden verstrichen. Dann kam die Frage, und die unterdrückte Neugier war dabei nicht zu überhören.

»Was hat er angestellt?«

»Nichts«, sagte Rooth. »Er ist tot.«

Er verzehrte im Bahnhofsrestaurant eine mäßig aufregende Mahlzeit. Als er sich dann ins Auto setzte, war bereits die Dämmerung heraufgezogen.

Da hatte er heute wirklich viel ausgerichtet, dachte er. Wirklich beeindruckend.

Und als er sich dann überlegte, welche Steuersummen bisher in diese zweifelhaften Ermittlungen geflossen waren und auch noch weiter fließen würden, merkte er, dass er fast ein wenig empört darüber war. Vor allem, wenn man bedachte, was Leopold Verhaven die Staatskasse bereits gekostet hatte. Als er noch lebte, genauer gesagt.

Er hatte zwei Frauen ermordet. War in zwei fast identischen Prozessen durch die Mangel gedreht und verurteilt worden, und hatte fast ein Vierteljahrhundert im Gefängnis gesessen. Und jetzt hatte jemand den Schlussstrich unter ihn gezogen.

Warum sollte die Polizei das nicht auch tun?

Den Schlussstrich ziehen. Einen Punkt setzen und so tun, als sei niemand je über die verstümmelte Leiche im Teppich gestolpert. Wer hatte eigentlich etwas davon, dass sie so viel Energie in die Aufgabe setzten, einen Mörder zu finden, der aus unerfindlichen Gründen beschlossen hatte, dieses einsame Verbrecherleben zu beenden?

Wen zum Henker interessierte es, dass Leopold Verhaven tot war?

Gab es so einen Menschen?

Außer dem, der ihn umgebracht hatte, natürlich.

Rooth hatte da seine Zweifel.

Aber irgendwo tief in seinem Hinterkopf hallten jetzt einige verdrängte Worte wider, die aus den Vorschriften und Richtlinien für die Arbeit der Kriminalpolizei stammten, wenn er sich hier nicht irrte. Er konnte sich an den genauen Wortlaut nicht erinnern, aber ihr Inhalt ließ sich ja auch durch Van Veeterens Formulierung ausdrücken:

Wenn der Mörder sich in Timbuktu herumtreibt, dann fahren wir mit dem erstbesten Taxi hin. Wir sind doch kein Scheiß profitorientiertes Unternehmen!

»Wo liegt Timbuktu eigentlich?«, hatte jemand gefragt.

»Das weiß der Taxifahrer«, hatte Van Veeteren geantwortet.

Besser, wir halten uns an diese Regel, dachte Rooth. Die Konsequenzen wären sonst ziemlich schwer einzuschätzen.

17

Van Veeteren griff zu dem Stapel von Fotokopien und sah ihn durch.

Münster hatte nicht auf der faulen Haut gelegen, das musste er zugeben. Vierzig bis fünfzig Seiten mindestens, aus mehreren Zeitungen, zumeist jedoch aus dem Neuen Blatt und dem Telegraaf. Chronologisch geordnet, anfangs die Sportgeschichte, am Ende die Kommentare zum Urteil im Marlenemord. Genaue Datumsangaben.

Er fragte sich, ob sich wirklich der Polizeidirektor solche Mühe gegeben hatte, um seine Neugier zu befriedigen, oder ob irgendein emsiger Archivar im Zeitungs- und Zeitschriftenarchiv sich wie ein Hund abgeplagt hatte. Er neigte eigentlich zur letzteren Annahme, aber man konnte natürlich nie genau wissen.

Münster ist eben Münster, dachte Van Veeteren.

Er fing mit der Vorgeschichte an. Mit Verhavens glanzvoller, aber kurzer Karriere auf der Aschenbahn. Die konnte nicht länger als zwei Jahre gedauert haben, wenn man genauer nachrechnete. Zwei erfolgreiche Jahre, dann waren die Vorzeichen ausgewechselt worden.

»Neuer Rekord von Verhaven!«, hieß die Schlagzeile über einem vierspaltigen Artikel vom 20. August 1958, zu dem noch ein kleines, unscharfes Bild von einem jungen Mann gehörte, der in die Kamera schaute und das V-Zeichen machte.

Sah nicht übermäßig überwältigt aus, fand Van Veeteren. Oder überwältigend. Aber um den zusammengepressten Mund spielte doch ein deutlicher Zug von Ernst und Entschlossenheit und die dunklen Augen schauten voller Überzeugung neuen Triumphen und noch schnelleren Läufen entgegen.

Er betrachtete das zweiundzwanzigjährige Gesicht einige Zeit lang und fragte sich, ob er daraus wohl etwas lesen könne – ob es möglich sei, diesen starren Gesichtszügen einen Hinweis auf die Zukunft zu entnehmen ... die Vorherbestimmung zu entdecken, den Keim des erwachsenen Gewalttäters und Doppelmörders.

Was natürlich unmöglich war.

Man wusste, wonach man suchte, und folglich fand man es auch ... nein, in diesen Augen lag natürlich nichts anderes außer der üblichen, leicht überheblichen Selbstbeherrschung, entschied Van Veeteren. Die Kraft und Männlichkeit und Gott weiß was andeuten soll und die wir so ungefähr bei allen modernen Helden finden. Und vielleicht auch bei den antiken, wenn man sich das genauer überlegte. Van Veeteren hatte sich nie für Sport begeistern können, und sich einzubilden, zwischen einem griechischen Diskuswerfer und einem russischen Eishockeyverteidiger bestehe irgendein qualitativer Unterschied, war natürlich nur ein weiterer Beweis für unser ewiges Bedürfnis nach Selbstbetrug, Sport bleibt Sport.

Stellte er fest und las lieber weiter:

> Dass Leopold Verhaven schon zu unseren stärksten Karten auf der Aschenbahn gehört, ist seit einem ganzen Jahr für die sportinteressierte Öffentlichkeit zur Tatsache geworden. Aber dass dieser ungeheuer talentierte und erst zweiundzwanzig Jahre alte Läufer aus Obern schon in diesem Sommer neue Rekorde aufstellen würde, hatten wohl die wenigsten erwartet.
>
> Doch da hat er uns also getäuscht, und wie gerne lassen wir uns auf diese Weise täuschen! Auf seine glänzende Leistung im Verheim-Stadion mit dem neuen Landesrekord im Fünfzehnhundertmeterlauf folgte gestern, diesem wunderbaren Sportabend im Willcmsroo, eine weitere Steigerung auf nicht weniger als 3.41,5, und anzumerken ist dabei noch, dass Verhaven die letzten sechshundert Meter ganz allein, in einsamer Majestät zurücklegen konnte.
>
> Niemand im restlichen und durchaus bekannten Startfeld konnte mit ihm Schritt halten, als er nach dem halben Lauf das Tempo anzog. Seine leichten, windschnellen und ausgreifenden Schritte, der scheinbar mühelose Fluss seines gesamten Laufes, sein Rhythmus und sein taktisch meisterhaftes Vorgehen …

Van Veeteren überflog den Rest. Versuchte sich selber in diesem fünfunddreißig Jahre zurückliegenden August zu sehen … aber ihm fiel nur ein, dass damals Semesterferien gewesen sein mussten. Danach hatte er dann das verdammte Studium hingeschmissen und sich an der Polizeischule beworben …, aber im August hatte er vermutlich bei Kummermann gejobbt, in diesem verstaubten Lager, oder, bestenfalls, eine Ferienwoche bei den Onkeln an der Küste verbracht.

Egal. Er griff zur nächsten Kopie. Ein knappes Jahr später. Der 18. Mai. Ein Dreispalter im Telegraaf mit einem Bild von der Ziellinie nach einem weiteren Fünfzehnhundertmeterlauf. Das war offenbar seine Lieblingsstrecke – das blaue Band des Laufsports, hieß es nicht so? Den Oberkörper vorgebeugt, um so schnell wie möglich den Wollfaden zu durchbrechen, die halblangen Haare flatterten im Wind, der Mund stand offen, die Augen starrten ins Leere ...

»Verhaven auf dem Weg zum Europarekord?«, lautete diesmal die Überschrift. Van Veeteren las:

> 3.40,4! Das ist Verhavens neuer Rekord auf fünfzehnhundert Metern, aufgestellt gestern Abend bei einem glanzvollen Lauf bei dem internationalen Turnier am Künderplatz. Bereits kurz nach der Achthundertmetermarke verabschiedete sich unser neuer Mittelstreckenkönig von seiner Begleitung und erreichte nach zwei großartigen Solorunden eine Zeit, die bisher nur vom Franzosen Jazy und vom Ungarn Roszavölgyi unterboten worden ist. Verhaven hat das sechstbeste Ergebnis aller Zeiten erzielt und es kann kein Zweifel daran bestehen, dass der ungeheuer begabte Dreiundzwanzigjährige aus Obern eine unserer stärksten Trumpfkarten für die Olympischen Spiele des kommenden Jahres in Rom sein wird. Zumindest in der Leichtathletik, wo unser Land ansonsten hinter den Briten, Franzosen und Amerikanern weit zurückzuliegen scheint. Bei den gestrigen Veranstaltungen wurden nicht weniger als ...

Mai 59, dachte Van Veeteren und legte die Kopie beiseite. Noch drei Monate, bis die Blase dann geplatzt ist.

Er nahm sich den nächsten Artikel vor, und nun war es schon so weit. Der Skandal war zur Tatsache geworden und hatte abermals die Titelseiten erreicht:

»Verhaven – Betrüger!«, lautete die Schlagzeile über dem

Vierspalter, darunter befand sich ein undeutliches Bild, das bei genauerem Hinsehen einen Mann darstellen mochte, der auf einer Trage fortgetragen wurde. Unter ziemlich hektischen Umständen, wie es aussah.

Van Veeteren las den empörten Artikel über einen Fünftausendmeterlauf im August 1959, bei dem Verhaven ganz klar in Führung gelegen hatte und nur noch zwei Runden vom Ziel – und einem winkenden Europarekord – entfernt gewesen war, bis er dann plötzlich unmittelbar hinter der Südkurve im Richterstadion von Maardam zusammengebrochen war.

Er sah sich das Datum an, ja, der Artikel war zwei Tage nach dem Rennen erschienen. Als alles schon feststand.

Als die Sache mit dem Doping und dem Schwarzgeld bereits ans Tageslicht gelangt war. Als das Märchen ein Ende hatte.

Verhaven – Betrüger.

War das die Vorgeschichte von Verhaven, dem Mörder?, überlegte Van Veeteren.

Und von Verhaven, dem Doppelmörder?

Bestand eine Verbindung, ein Zusammenhang, bei dem sich eins aus dem anderen ergab? Nicht automatisch natürlich, sondern als eine Art Ursache und Wirkung? Lag der Mörder schon wie ein Keim, wie ein Embryo, im Betrüger versteckt? Und konnte man solche Fragen überhaupt stellen?

Wieder überkam ihn die Müdigkeit. Er ordnete die leicht zerknitterten Blätter und stopfte sie zurück in den Umschlag.

Was hatten diese Überlegungen denn überhaupt für einen Sinn, fragte er sich. Warum mühte sich sein Gehirn mit diesen Mutmaßungen ab? Ob er das nun wollte oder nicht. Konnte er sich denn wirklich nicht mit vernünftigen Dingen befassen?

Wollte er sich nur einreden, dass er auf dem richtigen Weg war?

Für einen Moment hörte er den Tauben zu, die irgendwo vor dem Fenster herumgurrten. Seine Gedanken wanderten davon und einige Minuten lang dachte er zerstreut über Friedenssymbole nach, über den Zerfall Europas und den doppelbödigen Nationalismus, dann wandte er sich wieder der Tagesordnung zu. Denn – und darum ging es: Wie sah es mit diesem Verdacht aus?

Mit dieser vagen Idee, die ihm keine Ruhe ließ.

Wie einfach und leichtfertig wäre es doch für den distanzierten Beobachter, zum selben neunmalklugen Schluss zu gelangen? Betrüger – Mörder. Diese vermeintlichen Brücken über eingebildete Abgründe zu bauen. Zusammenhänge zu suchen, wo es keine gab oder zu geben brauchte. Wer machte sich schon nähere Gedanken über Verhavens Vergehen? Hatte es wirklich, damals in den unschuldigen fünfziger Jahren, die Bedeutung gehabt, den diese Götter und Gurus des Sports ihm beigemessen hatten? Oder in den frühen sechziger Jahren? Das konnte er nicht glauben. Und der Kerl war doch wohl nicht schneller gerannt, weil er Geld angenommen hatte? Amphetamin und was auch immer hatten ihn sicher angespornt, aber ein vergleichbarer Fall würde in unseren Tagen doch nie im Leben eine lebenslange Sperre mit sich bringen.

Er wusste es nicht. Er kannte sich nicht aus, aber Rooth oder Heinemann würden das sicher klären können.

Und auf jeden Fall blieb die Frage: Wie viel hatte Verhaven, der Betrüger, in die Waagschale geworfen, als er den Schritt zu Verhaven, dem Mörder, vollzogen hatte?

In den Augen der anderen, wohlgemerkt. Der Presse. Der Allgemeinheit. Der Polizei, des Gerichtswesens, der Jury. Den Augen des Verurteilenden.

Den Augen Richter Heidelbluums?

Diese Frage musste er sich genauer vornehmen, das war klar.

Er faltete über der schmerzenden Operationsnaht die

Hände, schloss die Augen und wollte die Frage bis auf weiteres seinen Träumen überlassen.

18

Nach einem gewissen Maß an Lobbyarbeit war es deBries gelungen, Kriminalassistentin Ewa Moreno als Arbeitspartnerin zugeteilt zu bekommen. Zumindest für die nächsten Tage der Feldarbeit, und als sie an einem späten Nachmittag über die schöne und kurvenreiche Uferstraße nach Kaustin fuhren, hatte er nicht den Eindruck, dass dieses Arrangement ihr missfiel.

Und sie hätte es ja wirklich schlechter treffen können. So viel Selbstbewusstsein musste doch wohl erlaubt sein. DeBries hielt vor der Schule, und sie blieben eine Zeit lang sitzen und verglichen die mit dcr Hand gezeichnete Karte mit der Wirklichkeit. »Zuerst Gellnacht«, schlug Moreno vor und nickte in Fahrtrichtung. »Die wohnt da vorn.«

»Euer Wunsch sei mir Befehl«, sagte deBries und fuhr an.

Irmgard Gellnacht hatte in der Gartenlaube hinter dem großen Holzhaus gedeckt. Sie winkte sie zur gelben Hollywoodschaukel und nahm selber in einem der beiden alten Liegestühle Platz.

»Schöne Abende um diese Jahreszeit«, sagte sie. »Man muss versuchen, so viel wie möglich im Freien zu sein.«

»Der Frühsommer ist die schönste Zeit«, sagte Ewa Moreno. »Die vielen Blüten.«

»Haben Sie auch einen Garten?«, fragte Frau Gellnacht.

»Nein, leider nicht. Aber ich hoffe, das wird sich irgendwann ändern.«

DeBries räusperte sich diskret.

»Ja, entschuldigen Sie«, sagte Frau Gellnacht. »Sie wollten natürlich nicht darüber sprechen. Bitte, greifen Sie zu.«

»Danke«, sagte Ewa Moreno. »Ist das Ihr eigener Rhabarber in diesem Kuchen?«

»Mit anderen Worten, Sie waren gleichaltrig«, sagte deBries.

»Nicht ganz. Ich bin ein Jahr älter ... Jahrgang 35. Leopold war 36. Aber wir gingen doch in dieselbe Klasse, damals waren immer drei Schuljahre hier im selben Raum ... ich glaube, das ist noch immer so ... also kann ich mich an ihn erinnern. Fünf Jahre in derselben Klasse vergisst man nicht so leicht.«

»Was hatten Sie für einen Eindruck von ihm?«

»Einsam«, sagte Irmgard Gellnacht ohne zu zögern. »Einsam und verschlossen. Warum interessiert Sie das so sehr? Stimmt es, dass er tot ist?«

Morgen steht es bestimmt in allen Zeitungen, dachte deBries. »Wir möchten das lieber ungesagt lassen, Frau Gellnacht«, erklärte er und legte sich einen Finger an die Lippen. »Und wir wären Ihnen dankbar, wenn Sie unser Plauderstündchen für sich behalten könnten.«

Er fand, er habe sich geradeso vage bedrohlich angehört, wie es seine Absicht gewesen war.

»Aber er muss doch Freunde gehabt haben?«, fragte Moreno.

Sie dachte nach.

»Nein, eigentlich glaube ich das nicht. Doch, vielleicht in den ersten Jahren. Er war ein wenig mit Pieter Wolenz zusammen, wenn ich mich nicht irre, aber die sind dann ja weggezogen ... nach Linzhuisen. Ich glaube, danach hatte er keinen Freund mehr.«

»Wurde er schikaniert oder so?«, fragte Moreno. »Oder gemobbt, wie es heute heißt.«

Sie dachte wieder nach.

»Nein«, sagte sie. »Eigentlich nicht. Wir ... alle ... hatten eine Art Respekt vor ihm. Niemand wollte es mit ihm verderben ... er konnte sehr wütend werden, das weiß ich noch. Verbarg hinter seinem schweigsamen und mürrischen Äußeren ein wildes Temperament.«

»Und wie äußerte sich das?«

»Verzeihung?«

»Dieses Temperament. Was hat er gemacht?«

»Ach, ich weiß nicht so recht«, sagte sie langsam. »Einige hatten wohl ein wenig Angst vor ihm ... es gab durchaus Prügeleien, und er war stark, richtig stark, obwohl er ja nicht besonders groß oder kräftig war.«

»Denken Sie jetzt an eine besondere Episode?«

»Nein ... oder doch. Ich weiß noch, dass er einmal einen Jungen aus dem Fenster geworfen hat, als er wütend wurde.«

»Aus dem Fenster?«

»Ja, aber das war nicht so gefährlich, wie es sich anhört. Es war aus dem Erdgeschoss, deshalb ist nichts passiert.«

»Ich verstehe.«

»Aber draußen stand ein Fahrradgestell, deshalb hat es wohl doch etwas wehgetan ...«

DeBries nickte.

»Wie hieß der Junge?«, fragte Moreno.

»Das weiß ich nicht mehr«, sagte Irmgard Gellnacht. »Ich glaube, es war einer der Brüder Leisse. Oder Kollerin, der ist heute Schlachter. Ja, ich glaube, der war es.«

DeBries wechselte das Thema.

»Beatrice Holden. Können Sie sich an sie erinnern?«

»Aber sicher«, sagte Frau Gellnacht und richtete sich im Liegestuhl auf.

»Und wie würden Sie sie beschreiben?«

»Gar nicht. Über die Toten nur Gutes, wie man sagt.«

»Aber wenn wir Sie nun ein wenig unter Druck setzen?«

Irmgard Gellnacht lachte kurz.

»Ja dann«, sagte sie. »Beatrice Holden war eine Schlampe. Ich glaube, damit ist sie recht gut charakterisiert.«

»War sie das schon zur Schulzeit?«, fragte Assistentin Moreno.

»Von Anfang an«, sagte Irmgard Gellnacht. »Bitte, halten Sie mich nicht für eine prüde Moraltante. Beatrice war ein schrecklich vulgärer Mensch. Von der billigsten Sorte. Ihr Aussehen sprach für sie, und sie konnte die Männer um den kleinen Finger wickeln ... oder damals die Jungs.«

»Sie waren in sie verliebt?«

»Allesamt. Und auch der Lehrer, glaube ich. Er war jung und unverheiratet, eigentlich war es ziemlich traurig.«

»Danach ist sie von hier weggezogen, oder?«

Frau Gellnacht nickte.

»Verschwand mit einem Kerl, als sie noch keine siebzehn war. Ist dann zwei oder dreimal umgezogen, glaube ich ... kam einige Jahre später mit einem Kind zurück.«

»Mit einem Kind?«

»Ja. Einem Mädchen. Die Mutter hat sich darum gekümmert. Beatrices Mutter, meine ich.«

»Wann war das? War das lange, bevor sie sich mit Verhaven zusammengetan hat?«

»Nein, nicht sehr lange, ich glaube, das war um 1960, also ungefähr zu der Zeit, als er zurückgekommen ist ... sie zog auf jeden Fall mit ihrer Kleinen zu ihrer Mutter, für ein halbes Jahr oder so ... der Vater fuhr zur See, hieß es, aber niemand hat ihn je gesehen. Weder früher noch später. Ja, und nach einigen Monaten zog sie dann zu Verhaven in den Großen Schatten.«

»Den Großen Schatten?«

»Ja, so wurde das Haus genannt. Der Große Schatten ... fragen Sie mich nicht, warum.«

DeBries nickte und notierte.

»Und die Tochter?«, fragte Moreno. »Hat sie sie mitgenommen?«

»Nicht doch«, wehrte Irmgard Gellnacht ab. »Durchaus nicht. Die hat sie bei der Großmutter gelassen ... und das war im Grunde vielleicht die beste Lösung. Aus ihr ist dann sogar noch etwas geworden.«

»Wie war ihre Beziehung?«, fragte deBries. »Die von Verhaven und Beatrice, meine ich.«

Frau Gellnacht antwortete nicht sofort.

»Ich weiß nicht«, sagte sie dann. »Später wurde ja schrecklich viel über die beiden geredet. Einige wollten von Anfang an gewusst haben, wie es enden würde ... oder dass es böse enden würde, aber ich weiß nicht. Es ist ja so leicht, alles zu durchschauen, wenn wir das Ergebnis in der Hand halten, nicht wahr?«

»Zweifellos«, sagte deBries.

»Sicher ist allerlei vorgefallen, ehe er sie umgebracht hat, sie haben wohl recht viel getrunken, aber er war ja auch fleißig. Arbeitete hart, verdiente gar nicht schlecht an seinen Hühnern ... aber sie hatten viel Streit. Das kann ich nicht leugnen.«

»Ja, das haben wir schon verstanden«, sagte Moreno.

Dann folgte eine kleine Pause, und Frau Gellnacht goss Kaffee nach. DeBries beugte sich vor und stellte die wichtige Frage:

»Wie war die Zeit vor Verhavens Verhaftung? Nachdem Beatrice gefunden worden war ... diese zehn Tage oder wie lang das nun war. Können Sie sich daran erinnern?«

»Mja«, Irmgard Gellnacht zögerte. »Ich weiß nicht, ob ich Sie richtig verstanden habe ...«

»Was dachten die Leute?«, erklärte Moreno. »Wer wurde verdächtigt, wenn im Ort darüber gesprochen wurde? Ehe man Bescheid wusste.«

Frau Gellnacht schwieg und machte sich an ihrer Kaffeetasse zu schaffen.

»Ja«, sagte sie dann. »Die Diskussionen gingen wohl in diese Richtung.«

»In welche Richtung?«, fragte deBries.

»Dass es Verhaven gewesen war, natürlich. Hier in Kaustin war bei seiner Verhaftung zumindest niemand sonderlich überrascht ... und auch nicht, als dann das Urteil fiel.«

DeBries notierte etwas in seinem Block.

»Und wie sieht es heute aus?«, fragte er. »Sind Sie sicher, dass er es war?«

»Absolut«, war die Antwort. »Kein Zweifel. Wer sollte es denn sonst gewesen sein?«

Eine Frage, die durchaus näheres Nachdenken verdient hätte, dachte er, als sie wieder im Auto saßen.

Weil es eigentlich kein anderer sein kann, muss es doch Verhaven getan haben!

Man konnte nur hoffen, dass sich Polizei und Anklagebehörden Frau Gellnachts Überlegungen nicht gar zu sehr zu Eigen gemacht hatten. Es wäre sicher eine gute Idee, sich davon ein Bild zu machen. Wie sah es eigentlich mit den technischen Beweisen aus? Hatten die ihn am Ende den Kopf gekostet, wenn er wirklich so hartnäckig alles geleugnet hatte?

DeBries hatte keine Ahnung.

»Was meinst du?«, fragte er.

»Sieht doch sonnenklar aus«, meine Ewa Moreno. »Vielleicht ein wenig zu sonnenklar. Nehmen wir uns jetzt Moltke vor?«

19

»Verhaven verhaftet! Sensationelle Entwicklung im Fall Beatrice!«

Der Artikel bedeckt die gesamte Vorderseite des Neuen Blatts vom 30. April 1962. Van Veeteren trank einen halben Becher Wasser und fing an zu lesen.

> Hat Leopold Verhaven seine Lebensgefährtin Beatrice Holden umgebracht?
>
> Auf jeden Fall glauben der Ermittlungsleiter im landesweit bekannten Kaustinmord, Kommissar Mort,

und Staatsanwalt Hagendeck guten Grund zu diesem Verdacht zu haben. So guten sogar, dass sie gestern einen Haftbefehl gegen den damaligen Läufer der Nationalmannschaft erwirkt haben. Hagendeck wollte sich während der Pressekonferenz nicht über die Gründe äußern, ging jedoch davon aus, dass nach der festgesetzten Untersuchungshaft von zwölf Tagen Anklage erhoben werden wird.

Ob neue Entdeckungen oder Beweise vorliegen, die Licht in diese düstere Angelegenheit bringen können, wollten während der gestrigen Pressekonferenz auf der Maardamer Wache weder Polizei noch Anklagebehörden weiter ausführen. Leopold Verhaven hat außerdem offenbar kein Geständnis abgelegt. Sein Anwalt, Pierre Quenterran, erklärte, sein Mandant habe mit dem Mord nichts zu tun, und hielt die Festnahme für eine Folge der vielen Artikel und Spekulationen über diesen Fall.

»Die Polizei ist verzweifelt«, erklärte Quenterran der versammelten Presse. »Die Öffentlichkeit und ihr fest gefügtes Gerechtigkeitsbewusstsein fordern ein Ergebnis, und statt seine Inkompetenz zuzugeben, hat der Ermittlungsleiter nun einen Sündenbock ernannt ...«

Kommissar Mort bezeichnet Anwalt Quenterrans Aussage als »puren Unfug«.

Kann ich mir denken, dachte Van Veeteren und griff zur nächsten Fotokopie, die aus derselben Nummer des Neuen Blatts stammte, jedoch einige Seiten weiter hinten erschienen war. Hier wurde der Hintergrund kurz skizziert, die Ereignisse vom »traurigen Anbeginn« an wurden zusammengefasst, wie der Autor der Zeilen sich ausdrückte.

6. April:

Ein Samstag mit Sonne und warmem Wind. Am frühen Morgen macht Leopold Verhaven sich wie immer auf den Weg nach Linzhuisen und Maardam und kehrt erst am späten Nachmittag nach Hause zurück. Beatrice Holden ist inzwischen verschwunden, wie Verhaven selber aussagt, doch er nimmt an, sie sei »einfach irgendwohin gefahren«. Nach diesem Zeitpunkt hat niemand die Verschwundene mehr gesehen. Einige Nachbarn haben sie am Samstagvormittag auf dem Heimweg beobachtet, einige Stunden nach Verhavens Aufbruch. Am Morgen hat sie ihre Mutter und ihre Tochter unten im Ort besucht. Nichts weist darauf hin, dass sie danach ihr Haus freiwillig und mit irgendeinem bestimmten Ziel verlassen hat.

Freiwillig und mit irgendeinem bestimmten Ziel, dachte Van Veeteren. Was für ein Stilist!

16. April
Verhaven meldet bei der Polizei, dass seine Lebensgefährtin seit einer guten Woche verschwunden ist. Warum er so lange mit dieser Meldung gewartet hat, will er nicht kommentieren. Er glaubt jedoch nicht, dass ihr »etwas Ernsthaftes widerfahren sein kann«.

22. April
Beatrice Holdens Leichnam wird nur anderthalb Kilometer von Verhavens Haus entfernt von einem älteren Ehepaar im Wald entdeckt. Die Tote ist nackt und wurde vermutlich an der Fundstelle erwürgt.

22. – 29. April
Ein großes Polizeiaufgebot untersucht den Todesfall. Genaue technische Analysen werden durchgeführt und an die hundert Personen, vor allem in der Gemeinde Kaustin, werden befragt.

30. April
Leopold Verhaven wird unter dem Verdacht auf Mord oder Totschlag an seiner dreiundzwanzig Jahre alten Lebensgefährtin verhaftet.

Damit war Schluss. Van Veeteren legte das Papier unten in den Stapel und schaute auf die Uhr. Halb zwölf. Wäre es nicht bald Zeit für das Mittagessen? Zum ersten Mal, seit er nach der Operation aufgewacht war, hatte er ein wenig Hunger. Das musste doch ein gutes Zeichen sein.

Und auf jeden Fall schien alles nach Plan zu verlaufen. Das hatte jedenfalls der junge Chirurg mit den Apfelbäckchen begeistert verkündet, als er morgens mit bleichen Würstchenfingern Van Veeterens Bauch abgetastet hatte. Nur sechs bis acht Tage Rekonvaleszenz, danach könnte der Kommissar vitaler denn je zu seiner normalen Routine zurückkehren.

Vital, dachte Van Veeteren. Wie will der denn wissen, ob ich überhaupt Lust dazu habe, vital zu sein?

Er drehte den Kopf und betrachtete die Blumenpracht. Drei Sträuße, nicht mehr und nicht weniger, drängten sich auf dem Nachttisch. Von den Kollegen. Von Renate. Von Jess und Erich. An diesem Nachmittag wollte Jess mit den Zwillingen kommen. Was konnte er sich sonst noch wünschen?

Jetzt hörte er draußen auf dem Gang den Servierwagen. Vermutlich würde es nur eine dünne Diätgeschichte geben, aber das war vielleicht gut so. Vielleicht war er noch nicht reif für die richtig blutigen Steaks.

Er gähnte und ließ seine Gedanken zu Verhaven zurückwandern. Versuchte sich diese kleine verschlafene Stadt zu Beginn der sechziger Jahre vorzustellen.

Was konnte alles mit im Spiel gewesen sein?

Die altbekannten Dinge? Vermutlich.

Dumpfheit. Verdacht. Neid. Böse Zungen.

Ja, so war das wohl, im großen Ganzen.

Und Verhaven war ein Außenseiter.

War ein Sonderling gewesen, und einen Sonderling hatten sie gebraucht. Den idealen Mörder? Ja, so mochte es aussehen.

Wie stand es mit der Beweisführung? Er versuchte sich an die Umstände zu erinnern, aber ihm fiel nur eine Reihe von Fragezeichen ein, weiter kam er nicht.

Hatten sie allen Halbwahrheiten widerstehen können, die sicher zur Sprache gekommen waren? Es hatte eine ziemliche Hetzjagd gegeben, das wusste er noch ... allerlei Behauptungen über Kompetenz von Polizei und Justizwesen. Oder genauer gesagt über deren Inkompetenz. Alle hatten unter Druck gestanden. Wenn sie keinen Mörder fanden, verurteilten sie sich selber.

Wie sah es mit den technischen Beweisen aus? Es war doch ein Indizienprozess gewesen, oder? Er musste sich die Gerichtsprotokolle vornehmen, die Münster gebracht hatte, das stand fest. Wenn er nur zuerst etwas in den Magen bekam. Sicher gab es mehrere schwache Punkte ... er hatte später einmal mit Mort über den Fall gesprochen und deutlich den Eindruck gewonnen, dass dieses Gesprächsthema seinem Vorgänger alles andere als lieb gewesen war.

Über die andere Geschichte, den Marlenemord, wusste er ein wenig mehr, aber hatten nicht auch dabei die Ermittlungen einiges zu wünschen übrig gelassen? Er hatte selber daran teilgenommen, aber doch nur am Rande. War nie bei einer Verhandlung gewesen. Die Verantwortung hatte auch diesmal bei Mort gelegen.

Leopold Verhaven? Natürlich war das ein Kapitel Gerichtsgeschichte, das eine etwas genauere Beschäftigung zu lohnen schien.

Oder war das alles nur Einbildung? Brauchte er einfach ein mehr oder weniger perverses Thema, um seine Gedanken zu beschäftigen, während er platt auf dem Rücken lag und darauf wartete, dass sein Darm brav wieder zusammenwuchs? Abgeschirmt und isoliert von der Außenwelt, wo niemand etwas anderes von ihm verlangte als Ruhe zu bewahren und sich nicht aufzuregen?

Wirklich eine feine Sache. Ein alter Justizskandal, genau wie in diesem Krimi von Josephine Tey, wie hatte der doch noch geheißen?

Warum war es so schwer, das Gehirn einfach auszuschalten?

Was hatte Pascal noch gesagt? So ungefähr, dass alles Ungemach auf der Welt unserem Unvermögen entspringt, allein in einem Zimmer zu sitzen.

O verdammt, was für ein Wirrwarr, dachte er. Her mit dem Servierwagen, damit ich meine Zähne in eine saftige Spinatsuppe schlagen kann!

20

»Es waren allerlei Geschichten über ihn in Umlauf«, sagte Bernard Moltke und steckte sich noch eine Zigarette an.

»Ach«, sagte deBries. »Was denn für Geschichten?«

»Alle möglichen. Schwer zu sagen, welche vor Beatrice schon da waren und welche nachher dazugekommen sind. Welche authentisch sind, gewissermaßen. Vor allem wurde natürlich geredet, während der Prozess lief ... hier im Ort ist es nie so gesellig zugegangen wie während dieser Monate. Danach wurde alles dann irgendwie still. Als ob alles vorbei wäre ... und das war es natürlich auch.«

»Können Sie uns ein Beispiel für eine solche Geschichte geben?«, fragte Moreno. »Am liebsten für eine authentische.«

Bernard Moltke dachte nach.

»Die mit der Katze«, sagte er. »Die habe ich auf jeden Fall schon sehr viel früher gehört. Angeblich hat er mit bloßen Fäusten eine Katze erwürgt.«

DeBries spürte, dass ihm ein eiskalter Schauer über den Rücken jagte, und er sah, wie Assistentin Moreno zusammenzuckte.

»Warum denn?«, fragte er.

»Keine Ahnung«, sagte Bernard Moltke. »Auf jeden Fall hat er ihr offenbar den Hals umgedreht ... da muss er so etwa zwölf oder dreizehn gewesen sein.«

»Igitt«, sagte Moreno.

»Ja. Vielleicht hat ja irgendwer behauptet, er würde sich das nicht trauen. Irgendwie bilde ich mir das ein.«

»Und das soll ein Grund sein?«

»Fragen Sie mich nicht«, sagte Bernard Moltke. »Viele behaupten, für ihn wäre das Grund genug.«

»Und was können Sie uns über Beatrice Holden erzählen?«

Moltke zog energisch an seiner Zigarette und schien sich in Erinnerungen zu versenken.

»Verdammt tolle Frau«, sagte er. »Ein bisschen wild natürlich, aber Herrgott ... ja ja. Hatte übrigens dieselbe Haarfarbe wie Frau Kommissarin.«

Er zwinkerte Moreno zu, aber die verzog dabei nicht eine Miene, wie deBries zu seiner großen Befriedigung feststellte.

»Warum war sie eigentlich mit Verhaven zusammen?«, fragte sie dann. »So anziehend kann er auf Frauen doch nicht gewirkt haben?«

»Sagen Sie das nicht«, widersprach Moltke und fuhr sich mit dem Finger über sein Doppelkinn. »Sagen Sie das nicht. Bei Frauen weiß man nie, oder was sagen Sie, Herr Polizeidirektor?«

»Nie«, sagte deBries.

»Und was war mit Marlene?«, fuhr Moreno unangefochten fort. »Derselbe Typ von Rassepferd, nehme ich an?«

Moltke prustete los, wurde danach aber gleich wieder ernst.

»Ja, verdammt, das war sie«, sagte er. »Nur ein bisschen

älter. Einfach schrecklich, dass er sie beide umgebracht hat.«

»Sie haben auch Marlene Nietsch gesehen?«, fragte deBries.

»Nur einmal. Sie waren wohl nicht oft zusammen gewesen, ehe es ... zu Ende war.«

»Ich verstehe«, sagte deBries. »Sie sind beim ersten Prozess als Zeuge aufgerufen worden?«

»Sicher.«

»Und worum ging es bei Ihrer Aussage?«

Moltke dachte eine Weile nach.

»Weiß der Teufel«, sagte er dann. »Ich war in den Tagen, in denen das alles passiert ist, ziemlich viel oben bei Verhaven gewesen, das war sicher der Grund. Hab ihm geholfen, diese Lampen im Hühnerstall anzubringen ... er experimentierte mit dem Tagesrhythmus und ein paar von den Elektrosachen schaffte er nicht allein.«

»Alles klar«, sagte deBries. »Waren Sie auch an dem Samstag da, an dem sie verschwunden ist ... wenn wir Verhaven glauben wollen, meine ich.«

Bernard Moltke nickte ernst.

»Ja, an dem Samstag habe ich einige Stunden gearbeitet. Hab so gegen eins aufgehört. War vermutlich der Letzte, der sie lebend gesehen hat – neben dem Mörder natürlich.«

»Dem Mörder?«, fragte Moreno. »Sie meinen Verhaven?«

»Ja«, sagte Moltke. »Davon gehe ich aus.«

»So restlos überzeugt hören Sie sich aber nicht an«, sagte deBries.

Wieder dachte Moltke eine Zeit lang nach.

»Doch«, sagte er. »Im Laufe der Jahre bin ich zu dieser Überzeugung gelangt. Nach dem Marlenemord und so ...«

»Aber beim ersten Prozess sind Sie als Zeuge der Verteidigung aufgetreten, war das nicht so?«

»Doch.«

»Und was haben Sie ausgesagt?«

»Tja«, sagte Bernard Moltke. Er schüttelte eine weitere Zigarette aus der Packung, die vor ihm auf dem Tisch lag, zündete sie aber nicht an. »Ich habe auch in der folgenden Woche bei ihm gearbeitet ... von Montag bis Donnerstag, und das Gericht meinte wohl, ich müsste gespürt haben, wenn etwas nicht gestimmt hätte.«

»Aber das war nicht der Fall?«

»Nein. Er war so wie immer.«

»Wie immer?«, fragte Moreno. »Er muss doch auf ihr Verschwinden reagiert haben.«

»Nein, er sagte, sie sei verreist, er wisse aber nicht, wohin.«

»Kam Ihnen das nicht seltsam vor?«

Moltke zuckte mit den Schultern.

»Diese Frage ist mir damals jeden Tag zehnmal gestellt worden. Hab wohl vergessen, was ich wirklich geglaubt habe, aber vermutlich habe ich nicht weiter darüber nachgedacht. Sie waren ein wenig eigen, er und Beatrice, das wussten alle, und da war es doch keine Überraschung, wenn sie ein paar Tage verreiste.«

Sie schwiegen einige Sekunden lang. Bernard Moltke steckte seine Zigarette an, deBries drückte seine aus.

»An diesem Samstag, als Sie sie zum letzten Mal gesehen haben ... wie war sie da?«, fragte Moreno.

»Auch sie war wie immer«, erwiderte Moltke wie aus der Pistole geschossen. »Ein bisschen mürrischer vielleicht ... in der Woche davor hatten die beiden sich ja gestritten. Sie hatte noch immer ein wenig Blau unter dem einen Auge, sonst ist mir nichts weiter aufgefallen. Ich habe sie auch nur kurz gesehen. Sie hat kurz im Hühnerstall vorbeigeschaut und ein wenig geplaudert. Als sie aus dem Ort zurückkam, meine ich.«

»Um welche Uhrzeit war das?«

»Es war ungefähr zwölf.«

»Und Sie sind um eins nach Hause gegangen?«

»Ja. Um kurz nach eins.«

»Worüber haben Sie gesprochen?«

»Über Wind und Wetter. Nichts Ernstes. Sie bot mir einen Kaffee an, aber ich wollte doch nach Hause und deshalb habe ich abgelehnt.«

»Und das war alles?«

»Ja.«

»Und als Sie gegangen sind, war sie noch da?«

»Sicher. Machte gerade irgendwas in der Küche. Ich hab nur kurz reingeschaut und ihr ein schönes Wochenende gewünscht.«

DeBries nickte.

»Aber vor Gericht, wenn ich darauf zurückkommen darf, haben Sie gesagt, Sie hielten Verhaven nicht für den Schuldigen?«

Moltke machte einen Lungenzug und stieß den Rauch dann wieder aus, ehe er antwortete.

»Nein, sagte ich. Und das war wohl auch nicht der Fall.«

»Und auch jetzt glauben Sie das nicht?«, fragte deBries. »Im Grunde nicht?«

»Ich weiß nicht. Das Leben in diesem Ort ist leichter, wenn man glaubt, dass er es war. Wenn Sie verstehen, was ich meine. Ist er wirklich tot, wie sie sagen?«

»Welche sie?«

»Die im Ort natürlich.«

»Ja«, deBries nickte. »Das stimmt. Er ist tot.«

»Ja ja«, Bernard Moltke seufzte. »Diesen Weg müssen wir ja alle gehen.«

»Was machen wir jetzt?«, fragte Moreno. »In die Stadt zurückfahren vielleicht?«

DeBries schaute auf die Uhr.

»Halb sieben«, stellte er fest. »Sollten wir nicht noch einen Blick auf das Haus werfen? Du warst doch noch nicht da.«

»Na gut«, sagte Moreno. »Aber ich habe um neun eine

Verabredung und würde mich vorher gern noch ein wenig pudern.«

»Für mich bist du auch ganz und gar ungepudert gut genug«, sagte deBries.

»Danke«, sagte Moreno. »Schön, dass du wenigstens keine großen Ansprüche stellst.«

»Man muss sich mit dem zufrieden geben, was man bekommt«, sagte deBries.

»Düster hier«, stellte sie fest, als sie durch den Wald zurückfuhren. »Aber natürlich hat es damals besser ausgesehen.«

»Sicher«, sagte deBries. »Hat ja zwölf oder dreizehn Jahre leer gestanden. Das hinterlässt seine Spuren ... schau mal! Schaffen wir noch ein Gespräch?«

»Ein kurzes«, sagte Moreno.

DeBries fuhr langsamer und blieb dann vor dem Mann stehen, der gebückt am Wegrand stand und einen Zaun anstrich.

»Guten Abend«, sagte er durch das heruntergekurbelte Fenster. »Dürfen wir Ihnen ein paar Fragen stellen?«

Der Mann richtete sich auf.

»Guten Abend«, sagte auch er. »Gern. Tut gut, den Rücken gerade machen zu können.«

DeBries und Moreno stiegen aus dem Wagen und stellten sich vor. Claus Czermak wohnte erst seit einem guten Jahr in diesem Haus, wie sich dann herausstellte, und er war auch noch zu jung, um eigene Erinnerungen an die Verhaven-Prozesse haben zu können. Aber zwei Minuten konnten sie ihm trotzdem opfern.

»Sind hergezogen, als unser Drittes kam«, sagte er und zeigte zur Erklärung auf den Garten und das Haus, wo zwei kleine Jungen mit einem Tretauto über die Rampe fuhren, die neben der Treppe zur Haustür angebracht war. »In der Stadt war es uns ein bisschen zu stickig ... die Landluft, wissen Sie ...«

Moreno nickte.

»Sie arbeiten nicht hier im Ort?«

Czermak schüttelte den Kopf.

»Nein«, sagte er. »Ich unterrichte an der Universität. Geschichte, Mittelalter und Byzanz.«

»Ja, wir interessieren uns also für Leopold Verhaven und sein Haus oben im Wald«, sagte deBries. »Sie sind ja gewissermaßen der nächste Nachbar. Sie und die Leute gegenüber ...«

»Wilkersons, ja. Doch, wir haben ja begriffen, dass sich etwas zusammenbraute.«

»Genau«, sagte deBries. »Aber vielleicht wissen Sie etwas, was für uns von Interesse sein könnte?«

Czermak schüttelte den Kopf.

»Kann ich mir nicht vorstellen«, sagte er. »Wir waren in Urlaub, als er im August zurückgekommen ist ... wir kennen ihn nur vom Hörensagen. Aber was ist denn eigentlich passiert?«

»Er ist tot«, sagte deBries. »Unter unklaren Umständen. Und bitte, rufen Sie nicht gleich die Zeitungen an.«

»Ach Herrje«, sagte Czermak. »Nein, ganz bestimmt nicht, das verspreche ich Ihnen.«

»Danke für die Begleitung«, sagte deBries, als er vor Assistentin Morenos Wohnung am Kejner Plein anhielt. »Schade, dass du keine Zeit für ein kleines Glas mehr hast. Es hilft immer weiter, eine Weile ruhig dazusitzen und Eindrücke zu sortieren.«

»Tut mir Leid«, sagte Moreno bedauernd. »Aber ich verspreche, das beim nächsten Mal ein wenig besser zu planen. Bist du nicht übrigens verheiratet?«

»Ein bisschen«, gab deBries zu.

»Hab ich's mir doch gedacht. Bis dann!«

Sie sprang aus dem Wagen. Knallte mit der Tür und winkte ihm dann zu. DeBries blieb noch eine Weile sitzen und schaute ihr hinterher. Morgen ist Samstag, dachte er. Freier Tag. So ein Dreck!

21

Schnaubend beendete Van Veeteren die Lektüre von C. P. Jacobys Zusammenfassung und Analyse des Beatricemordes, die am 22. Juni 1962 in der Sonntagsnummer der Allgemeinen erschienen war. Er drückte gereizt auf den weißen Knopf am Nachttisch und eine halbe Minute später erschien die Nachtschwester in der Türöffnung.

»Ich will ein Bier«, sagte Van Veeteren.

»Das hier ist kein Restaurant«, sagte die müde Frau und strich sich eine vorwitzige Haarsträhne aus dem Gesicht.

»Das ist mir auch schon aufgefallen«, sagte Van Veeteren. »Aber Tatsache ist, dass Dr. Boegenmutter oder wie zum Teufel der nun heißt mir das eine oder andere Bier als Diät verschrieben hat. Das soll den Genesungsprozess fördern. Also stellen Sie sich nicht quer, sondern holen Sie mir eine Flasche.«

»Es ist schon nach Mitternacht. Sollten Sie nicht lieber schlafen?«

»Schlafen?«, fragte Van Veeteren. »Ich bin mit einem Mordfall beschäftigt. Sie sollten verdammt dankbar sein. Es geht um einen Frauenmörder. Und gerade jetzt erschweren Sie die Ermittlungen ... also?«

Sie seufzte und verschwand. Nach zwei Minuten war sie mit einer Flasche und einem Glas wieder zur Stelle.

»Na also«, sagte Van Veeteren. »Braves Mädchen.«

Sie gähnte.

»Und Sie glauben, dass Sie selber eingießen können?«

»Werde mein Bestes tun«, versprach Van Veeteren. »Ich klingle, wenn es nicht klappt.«

Die Wanderung des kalten Biers durch seine Kehle war ein wahres Labsal. Er hatte während der letzten vier oder fünf Zeitungsausschnitte daran gedacht und versucht, sich Geschmack und Erlebnis vorzustellen, und der tatsächliche Genuss entsprach zweifellos seinen wirklich hohen Erwartungen.

Zufrieden rülpste er. Dieser Göttertrank, dachte er. Also weiter. Was weiß ich?

Leider nicht viel. Aber doch einiges, wenn man sich mit Quantität zufrieden geben mochte. Die Zeitungen hatten den ersten Prozess gelinde gesagt ausführlich geschildert. Noch hatte er wohl nur einen Bruchteil gelesen, doch Münsters Auswahl kam ihm repräsentativ vor; eine wild wachsende Flora von Spekulationen und Vermutungen über Verhavens Charakter, dazu ziemlich genaue Referate der Gerichtsverhandlungen. Und je weiter man kam, um so deutlicher wurden die Prognosen zur Schuldfrage.

Verhaven. Es musste Verhaven gewesen sein.

Tatsachen lagen nur wenige vor. Wie er erwartet hatte, waren die technischen Beweise ziemlich rudimentär. Oder eigentlich nicht vorhanden. Es hätte sich um einen reinen Indizienprozess handeln müssen, aber auch das war nicht der Fall. Tatsache war, wenn man kleinlich sein wollte, dass hier vor allem von fehlenden Beweisen die Rede war.

Es gab keine konkreten Beweise.

Und nicht viele Indizien, die wirklich auf Verhaven hinwiesen.

Nichts.

Und doch war er verurteilt worden.

Nach einem sorgfältig geführten Prozess, zweifellos, dachte Van Veeteren und hielt sich die Flasche an den Mund. Wie gern wäre er dabei gewesen!

Aber was hatte Verhaven denn nun den Kopf gekostet? Natürlich hatten Zeitungen und die lärmende öffentliche Meinung einen gewissen Druck ausgeübt, aber der Justizapparat hätte sich doch als ein wenig widerstandsfähiger erweisen müssen.

Nein, die Antwort war eine andere, das war klar.

Der Charakter.

Die Person, der Mensch Leopold Verhaven. Seine Vergangenheit. Sein Verhalten vor Gericht. Der allgemeine Eindruck, den er im Bewusstsein von Jury und Gericht hinterlassen hatte. Darum ging es.

Der hatte ihn zu Fall gebracht.

Denn Verhaven war ein Sonderling. Nachdem er ihn mit Augen und Lupen dieser vier Journalisten untersucht hatte, konnte Van Veeteren kaum zu einem anderen Schluss gelangen.

Ein Mensch, der außen vor stand, ein Mensch, von dem man sich mit allergrößter Leichtigkeit distanzieren konnte.

Eine andere Art.

Ein Mörder? In Gedanken war dieser Schritt nicht weit, das hatte er nach vielen und langen Jahren gelernt, und wenn man diesen Schritt erst vollzogen hatte, dann war die Umkehr nicht mehr leicht.

Und die Rolle?

War das hier das Problem? Dieser eigentümliche Umstand, auf den sich fast die gesamte Presse eingeschossen hatte. Dass Verhaven sich in seiner Rolle als Verdächtiger durchaus nicht unwohl gefühlt zu haben schien. Im Gegenteil. Dass er es offenbar genossen hatte, im vollen Licht der Öffentlichkeit auf der Anklagebank zu sitzen. Nicht, dass er überheblich oder arrogant gewirkt hatte, aber dennoch: etwas an seinem Verhalten war seltsam … ein einsamer und starker Schauspieler in der Rolle des tragischen Helden. So wurde er gesehen, und so wollte er gesehen werden.

So ungefähr, zumindest.

Ja, und hatte ihn nicht gerade dieser Umstand zu Fall gebracht?

Wenn ich ihn damals nur gesehen hätte, dann wäre die

Sache jetzt klar, dachte Van Veeteren und leerte die Flasche.

Von außen wirkte die Geschichte schlicht und unergründlich zugleich.

Verhaven war am fraglichen Samstag nach Hause gekommen, gegen fünf, das hatten er und noch andere ausgesagt. Beatrice war ausgeflogen, und dabei blieb es. Aber nur Verhaven zufolge. Niemand hatte die beiden später an diesem Wochenende noch gesehen. Der Elektriker Moltke hatte sich am Samstag gegen ein Uhr von ihr verabschiedet, und Verhaven war am Sonntagabend um kurz nach sechs unten im Ort beobachtet worden. Das war alles. Dazwischen war alles leer.

Reichlich Zeit. Für dies und jenes. Und das, obwohl der Gerichtsmediziner mit Bestimmtheit erklärt hatte, Beatrice sei ihrem Mörder irgendwann am Samstag oder Sonntag über den Weg gelaufen. Und erwürgt und vergewaltigt worden. Oder vermutlich eher umgekehrt? Vergewaltigt und erwürgt? Sie war nackt, es hatte ein Beischlaf stattgefunden, Spermaspuren waren jedoch nicht entdeckt worden.

Aber wenn, dachte Van Veeteren, wenn jetzt ein anderer den Mord begangen hatte, dann stand fest, dass der Mord irgendwann während dieser Nachmittagsstunden geschehen sein musste – am Samstag so ungefähr zwischen eins und fünf. Zwischen dem Zeitpunkt, zu dem Moltke nach Hause gegangen war und dem von Verhavens Heimkehr.

Oder auf jeden Fall war sie während dieser Zeit in den Wald gebracht worden.

Unbestreitbar?

Sicher, entschied er. Schaute verärgert die leere Flasche an und vertiefte sich in das Gerichtsprotokoll.

Zweiter Tag. Staatsanwalt Hagendeck verhört den Angeklagten Leopold Verhaven.

25. Mai. 10.30 morgens.

H: Sie erklären sich für unschuldig, was die Anklage des Mordes an Ihrer Lebensgefährtin Beatrice Holden angeht. Ist das richtig?

V: Ja.

H: Können Sie uns ein wenig über Ihre Beziehung erzählen?

V: Was möchten Sie denn wissen?

H: Wo Sie einander kennen gelernt haben, zum Beispiel.

V: Wir sind uns in Linzhuisen über den Weg gelaufen. Wir hatten früher dieselbe Schule besucht. Dann ist sie mit mir nach Hause gekommen.

H: Schon beim ersten Mal? Sie sind sofort eine Beziehung eingegangen?

V: Wir kannten uns doch schon. Sie brauchte einen Mann.

H: Wann ist sie zu Ihnen gezogen?

V: Eine Woche später.

H: Und das war im …

V: November 1960.

H: Und seither hat sie bei Ihnen gewohnt?

V: Sicher.

H: Die ganze Zeit?

V: Ab und zu hat sie ihre Mutter und ihre Tochter besucht. Und wir haben einige Male in Ulming übernachtet. Aber sonst die ganze Zeit, ja.

H: Waren Sie verlobt?

V: Nein.

H: Sie hatten nicht vor zu heiraten?

V: Nein.

H: Warum nicht?

V: Wir waren nicht deshalb zusammen.

H: Und warum waren Sie dann zusammen?
/Verhavens Antwort gestrichen/

H: Ich verstehe. Haben Sie sich gestritten?

V: Bisweilen.

H: Sind Sie dann hart aneinander geraten?

V: Das konnte schon vorkommen.

H: Ist es auch vorgekommen, dass Sie Beatrice geschlagen haben?

V: Ja. Das gefiel ihr.

H: Es gefiel ihr, von Ihnen geschlagen zu werden?

V: Ja.

H: Woher wissen Sie das? Hat sie das gesagt?

V: Nein, aber ich weiß, dass es ihr gefallen hat.

H: Wie wollen Sie das wissen, wenn sie doch nichts gesagt hat?

V: Ich habe es gemerkt. Das sieht man ihnen an.

H: Von wem reden Sie jetzt?

V: Von Frauen.

H: Hat sie Sie auch geschlagen?

V: Sie hat es versucht, aber ich war stärker.

H: Haben Sie beide viel Schnaps getrunken?

V: Nein, nicht sehr viel.

H: Aber es kam vor?

V: Ja. Samstags haben wir ein bisschen gepichelt, weil ich sonntags nicht arbeiten musste.

H: Nicht arbeiten? Brauchten Sie sich dann nicht um die Hühner zu kümmern?

V: Das schon, aber ich brauchte nicht zum Eierverkaufen in die Stadt zu fahren.

H: Ich verstehe. Können Sie erzählen, was am Samstag, dem 30. März, passiert ist? In der Woche vor Beatrices Verschwinden?

V: Wir haben ein wenig getrunken. Und uns gestritten. Ich habe sie geschlagen.

H: Warum das?

V: Sie hat mich aufgereizt. Ich glaube, sie wollte Prügel haben.

H: Auf welche Weise hat sie Sie gereizt?

V: Sie hat die ganze Zeit auf mir herumgehackt.

H: Sie haben sie so übel zugerichtet, dass sie zu einem Nachbarn geflohen ist. Um drei Uhr nachts. Sie war nackt. Was haben Sie dazu zu sagen?

V: Sie war betrunken.

H: Aber das lässt nun wirklich nicht annehmen, dass sie Prügel haben wollte, oder?

/Keine Antwort von Verhaven/

H: Finden Sie nicht, dass Sie zu weit gegangen sind, wenn Sie Ihre Lebensgefährtin dermaßen misshandelt haben, dass sie bei den Nachbarn Schutz suchen musste?

V: Sie hätte das nicht nötig gehabt. Sie war betrunken und hysterisch. Und sie ist ja zu mir zurückgekommen.

H: Was passierte in den folgenden Wochen? Haben Sie sie wieder geschlagen?

V: Nein, nicht dass ich wüsste.

H: Nicht, dass Sie wüssten?

V: Nein.

H: Warum sollten Sie so etwas vergessen?

V: Das weiß ich nicht.

H: Was haben Sie gemacht, als Sie am Samstag, dem 6. April, nach Hause gekommen sind?

V: Gekocht. Gegessen.

H: Sonst nichts?

V: Die Hühner versorgt.

H: Wo war Beatrice, als Sie nach Hause gekommen sind?

V: Weiß ich nicht.

H: Wie meinen Sie das?

V: Dass ich es nicht weiß.

H: Hätte sie nicht zu Hause sein müssen?

V: Ja, vielleicht.

H: Hatten Sie irgendeine Auseinandersetzung gehabt?

V: Nein.

H: Und sie wollte irgendwohin fahren?

V: Nein.

H: Auch nicht zu ihrer Mutter und ihrer Tochter, zum Beispiel?

V: Nein.

H: Hat es Sie nicht überrascht, dass sie bei Ihrer Rückkehr nicht zu Hause war?

V: Nicht besonders.

H: Warum nicht?

V: Ich bin nie sehr überrascht.

H: Erzählen Sie vom restlichen Wochenende.

V: Da ist nichts Besonderes passiert.

H: Was haben Sie gemacht?

V: Bin zu Hause geblieben. Hab ferngesehen. Bin schlafen gegangen.

H: Und Sie haben sich noch immer nicht gefragt, wo Ihre Lebensgefährtin stecken könnte?

V: Nein.

H: Warum haben Sie nicht darüber nachgedacht?

V: Die kommen und gehen.

H: Wen meinen Sie jetzt?

V: Die Frauen. Die kommen und gehen.

H: Erzählen Sie, was Sie am Sonntag gemacht haben.

V: Ich war zu Hause. Ich habe nichts Besonderes gemacht. Habe die Hühner versorgt.

H: Und was glaubten Sie, wo Beatrice derweil war?

V: Weiß ich nicht.

H: Sie wussten nicht zufällig, wo sie war?

V: Nein.

H: Sie wussten nicht, dass sie einen Kilometer von Ihnen entfernt ermordet im Wald lag?

V: Nein.

H: Es war nicht so, dass Sie sie ermordet hatten und sich deshalb nicht fragten, wo sie sein könnte?

V: Nein, das war nicht so. Ich habe sie nicht umgebracht.

H: Aber an diesem Sonntag haben Sie sie nicht vermisst?

V: Nein.

H: Sie haben sich nicht erkundigt, ob sie vielleicht zu ihrer Mutter gefahren wäre?

V: Nein.

H: Haben Sie Telefon, Herr Verhaven?

V: Nein.

H: Sie haben sich also keinerlei Sorgen um Beatrice gemacht?

V: Nein.

H: Und wie war das während der folgenden Woche? Haben Sie sie auch da nicht vermisst?

V: Nein.

H: Sie haben sich nie gefragt, wo sie stecken könnte?

V: Nein.

H: Fanden Sie es angenehm, dass sie verschwunden war? /Keine Antwort von Verhaven/

H: Ich wiederhole. Fanden Sie es angenehm, dass sie verschwunden war?

V: Anfangs vielleicht.

H: Hatte Ihre Lebensgefährtin zu diesem Zeitpunkt eine feste Stelle?

V: Damals gerade nicht.

H: Wo hat sie sonst gearbeitet?

V: Bei Kaunitz. Der großen Gärtnerei in Linzhuisen. Aber nur ab und zu.

H: Wann haben Sie Ihre Lebensgefährtin, Beatrice Holden, bei der Polizei vermisst gemeldet?

V: Am Dienstag, dem 16.

H: Wo?

V: In Maardam, natürlich.

H: Und warum haben Sie diese Meldung gerade an diesem Tag erstattet? Wenn Sie sich doch keine Sorgen machten?

V: War nur so eine Idee von mir. Weil ich an der Wache vorbeigefahren bin.

H: Sie glaubten also weiterhin nicht, ihr könne etwas passiert sein?

V: Nein, warum hätte ich das glauben sollen?

H: Wäre Ihnen das nicht ziemlich natürlich vorgekommen?

V: Nein. Sie kam immer zurecht.
H: Diesmal aber einwandfrei nicht.
V: Nein, diesmal nicht.
H: Wann haben Sie erfahren, dass sie tot aufgefunden worden war?
V: Die Polizei hat mir das mitgeteilt.
H: Und wie haben Sie darauf reagiert?
V: Ich war traurig.
H: Traurig? Der Beamte, Oberwachtmeister Weiss, behauptet, Sie hätten keinerlei Reaktion gezeigt. Sondern sich nur bedankt und ihn gebeten, Sie allein zu lassen.
V: Warum hätte ich mich bei ihm ausweinen sollen? Ich komme immer irgendwie zurecht.
H: Finden Sie nicht selber, dass Sie sich seit Beatrice Holdens Verschwinden ziemlich seltsam verhalten haben?
V: Nein, das finde ich nicht.
H: Verstehen Sie, dass andere das vielleicht finden?
V: Ich weiß nicht, was andere finden. Von mir aus sollen sie denken, was sie wollen.
H: Aha. Und Sie sind ganz sicher, dass Sie Ihre Lebensgefährtin nicht umgebracht haben?
V: Ich war das nicht.
H: Sind Sie oft in den Teil des Waldes gegangen, in dem sie gefunden worden ist?
V: Nein.
H: Waren Sie jemals dort?
V: Vielleicht.
H: Aber nicht an dem Wochenende, an dem sie verschwunden ist?
V: Nein.
H: Was glauben Sie, wie sie gestorben ist, Herr Verhaven?
V: Ich glaube gar nichts.
H: Etwas müssen Sie doch glauben.
V: Es war natürlich ein Kerl. Irgend so ein kranker Typ, der sonst kein Frauenzimmer abkriegt.

H: Halten Sie sich selber nicht für so einen Typen?
V: Ich kriege immer Frauenzimmer ab.
H: Danke. Herr Richter, für den Moment habe ich keine weiteren Fragen an den Angeklagten.

Van Veeteren schob den Papierstapel in den schmalen Zwischenraum unter der Nachttischplatte. Es war kurz vor eins.

Ich sollte besser schlafen, dachte er.

Verhaven, dachte er dann.

Wirklich ein Mist, dass er nicht dort gewesen war. Dass er nicht wenigstens im Zusammenhang mit der Marlenegeschichte, wo er bei den Ermittlungen eingesprungen war, zwei Stunden freigeschaufelt hatte ... Vielleicht hätte es gereicht, ihn einfach eine Zeit lang zu beobachten.

Nur einige Minuten auf der Anklagebank, dann hätte er Bescheid gewusst.

Gewusst, ob sein bohrender Verdacht etwas wert sei. Ob der irgendeine Berechtigung habe, oder ob Verhaven im Grunde wirklich nur der primitive Gewalttäter und Mörder war, zu dem man ihn abgestempelt hatte.

Schuldig oder unschuldig, also?

Es war unmöglich, das zu entscheiden. Heute wie damals.

Aber diese eine Tatsache ließ sich ja nicht von der Hand weisen:

Jemand hatte nach der Entlassung aus dem Gefängnis auf ihn gewartet.

Jemand hatte ihn ermordet und seinen Leichnam verstümmelt. Jemand hatte verhindern wollen, dass er jemals identifiziert werden könnte.

Denn das musste doch das Ziel des Mörders gewesen sein.

Und schließlich: jemand musste einen Grund gehabt haben.

Aber welchen?

Auch diese Frage war noch offen und unbeantwortet.

Er knipste die Lampe aus. Schloss die Augen und ehe er sich's versah, träumte er auch schon von Jess und den Zwillingen. Auf Französisch.

Seltsam, welche Sprünge sein Gehirn zu so später Stunde schaffte ...

Aber an und für sich – ihr nachmittäglicher Besuch auf der Station war nicht unbemerkt geblieben.

Eine eingeschlagene Fensterscheibe, eine eingerissene Nagelhaut, ein demolierter Tropf und einige andere kleine Zwischenfälle. Das Lächeln des Personals war ein wenig steifer geworden, als die Zeit verging, das hatte er registriert. Als der Geräuschpegel stieg und die Unglücksfälle sich häuften.

Wie zum Henker hält sie das aus, sagte er und gönnte sich im Schlaf ein leichtes Lächeln. Hat sicher einiges von der seelischen Kraft ihres Vaters geerbt.

Sans doute, oui.

22

»Gossecs Requiem?«, fragte der dunkellockige junge Mann und schob sich die Brille auf die Stirn. »Haben Sie Gossecs Requiem gesagt?«

»Ja«, sagte Münster. »Gibt es das nicht?«

»Doch, das schon.« Der junge Mann nickte eifrig und blätterte in einem Ordner. »Aber wir haben es nicht. Es gibt eine Aufnahme mit dem Chor des französischen Rundfunks, aus dem Jahre 59, glaube ich ... aber nichts auf CD. Sie sollten sich mal bei Laudener erkundigen.«

»Bei Laudener?«

»Unten auf dem Karlsplatz. Wenn die es nicht haben, können wir noch immer in den Antiquariaten suchen. Die Plattenfirma heißt Vertique.«

»Vielen Dank«, sagte Münster und verließ den Laden.

Draußen schaute er auf die Uhr und musste einsehen, dass

er es wohl kaum noch bis zum Karlsplatz schaffen würde. Er war für achtzehn Uhr mit Richter Heidelbluum verabredet und hatte das Gefühl, dass der alte Jurist ein etwaiges Zuspätkommen durchaus nicht schätzen würde.

Warum kann der Kommissar sich eigentlich nicht mit Bach oder Mozart begnügen, fragte er sich, als er ins Auto stieg. Warum muss er sich im Krankenhaus unbedingt diese alte Totenmesse anhören?

Er hielt in der Guyderstraat im Stadtteil Woosheim, ein ziemliches Stück von Heidelbluums Villa entfernt. Auch ein etwaiges Zufrühkommen würde wohl keinen guten Eindruck machen, und er beschloss, sich einen Spaziergang durch dieses exklusive Viertel zu gönnen, in das er kaum jemals einen Fuß gesetzt hatte.

Dazu bot sich einfach so selten ein Anlass. Was in Woosheim an Kriminalität vorkam, war von der verfeinerten wirtschaftlichen Sorte, mit der ein schnöder Kriminalbeamter nichts zu tun hatte.

Die Häuser lagen am Westrand des Stadtwaldes; viele der großzügig bemessenen Grundstücke grenzten direkt daran an, und ihre Besitzer konnten auf diese Weise Stadt und Natur in einer recht angenehmen Kombination genießen. Insgesamt standen hier an die sechzig bis siebzig Häuser, allesamt zu Beginn des 20. oder am Ende des 19. Jahrhunderts errichtet; heutzutage würde man auf einer solchen Fläche zweifellos drei- oder viermal so viele Eigenheime unterbringen. Münster konnte sich denken, dass der Reichtum und das Vermögen, die sich hinter den blühenden Hecken und mit Kupfer gekrönten Mauern verbargen, beträchtlich waren. Pensionierte Chefärzte und Professoren, alte Generäle und Obergerichtsräte, der eine oder andere ehemalige Minister und Industriemagnat von der alten Sorte. Vielleicht noch eine zugezogene Adelsfamilie, die sich auf ihrem Landsitz gelangweilt hatte. Fest stand außerdem, dass das Durchschnittsalter in diesem gut betuchten Viertel näher an hundert lag als an fünfzig. Und nicht einmal in dieser Gesellschaft konnte Richter Heidelbluum als junger Spund durchgehen.

Eine aussterbende Rasse, dachte Münster, als er langsam über die stille, schwer nach Jasmin duftende Straße ging, und als er plötzlich hinter einer Hecke Kinderlachen und Platschen hörte, konnte er sich schon denken, dass hier vermutlich Urenkelkinder am Werk waren, keine Enkelkinder.

Na ja, vieles hier wurde sicher vererbt, konnte man annehmen.

Er erreichte die Heidelbluumsche Residenz und drückte auf den Klingelknopf neben dem steinernen Portal. Nach einiger Zeit hörte er Schritte auf dem Kiesweg und ein Dienstmädchen in schwarzem Rock und Bluse, mit Schürze und weißem Häubchen tauchte auf.

»Ja?«

»Münster von der Kriminalpolizei. Ich bin mit dem Herrn Obergerichtsrat verabredet.«

»Bitte, kommen Sie mit«, sagte die Frau und öffnete das Tor.

Sie war üppig und hatte schöne rote Haare. Kann höchstens neunzehn oder zwanzig sein, tippte Münster.

Was für eigentümliche Welten es doch gab!

Richter Heidelbluum erwartete ihn in der Bibliothek, deren Fenstertüren zum frisch gemähten Rasen und den blühenden Obstbäumen hin geöffnet waren. Die Grenze und der Kontrast zwischen drinnen und draußen wirkten fast parodistisch scharf, fand Münster. Draußen herrschte Frühling, das Leben blühte, es duftete herrlich und die Vögel sangen; drinnen dagegen gab es nur dunkle Eiche, Leder, Damast und alte Bücher. Und der ziemlich stechende Geruch der schwarz-grünen Zigarillos, von denen Heidelbluum immer nur einen Zug rauchte, um sie dann in einen Aschenbecher aus stierblutfarbenem Porphyr zu legen, der vor ihm auf dem Schreibtisch stand.

Diese Zigarillos ähnelten den dünnen Zigarren, die der Kommissar ab und zu rauchte, fand Münster. Vom Aussehen und vom Geruch her.

Ihm wurde ein Ledersessel, ein klassisches englisches Stilmöbel, zugewiesen, der zu diesem Zweck vor den Schreibtisch geschoben worden zu sein schien, und als Münster darin versunken war, stellte er fest, dass der kahle und vogelähnliche Kopf des alten Richters einen guten halben Meter über seinem schwebte.

Was natürlich kein Zufall war.

»Ich möchte mich dafür bedanken, dass Sie mich empfangen und mich einige Fragen stellen lassen«, sagte er.

Heidelbluum nickte. Anfangs hatte er ziemlich abweisend gewirkt, doch dann hatten Hiller und Van Veeteren sich eingeschaltet und ihn zur Vernunft gebracht.

Der ist nicht ganz klar in der Birne, hatte der Kommissar gewarnt. Jedenfalls nicht immer, du musst also ein bisschen behutsam ans Werk gehen.

»Die Sache ist die«, sagte Münster nun, »dass Ihre Ansichten uns um einiges weiterhelfen können. Denn sicher kennt sich niemand mit dem Fall Leopold Verhaven besser aus als Sie.«

»Ganz recht«, sagte Heidelbluum und gab sich Feuer.

»Sie wissen, dass wir ihn ermordet aufgefunden haben?«

»Das hat der Polizeichef erwähnt.«

»Um ganz ehrlich zu sein, so tappen wir im Dunkeln, was das Motiv betrifft«, erzählte Münster. »Eine unserer Theorien baut darauf auf, dass es irgendeinen Zusammenhang mit den Fällen Beatrice und Marlene geben muss.«

»Inwiefern?«, fragte Heidelbluum mit plötzlich scharfer Stimme.

»Das wissen wir nicht«, sagte Münster.

Eine Pause folgte. Heidelbluum zog an seinem Zigarillo

und legte es beiseite. Münster trank einen Schluck Mineralwasser aus dem Glas, das ihm hingestellt worden war. Der Kommissar hatte ihm geraten, dem alten Richter viel Zeit zu lassen, ihn nicht anzutreiben, sondern ihn in Ruhe seine Gedanken und Überlegungen vorbringen zu lassen. Es hat doch keinen Zweck, einen Mann von 82 ins Kreuzverhör zu nehmen, hatte er erklärt.

»Es war mein letzter Prozess«, erklärte Heidelbluum und räusperte sich. »Der Marlenemord, meine ich. Hrrm. Mein allerletzter ...«

Sprach ein leises Bedauern aus seiner Stimme oder bildete Münster sich das nur ein?

»Das ist mir bewusst.«

»Hrrm«, sagte Heidelbluum noch einmal.

»Es wäre interessant, Ihre Meinung über ihn zu hören.«

Heidelbluum schob sich Zeige- und Mittelfinger unter den Hemdkragen, um sein dunkelblaues Halstuch ein wenig zu lockern.

»Ich bin alt«, erklärte er. »Lebe vielleicht noch einen Sommer. Oder bestenfalls zwei.«

Er verstummte für einen Moment und schien den Faden zu suchen. Münster schaute auf und betrachtete die Reihen aus dunklen, eingebundenen Büchern hinter dem Rücken des anderen. Wie viele davon er wohl wirklich gelesen hat, fragte er sich. Und an wie viele er sich erinnert ...

»Und mir ist das jetzt egal.«

»Was ist Ihnen egal?«

»Leopold Verhaven. Sie sind zu jung, um das zu verstehen. Er hat mir ziemlich zugesetzt ... diese beiden verdammten Geschichten. Ich wäre froh, wenn mir wenigstens der zweite Prozess erspart geblieben wäre, aber es wäre ja auch nicht richtig gewesen, den irgendeinem anderen Pechvogel zu überlassen ...«

»Wie meinen Sie das?«

»Ich dachte, ich könnte mir endlich wirklich sicher werden. Und auch einen Strich unter alle Zweifel beim ersten Tribunal ziehen.«

»Tribunal?«

»Nennen Sie es, wie Sie wollen. Es war auf jeden Fall eine verdammte Geschichte ... aber zitieren Sie mich nicht.«

»Ich bin kein Journalist«, sagte Münster.

»Nein, stimmt.« Heidelbluum griff zu seinem Zigarillo.

»Kann ich Sie so verstehen, dass Sie Verhaven für unschuldig halten?«

Heidelbluum schüttelte den Kopf.

»Nicht doch, zum Kuckuck. Ich habe niemals jemanden verurteilt, den ich nicht für schuldig gehalten hätte. Nie im Leben. Aber er war ... ein Rätsel. Ja, ein Rätsel. Sie können das einfach nicht verstehen, man muss ihn selber erlebt haben. Der ganze Mann war ein Rätsel, ich habe dieses Amt über dreißig Jahre lang ausgeübt, ich habe viel gesehen, aber niemanden wie Leopold Verhaven. Niemanden.«

Er gab sich Feuer und zog am Zigarillo.

»Können Sie das ein wenig ausführlicher erzählen?«

»Hmm ... na ja, nein, Sie verstehen das nicht. Das Seltsamste ist vielleicht, dass die psychologischen Gutachten auch nicht weiterhalfen. Es hätte doch einiges erklärt, wenn dabei Störungen oder mentale Schäden entdeckt worden wären, aber davon war nie die Rede.«

»Aber was war dann so seltsam an ihm?«, fragte Münster.

Heidelbluum dachte eine Weile nach.

»Ziemlich viel. Dass ihm das Urteil egal zu sein schien, zum Beispiel. Darüber habe ich sehr viel nachgedacht, und ich neige weiterhin zu der Ansicht, dass es Leopold Verhaven vollständig gleichgültig war, ob er verurteilt würde oder nicht. Vollständig gleichgültig.«

»Klingt seltsam«, sagte Münster.

»Sicher ist das seltsam. Das sage ich doch die ganze Zeit.«

»Ich habe den Eindruck gewonnen, dass er sich in der Rolle des Angeklagten wohl fühlte«, sagte Münster.

»Zweifellos«, erwiderte Heidelbluum. »Er fand es ganz wunderbar, wie die Spinne mitten im juristischen Netz zu sitzen ... und die unbestreitbare Hauptrolle zu spielen. Das hat er natürlich nicht so deutlich zum Ausdruck gebracht, aber ich habe es ihm angesehen. Er wollte im Mittelpunkt stehen und hatte nun die Möglichkeit ...«

»Und das gefiel ihm so gut, dass er dafür bereit war, zwölf Jahre ins Gefängnis zu gehen ... und das gleich zweimal?«, fragte Münster.

Heidelbluum seufzte.

»Hrrm«, sagte er. »Das ist ja gerade die Frage.«

Münster schwieg eine Weile und hörte dem Rasensprenger zu, der offenbar draußen im Garten am Werk war.

»Als er sein Urteil hörte, hat er sogar kurz gelächelt. Beide Male. Was sagen Sie dazu?«

»Wie sah die Sache mit Beweisführung und Urteilsbegründung und so aus?«, fragte Münster vorsichtig.

»Schwach«, sagte Heidelbluum. »Aber meiner Meinung nach ausreichend. Ich habe schon aus vageren Gründen Leute verurteilt.«

»Zu zwölf Jahren?«

Heidelbluum schwieg.

»War das bei beiden Prozessen so?«, fragte Münster.

Heidelbluum zuckte mit den Schultern.

»Im Grunde schon«, sagte er. »Beides Indizienprozesse. Starke Staatsanwälte, Hagendeck und Kiesling. Verteidiger, die ihre Pflicht taten, mehr aber auch nicht. Die Marlenegeschichte hatte natürlich mehr Fleisch auf den Knochen, wenn Sie das so sagen wollen. Jede Menge Zeugen, Begegnungen und Uhrzeiten ... sogar Rekonstruktionen. Ein richtiges Puzzlespiel. Beim ersten Mal hatten wir ja fast nichts.«

»Aber trotzdem wurde er verurteilt. Ist das nicht ein wenig seltsam?«, fragte Münster und überlegte zugleich, ob er damit nicht schon ein wenig zu weit ging.

Aber Heidelbluum schien diese behutsame Andeutung

nicht registriert zu haben. Er beugte sich über seinen Schreibtisch, schaute in den Garten hinaus und schien in irgendeine Überlegung vertieft zu sein. Eine halbe Minute verstrich.

»Zwei wollten ihn freisprechen«, sagte er plötzlich.

»Verzeihung?«

»Frau Paneva und dieser Fabrikant wollten ihn laufen lassen ... zwei von fünf Geschworenen waren gegen eine Verurteilung, aber wir haben sie überredet.«

»Ach?«, fragte Münster. »Und bei welchem Prozess war das?«

Heidelbluum ignorierte diese Frage.

»Man muss Verantwortung übernehmen«, sagte er und fuhr sich nervös über eine Schläfe und die Wange. »Manche begreifen das einfach nicht.«

»Aber niemand hat sich enthalten?«, fragte Münster.

»Ich habe bei meinen Urteilen niemals Vorbehalte akzeptiert«, sagte Heidelbluum. »Das Gericht muss sich einig sein. Vor allem bei Mordfällen.«

Münster nickte. Eine ziemlich verständliche Ansicht, dachte er. Was würde das denn für einen Eindruck machen, wenn jemand mit dem Abstimmungsergebnis 3:2 zu zehn oder zwölf Jahren verurteilt würde? Das würde die Achtung der Leute für Gesetz und Recht nun wirklich nicht steigern.

»Hat es jemals andere Verdächtige gegeben?«, fragte Münster.

»Nein«, sagte Heidelbluum. »Das hätte die Sache natürlich verändert.«

»Inwiefern?«, fragte Münster.

Aber Heidelbluum schien diese Frage nicht gehört zu haben.

Oder er ignoriert sie ganz einfach, weil er sie nicht hören will, dachte Münster. Er beschloss, den alten Richter noch etwas stärker unter Druck zu setzen. Vermutlich sollte er schmieden, ehe das Eisen gänzlich kalt geworden war. Noch viel länger konnte er dieses Fragespiel jedenfalls nicht fortführen.

»Aber wie dem auch sei«, sagte er. »Sie halten es also nicht für unmöglich, dass Verhaven doch unschuldig war?«

Wieder wurde es still. Dann seufzte Heidelbluum tief, und als er dann antwortete, klang es für Münster so, als habe er das schon vorformuliert ... vielleicht schon vor langer Zeit, lange, ehe überhaupt von einem Besuch durch die Polizei die Rede gewesen war. Wie eine Erklärung, eine letzte, wohlüberlegte Stellungnahme im Fall Leopold Verhaven.

»Ich hielt ihn für einen Mörder«, sagte er. »Wenn es keine deutlichen Beweise gibt, muss man sich entscheiden. Das gehört zu diesem Amt. Ich halte Verhaven noch immer für schuldig. An beiden Morden. Es wäre jedoch nicht richtig zu behaupten, ich sei mir da sicher. Es ist so lange her, und ich stehe dem Tod so nahe, dass ich es wage, es so auszudrücken. Ich weiß nicht ... ich weiß nicht, ob es wirklich Leopold Verhaven war, der Beatrice Holden und Marlene Nitsch umgebracht hat. Aber ich glaube, dass er es war.«

Er legte eine kurze Pause ein und nahm den Zigarillostumpf aus dem Porphyraschenbecher. Schaute auf und sah wieder aus der offenen Tür.

»Und ich hoffe, dass er es war. Denn wenn nicht, dann hat er ein Vierteljahrhundert lang unschuldig im Gefängnis gesessen ... und ein Doppelmörder läuft frei herum.«

Aus den letzten Worten sprach eine tiefe Müdigkeit, doch Münster wagte noch eine letzte Frage:

»Sie gehen also davon aus, dass wir es auf jeden Fall mit demselben Täter zu tun haben?«

»Ja«, sagte Heidelbluum. »Da bin ich mir ziemlich sicher.«

»In dem Fall«, stellte Münster fest, »möchte ich ja eher behaupten, dass es sich um einen Dreifachmörder handelt, nicht nur um einen Doppelmörder.«

Doch Richter Heidelbluum schien das nicht mehr zu interessieren, und Münster sah ein, dass er ihn jetzt in Ruhe lassen musste.

Als die Kinder endlich im Bett lagen und sie in der Küche beim Abendtee saßen, zog er zwei Fotos von Verhaven hervor – eins stammte von einer Sportveranstaltung vor dem Dopingskandal, das andere war zwei Jahre später aufgenommen worden, an jenem Nachmittag im April 1962, als er von zwei Polizisten in Zivil festgenommen worden war.

Auf beiden Bildern fiel die Sonne schräg in Verhavens Gesicht, und auf beiden schaute er freimütig in die Kamera. Und um seinen Mund schien ein leises Lächeln zu spielen. Eine Art scherzhafter Ernst.

»Was hast du für einen Eindruck von diesem Mann?«, fragte Münster seine Frau. »Du liest doch sonst in allen Gesichtern.«

Synn legte die Bilder nebeneinander auf den Küchentisch und betrachtete sie eine Weile.

»Wer ist das?«, fragte sie. »Er kommt mir auf irgendeine Weise bekannt vor. Das ist ein Schauspieler, oder?«

»Ach, ich weiß nicht«, sagte Münster. »Doch, eigentlich hast du Recht. Vielleicht war er genau das – ein Schauspieler.«

V

24. August 1993

23

Es dauerte einige Zeit, im Kamin ein Feuer zu entfachen, aber nachdem er den Abzug gereinigt hatte, ging es dann doch. Qualmte zuerst noch ein wenig, aber dann war der Schornstein offen. Er drehte den Wasserhahn auf, aber nichts passierte; also musste er sich Wasser von der Quelle im Wald holen. Er setzte einen großen Kessel auf die Platte, daneben einen kleineren für Kaffee. Schaltete den Kühlschrank ein. Der Strom war wieder zugeschaltet, das hatte er vorher beantragt. Auch darum hatte sie sich gekümmert.

Als das Wasser heiß war, füllte er eine Wanne damit, trug sie zu dem wackeligen Tisch an der Giebelseite und wusch sich. Die Sonne war noch immer nicht hinter dem Wald versunken und wärmte ihn, als er in der Unterhose dastand; Spätsommerhummeln brummten im meterhohen Resedastrauch vor der Wand, es duftete nach reifen Äpfeln, die schon vom Baum fielen, und er spürte, dass es einen neuen Anfang gab.

Für das Leben. Für die Welt.

Wenn er alles tat, was getan werden musste, würde er wieder hier oben wohnen können. Er hatte seine Zweifel gehabt, aber dieser Nachmittag und Abend mit seinen ruhigen Bewegungen und dem stummen Willkommen hatten doch kaum ein Zufall sein können.

Es war ein Zeichen. Eins von diesen Zeichen.

Er goss sich den letzten Rest Wasser über den Kopf. Achtete nicht darauf, dass seine Unterhose nass wurde, er streifte sie ab und ging nackt zurück ins Haus.

Zog sich um. Die Kleidungsstücke in Kommode und Garderobe waren ziemlich unversehrt; rochen vielleicht ein wenig seltsam, ein bisschen nach Jute oder Rosshaar, aber egal, sie hatten schließlich zwölf Jahre unbenutzt hier gelegen.

So lange wie er selber. Dasselbe Warten, dieselbe Eingeschlossenheit.

Gegen sieben aß er zu Abend. Wurst und Eier, Brot, Zwiebeln und Bier. Aß draußen auf der Treppe, mit dem Teller auf den Knien und der Flasche auf dem Geländer, so wie früher. Spülte danach, machte noch einmal Feuer und versuchte den Fernseher in Gang zu bringen. Der rauschte und zeigte stumme Bilder irgendeines ausländischen Senders. Er schaltete wieder aus und versuchte es mit dem Radio. Das ging besser. Er setzte sich in den Korbsessel vor dem Feuer und hörte sich die Acht-Uhr-Nachrichten an, trank dazu Bier und rauchte eine Zigarette. Es war nicht ganz leicht zu begreifen, dass er vor so vielen Jahren zuletzt hier gesessen hatte, ihm kam es eher vor wie Wochen oder höchstens wie Monate, aber er wusste ja, dass das Leben auf diese Weise verlief. Ohne regelmäßige Strömung, ohne Kontinuität. Sondern mit jähen Wendungen ... mit Neuanfängen und Störungen. Aber im Körper war die Zeit eben doch eingraviert; in der Müdigkeit und der wachsenden Trägheit der Bewegungen.

Und im Zorn der Seele. In dieser immer heißer brennenden Flamme. Er sah ein, dass er das Notwendige so rasch wie möglich hinter sich bringen musste. Am besten schon in den nächsten Tagen. Er wusste ja, was er wissen musste. Und hatte keinen Grund zum Warten.

Er blieb sitzen, bis vom Feuer nur noch ein dünnes Glutbett übrig war. Es war jetzt dunkel; es war Zeit zum Schlafengehen, aber vorher musste er doch noch einen Blick in den Hühnerstall werfen… wollte einfach wissen, wie es dort aussah. Er hatte nicht vor, wieder mit der Hühnerzucht anzufangen, durchaus nicht, aber er würde sicher nicht schlafen können, wenn er vorher nicht wenigstens kurz hineingeschaut hatte.

Er nahm die Gaslampe und ging hinaus auf die Treppe. Fröstelte kurz, denn unbemerkt war die abendliche Kühle hereingebrochen. Für einen Moment spielte er mit dem Gedanken, sich einen Pullover zu holen, entschied sich dann aber dagegen. Der Hofplatz war nur dreißig Meter breit und bald würde er wieder im Warmen sein.

Er hatte erst den halben Weg hinter sich, als ihm aufging, dass er nicht allein in der Dunkelheit war.

VI

11. – 15. Mai 1994

24

»Was soll das denn?«, fragte deBries und zeigte auf das Tonbandgerät.

»Das ist der Kommissar«, seufzte Münster.

»Wie meinst du das?«

»Ja, er behauptet, dass er die Ermittlungen leitet, und er will kein Wort von diesem Gespräch verpassen. Ich habe versucht, ihm das auszureden, aber ihr kennt ihn ja ...«

»Wie geht es ihm denn?«, fragte Moreno.

»Es geht auf jeden Fall aufwärts«, sagte Münster. »Aber er wird wohl noch mindestens drei oder vier Tage im Krankenhaus bleiben müssen. Finden die Ärzte, wohlgemeint. Die Schwestern auf der Station würden ihn sicher heute noch auf die Straße setzen, wenn sie zu entscheiden hätten.«

»Eiwei«, sagte Rooth und kratzte sich im Bart. »Da müssen wir wohl die Zunge im Zaum halten.«

»Kann schon sein«, sagte Münster und schaltete das Tonbandgerät ein. »Besprechung vom Mittwoch, dem 11. Mai. Anwesend: Münster, Rooth, deBries, Jung und Moreno ...«

Jemand klopfte an die Tür und Reinhart schaute herein.

»Habt ihr Platz für noch einen?«

»... und Reinhart«, sagte Münster.

»Was machst du denn hier?«, fragte Rooth. »Sind die Rassisten erledigt?«

Reinhart schüttelte den Kopf. »Das nicht«, sagte er. »Ich interessiere mich nur ein wenig für Leopold Verhaven. Hab doch allerlei über ihn gelesen. Wenn ihr also nichts dagegen habt ...«

»Das nicht«, sagte deBries. »Setz dich neben den Kommissar.«

»Neben den Kommissar?«, fragte Reinhart.

»Das ist der, der da steht und sich dreht.«

»Alles klar«, sagte Reinhart und setzte sich. »Abwesend in unserer Mitte.«

»Wir fangen mit der Identifizierung an«, sagte Münster. »Ich glaube, das sollte Rooth übernehmen.«

Rooth räusperte sich.

»Ja«, sagte er. »Wir machen das Ganze an der Hodengeschichte fest. Verhaven hatte mit ungefähr zehn einen kleinen Unfall ... ist mit dem Rad gegen eine Mauer geknallt und hat sich dabei den Lenker zwischen die Beine gerammt.«

»Ai«, sagte deBries.

»Ein Hoden wurde verletzt und musste nach einiger Zeit entfernt werden. Meusse konnte also feststellen, dass unsere Leiche im Teppich nur einen Hoden hatte, und wenn wir alles zusammennehmen, dann können wir ziemlich sicher sein, dass er es sein muss. Verhaven, meine ich.«

»Eine Indizienidentifizierung«, sagte Reinhart.

»So kann man das nennen, ja«, sagte Rooth. »Wenn man das aussprechen kann. Seine Schwester konnte natürlich nicht bezeugen, ob er es ist oder nicht, das kann sicher niemand. Aber alles scheint zu stimmen. Alle bekannten Faktoren weisen darauf hin, dass er es ist – seine Entlassung aus dem Gefängnis, die Leute, die ihn in der Stadt gesehen haben, die Spuren im Haus, die Tatsache, dass er seither verschwunden ist – aber sicher, es besteht auch eine kleine Möglichkeit, dass es ein anderer ist. Die Frage ist nur wer, und wo dann Verhaven steckt.«

Sie schwiegen für einen Moment.

»Wenn Verhaven nicht das Opfer ist«, sagte Jung, »dann ist er vermutlich der Täter.«

Münster nickte. »Das ist sicher richtig«, sagte er. »Aber wie groß ist die Chance, dass er einem anderen eineiigen Wicht über den Weg läuft und den dann totschlägt? Und warum? Nein, ich glaube, wir können diese Möglichkeit außer Acht lassen. Unser Toter ist Leopold Verhaven, das ist hiermit beschlossen. Und jemand hat ihn ermordet, am 24. August letzten Jahres ... an dem Tag, an dem er nach zwölf Jahren im Gefängnis in sein Haus zurückgekehrt war. Oder kurz danach auf jeden Fall.«

»Irgendwelche Spuren von gewaltsamen Auseinandersetzungen im Haus?«, fragte Reinhart.

»Nein«, sagte Rooth. »Wirklich keine. Wir wissen auch nichts über den Hergang der Tat. Er kann dort ermordet und danach weggebracht worden sein. Die Kleider, die er bei seiner Entlassung getragen hat, sind noch da ... er kann sich natürlich umgezogen haben, aber es sieht so aus, als sei er ins Bett gegangen.«

»Der Mörder kann mit unklarer Absicht irgendwann in der Nacht gekommen sein«, sagte Münster. »Das ist eine durchaus plausible Variante.«

»Aber die Nachbarn auf der anderen Waldseite haben niemanden gesehen«, warf Rooth ein. »Und sogar Frau Wilkerson muss doch irgendwann mal ihre Beobachtungen einstellen.«

»Oder sie und ihr Mann haben am Küchenfenster Schichtdienst eingeführt«, sagte Münster. »Das ist auch eine plausible Variante.«

»Das Motiv«, sagte Münster, als alle sich am Kaffeewagen bedient hatten. »Das ist natürlich die große Frage. Was die Indizien angeht, so wissen wir nicht einmal, welche Fragen wir stellen sollten ... vielleicht würde es einen gewissen Unterschied machen, wenn wir noch ein paar Körperteile auftreiben könnten, aber so, wie die Lage jetzt ist, müssen wir uns einige Spekulationen erlauben können. Also, was glaubt ihr? Rooth?«

Rooth schluckte hastig ein halbes Stück Kaiserkuchen herunter.

»Ich glaube, wir sollten davon ausgehen, dass jemand auf seine Entlassung gewartet hat«, sagte er. »Jemand, der es noch dazu ziemlich eilig und einen sehr guten Grund hatte, ganz schnell zuzuschlagen.«

»Hm«, sagte Reinhart. »Was denn für einen Grund?«

»Keine Ahnung«, sagte Rooth. »Lass mich einfach ein wenig weiter überlegen. Zwei Dinge sprechen für meine Annahme. Zum einen, dass Verhaven so rasch ermordet worden ist ... vermutlich noch am Tag seiner Rückkehr. Zum anderen, dass jemand im vergangenen Winter im Gefängnis in Ulmenthal angerufen und gefragt hat, wann er entlassen werden würde. Im Juli kam dann noch ein Anruf ... die Trottel von der Anstaltsleitung haben diese Informationen erst gestern gefunden. Als ich bei ihnen war, haben sie die mit keinem Wort erwähnt.«

»War das bei beiden Anrufen dieselbe Person?«, fragte Reinhart.

»Da sind sie sich nicht sicher, und das können wir im Grunde ja auch nicht verlangen. Es war jedenfalls beide Male ein Mann. Hat sich als Journalist ausgegeben.«

Wieder schwiegen alle für einen Moment.

»Und welchen Grund sollte dieser Mann haben, um Verhaven aus dem Weg zu räumen?«, frage Moreno.

»Hrm«, sagte Rooth. »Keine Ahnung. Wir gehen natürlich davon aus, dass es irgendeinen Zusammenhang mit den Beatrice- und Marlenegeschichten gibt ... aber das muss natürlich nicht so sein.«

»Blödsinn«, sagte Reinhart.

»Was meinst du mit Blödsinn?«, fragte Rooth und kratzte sich leicht gereizt im Bart.

»Natürlich gibt es einen Zusammenhang«, sagte Reinhart. »Die Frage ist nur, welchen.«

Münster betrachtete die Versammlung am ovalen Tisch. Es wäre zweifellos eine Hilfe, wenn Reinhart sich wirklich in den Fall einschaltete, dachte er.

DeBries steckte sich eine Zigarette an.

»Können wir nicht ein wenig schneller vorgehen?«, fragte er. »Es gibt doch nur zwei Alternativen, so, wie ich das sehe. Ich dachte, so dächten wir alle.«

»Na gut«, sagte Rooth. »Entschuldige meine wissenschaftliche Vorgehensweise. Wer immer Leopold Verhaven ermordet hat, hat es vermutlich getan, weil er ihn verabscheute, hasste ... ihn noch härter bestrafen wollte. Jemand, dem vierundzwanzig Jahre nicht genug waren. Der einen endgültigen Schlussstrich ziehen wollte, gewissermaßen ... oder jemand, der etwas zu verbergen hatte.«

»Was denn?«, fragte Reinhart.

»Etwas, von dem Verhaven wusste«, sagte Rooth, »und das er wohl irgendwo anbringen wollte, sowie er wieder auf freiem Fuße war. Oder zumindest glaubte das der Mörder.«

»Was denn?«, fragte Reinhart noch einmal.

Rooth zuckte mit den Schultern. »Das wissen wir nicht«, sagte er. »Auf jeden Fall muss es für den Mörder ungeheuer wichtig sein, dass es nicht herauskommt.«

»Wenn wir davon ausgehen, dass es mit den beiden früheren Fällen zu tun hatte, dann gibt es eigentlich nur eine Alternative«, sagte Münster.

»Ihr meint ...«, fragte Reinhart.

»Ja«, sagte Rooth. »Wir meinen. Und wenn wir bis hierhin Recht haben, dann kann das sehr gut bedeuten, dass Verhaven die Morde, für die er verurteilt und bestraft worden ist, nicht begangen hatte ... und dass er auf irgendeine Weise die Identität des wirklichen Täters in Erfahrung gebracht hat. So ist das. Aber das ist natürlich ein arg dünner Faden.«

»Wie?«, fragte Münster nach einer halben Minute. »Wie hätte Verhaven das in Erfahrung bringen können?«

Es gab bei ihm und bei den anderen eine ziemlich starke Abneigung gegen diese Möglichkeit, das war deutlich. Und das war ja nur gut so. Obwohl niemand unter ihnen mit den Fällen zu tun gehabt hatte und Verantwortung trug, so waren Verhavens vierundzwanzig Knastjahre doch zu einem großen Teil den Bemühungen ihrer Vorgänger und ehemaligen Kollegen zu verdanken. Natürlich waren sie das.

Kollektive Schuld? Ein weitergegebenes Gefühl des Versagens? War das nicht in diesem Moment so deutlich im verräucherten Besprechungszimmer wahrzunehmen? Auf jeden Fall glaubte Münster diesen leichten Widerstand im abermaligen Schweigen seiner Kollegen zu spüren.

»Ja«, sagte Rooth endlich. »Wir haben ja diese Frau.«

»Diese Frau?«, fragte Reinhart.

»Eine Frau hat ihn besucht. Offenbar eine alte Frau, die am Stock ging ... das war ungefähr ein Jahr vor seiner Entlassung. Sie wissen das noch, weil sie der einzige Besuch war, den er in der ganzen Zeit empfangen hat.«

»Zwölf Jahre«, sagte deBries.

»Wer war das?«, fragte Moreno.

»Das wissen wir nicht«, sagte Rooth. »Wir haben sie noch nicht ausfindig machen können. Jedenfalls hat sie angerufen und für einige Wochen darauf ihren Besuch angekündigt ... also im Mai 1992. Ja, sie hat sich Anna Schmidt genannt, aber das war sicher nicht ihr richtiger Name. Wir haben mit einem Dutzend Anna Schmidts gesprochen, aber das bringt ehrlich gesagt überhaupt nichts.«

Münster nickte.

»So ist das«, sagte er. »Auf jeden Fall scheint Verhaven genau der Typ gewesen zu sein, der endlos lange auf seinem Wissen herumbrüten kann. Es ist kein Wunder, dass er Gefängnisleitung oder Polizei nichts mitgeteilt hat. Er scheint dort ja ohnehin mit kaum einem Menschen gesprochen zu haben.«

»Stimmt«, sagte Rooth. »Komischer Vogel, aber das haben wir ja schon festgestellt.«

»Bekannte und Verwandte?«, fragte Münster. »Der Opfer, meine ich.«

Assistent Jung schlug seinen Notizblock auf.

»Nichts, was uns wirklich weiterhilft, fürchte ich«, sagte er. »Stauff und ich haben die meisten aufgesucht. Was Beatrice Holden angeht, so ist im Grunde nur noch ihre Tochter übrig. Und natürlich der Kaufmann, aber sie war nur seine Kusine zweiten Grades oder so und sie hatten niemals engeren Kontakt. Die Tochter ist jetzt fünfunddreißig, hat Mann und vier eigene Kinder, die offenbar nichts von ihrer Großmutter wissen ... ich sehe eigentlich auch keinen Grund, diese Wissenslücke zu schließen.«

»Und die andere?«, fragte Münster. »Marlene Nietsch?«

»Die hat einen Bruder und einen Verflossenen, die beide wohl keine großen Sympathien für Verhaven hegen. Sind aber beide ziemlich zweifelhafte Typen. Carlo Nietsch hat zweimal gesessen, Hehlerei und einige Einbrüche. Maarten Kuntze, der Verflossene, ist halbtags Alkoholiker und halbtags Frührentner.«

Reinhart grunzte.

»Den kenne ich«, sagte er. »Hab vor zwei Jahren versucht, ihn in einer Drogensache zum Singen zu bringen. Hat aber nicht viel gebracht, das muss ich sagen.«

»Sie wohnen auf jeden Fall hier in der Stadt«, sagte Jung, »aber ich glaube nicht, dass sie etwas damit zu tun haben. Marlene Nietsch hatte ja allerlei Kontakte, aber nur mit Kuntze und noch einem hat sie jemals zusammengewohnt. Der andere heißt Pedlecki. Wohnt in Linzhuisen und scheint nicht sonderlich zu trauern. Nicht nach ihrer Ermordung und jetzt auch nicht.«

Er blätterte in seinem Notizblock.

»Das gilt auch für die meisten anderen, mit denen wir gesprochen haben«, fügte er hinzu. »Marlene Nitsch hatte offenbar ihre Schattenseiten.«

»Sonst keine Verwandtschaft?«, fragte Reinhart.

»Doch«, sagte Jung. »Eine Schwester in Odessa, ausgerechnet.«

Münster seufzte.

»Möchte jemand ein Bad im Schwarzen Meer nehmen?«, fragte er. »Machen wir eine Pause und vertreten uns ein wenig die Beine? Ich muss ohnehin das Band wechseln.«

»Aber nur eine kurze, wenn ich bitten darf«, sagte Reinhart. »Ich muss zu Hiller und um Aufschub flehen, ehe er nach Hause geht.«

»Fünf Minuten«, sagte Münster.

25

»Und diese Stadt?«, fragte Münster. »Was habt ihr davon für einen Eindruck?«

»Provinziell«, sagte deBries. »Assistentin Moreno und ich haben dort zwei volle Tage verbracht und halten sie beide für den Inbegriff eines Kaffs.«

»Ich bin in so einem Ort geboren«, sagte Moreno. »Bossenwühle bei Rheinau. Und ich muss sagen, ich kenne mich da aus. Jeder kennt jeden. Man weiß genau, was alle anderen so treiben. Keine Privatsphäre. Man ist, wer man ist, es ist wichtig, sich zusammenzureißen und bedeckt zu halten, keinen falschen Schritt zu machen gewissermaßen … schwer, das genau zu beschreiben, aber ihr kennt so was doch?«

»Aber sicher«, sagte Münster. »Ich bin ebenfalls auf dem Land geboren. Das geht gut, solange wir noch Kinder sind, aber für Erwachsene muss das soziale Netzwerk sich doch bisweilen anfühlen wie ein Stacheldraht. Aber Kaustin hat also nichts, was es von anderen kleinen Orten unterscheidet?«

Moreno zweifelte.

»Na ja«, sagte sie und biss sich vorsichtig in die Unterlippe. »Ich weiß nicht. Verhavens Schatten lastet natürlich noch auf ihnen, und das ist ja auch kein großes Wunder. Offenbar hat eine Abordnung der Einwohner nach dem zweiten Mord eine Namensänderung beantragt.«

»Eine Namensänderung?«, fragte Rooth.

»Ja. Sie wollen den Namen Kaustin loswerden. Dachten wohl, dass alle den mit Verhaven und den Prozessen verbinden würden ... hatten das Gefühl, in der Mörderstadt zu wohnen. Im Laden lag eine Unterschriftenliste aus, aber die Sache ist dann schließlich im Sande verlaufen.«

»Das ist ja auch alles nicht ganz unverständlich«, sagte Münster. »Wenn wir das aber ein wenig konkretisieren könnten. Was habt ihr herausgefunden?«

»Tja«, sagte deBries. »Wir haben mit ungefähr zwanzig Menschen gesprochen. Die meisten waren alt, wohnen ihr Leben lang dort und können sich an alles gut erinnern. Außerdem ziehen da wohl kaum Leute hin oder weg ... und es geht insgesamt um nicht mehr als sechshundert Seelen. Dabei ist der Ort schön gelegen ... See und Wald und offene Landschaft und überhaupt.«

»Viele wollten nur ungern über Verhaven reden«, fügte Moreno hinzu. »Schienen alles vergessen zu wollen, als sei das eine Schande für den ganzen Ort ... was es ja im Grunde vielleicht auch ist.«

»Gibt es noch mehr?«, schaltete Reinhart sich ein.

»Wie meinst du das?«

Reinhart stocherte mit einem Streichholz in seinem Pfeifenkopf herum.

»Hattet ihr den Eindruck, dass sie ... etwas zu verbergen haben, sozusagen? Verdammt, das brauche ich doch wohl nicht zu erklären, das ist eine Frage der Stimmung, einfach nur. Und eine Frau müsste das wahrnehmen.«

»Danke«, sagte deBries.

Jetzt fangt hier bloß keinen Streit an, dachte Münster. Ich hab keine Lust, dieses Band auch noch redigieren zu müssen.

»Vielleicht«, sagte Moreno nach kurzem Nachdenken. »Aber das ist nur ein ganz vages Gefühl. Vielleicht haben sie allesamt eine Leiche im Keller – bildlich gesprochen, natürlich … und haben einfach allesamt ein wenig Angst voreinander. Das gehört doch auch zum Kaffsyndrom, oder? Nein, ich weiß nicht.«

Münster seufzte.

»Ihr habt sie doch auf jeden Fall ein wenig unter Druck gesetzt?«

»Natürlich«, sagte deBries. »Der Schlachter ist zum Beispiel ein mieser Typ. Hat zwei Geliebte in der Stadt. Oder hatte sie. Vielleicht war er auch einige Male mit Beatrice Holden zusammen, ehe die sich auf Verhaven verlegt hat, aber das steht nicht fest. Sie war offenbar eine attraktive Frau. Und nicht unmöglich zu überreden.«

»Bei ihr und Verhaven ging's manchmal hoch her, wenn ich das richtig verstanden habe?«, fragte Reinhart.

»Kannst du wohl sagen«, erwiderte Moreno. »Offenbar ungefähr wie zwischen Hund und Katze. Sie sind bisweilen aneinander geraten … nur eine Woche vor dem Mord hat sie mitten in der Nacht bei einem Nachbarn angeklopft und um Schutz gebeten. Er hatte sie offenbar übel zugerichtet … sie war nackt, nur in eine Decke gewickelt.«

»Und haben sie sie hereingelassen?«

»Sicher. Sie hat auf dem Sofa geschlafen. Sie war arg betrunken, hat aber behauptet, sie werde Verhaven am nächsten Tag anzeigen. Wegen Misshandlung und allem Möglichen.«

»Aber als sie am Morgen aufwachte«, fügte deBries hinzu,

»wickelte sie sich einfach in ihre Decke und ging zu ihm zurück.«

»Pfui Teufel«, sagte Reinhart. »Die krankhafte Blässe der späteren Einsicht.«

»Schwachheit, dein Name ist Weib«, sagte Moreno mit kurzem Lachen.

»Hrrm«, sagte Münster. »Sonst noch was?«

»Einiges über seine Kindheit und Schulzeit«, sagte Moreno. »Der Hausmeister aus der Schule lebt noch. Er ist fast neunzig, aber ungewöhnlich klar im Kopf und durchaus aussagebereit. Verhaven war offenbar von Anfang an schon ein ziemlicher Sonderling. Einsam. Verschlossen. Aber stark. Die anderen haben ihn respektiert ... und seine Launen sind bezeugt.«

Münster nickte.

»Bestimmt haben auch einige ihn für unschuldig gehalten«, sagte deBries. »Zumindest am Beatricemord. Aber heutzutage mag das natürlich niemand mehr offen zugeben.«

»Wieso nicht?«, fragte Jung.

»Selbes Boot«, murmelte Reinhart.

»So ungefähr«, sagte deBries. »Sich in den Laden in Kaustin stellen und behaupten, Verhaven sei unschuldig, wäre ungefähr dasselbe wie nach Teheran zu reisen und zu verkünden, der Ayatolla habe sich in die Hose geschissen.«

»Ayatollas tragen ja wohl keine Hosen«, sagte Jung. »Die haben doch diese schwarzen Kittel, wie heißen die doch noch gleich ...«

»Ja ja«, sagte Münster.

»Verhaven für unschuldig zu erklären, bedeutet ja auch, dass man etwas anderes tut«, erklärte Reinhart.

»Was denn?«, fragte Rooth.

»Man beschuldigt einen anderen aus dem Ort dieser Morde.«

Sie schwiegen einige Sekunden und Münster konnte genau ablesen, wie lange es dauerte, bis Reinharts Worte bei allen angekommen waren.

»Das steht doch nicht fest«, sagte Rooth.

»Nein«, sagte Reinhart. »Es steht natürlich nicht fest, dass es in dem winzigen Städtchen einen anderen Mörder gibt, aber natürlich taucht dieser Gedanke bei den Leuten auf. Dieser Verdacht. Je kleiner das Kaff, um so schneller riechen sie Lunte, vergiss das nicht.«

»Stimmt«, sagte Moreno.

»Also«, sagte Münster, als er das Tonbandgerät ausgeschaltet hatte und die anderen gegangen waren. »Was meinst du?«

»Nichts«, seufzte Rooth. »Oder eher alles Mögliche. Ich gäb wirklich was für ein paar gute Tipps. Worauf, zum Teufel, sollen wir uns denn konzentrieren?«

»Keine Ahnung«, sagte Münster. »Hiller wird uns sicher bald zurückpfeifen, das hab ich im Gefühl. Dann sind wahrscheinlich nur noch du und ich übrig ... ja, und natürlich der Ermittlungsleiter.« Er nickte zum Tonbandgerät hinüber.

»Wenn wir nicht auf eine brauchbare Spur stoßen«, sagte Rooth.

»Wenn die Zeitungen nicht schwere Geschütze auffahren, solltest du lieber sagen«, meinte Münster. »Morgen bringen sie ja wohl die Sache. Ist vielleicht nicht so schlimm. Wir brauchen doch alle Hilfe, die wir kriegen können.«

»Aber was glaubst du eigentlich selber?«, fragte Rooth, als sie sich in der Tiefgarage trennten. »Meinst du wirklich, dass in diesem Kaff ein Dreifachmörder frei herumläuft? Mir kommt das vor wie ein verdammt mieser Film.«

»Der wird nur dann besser, wenn wir wissen, wer das ist«, sagte Münster. »Nein, ich sollte ihn wohl lieber gleich abstellen.«

Rooth dachte nach.

»Vielleicht sitzen wir ja wirklich in einem Kino«, sagte er. »Vielleicht ist das Hinausgehen so schwer, wenn man mitten in der Reihe sitzt.«

»Zweifellos«, sagte Münster.

Sie schwiegen eine Weile.

»Trinken wir ein Bier?«, fragte Rooth.

Münster schaute auf die Uhr.

»Geht nicht«, sagte er. »Muss zu unserem Kranken. Nach acht lassen die keinen Besuch mehr ein.«

»Schade«, sagte Rooth und zuckte mit den Schultern. »Bestell ihm einen schönen Gruß. Ich glaube, wir könnten ihn wirklich brauchen.«

»Finde ich auch«, sagte Münster.

Warum lüge ich, fragte er sich, als er mit dem Auto in seinen Vorort fuhr. Warum konnte ich nicht einfach sagen, dass ich zu Synn und den Kindern nach Hause will? Warum musste ich den Kommissar hineinziehen?

Van Veeteren würde seine Bänder am nächsten Morgen nach dem Frühstück erhalten, so hatte sie das abgemacht. Aber wenn er Rooth nicht verletzen wollte, indem er die Einladung zum Bier ablehnte, warum war ein operierter alter Bulle ein besserer Grund als Frau und Kinder?

Eine gute Frage, zweifellos.

Er beschloss, lieber an etwas anderes zu denken.

26

Van Veeteren faltete die Allgemeine zusammen und ließ sie auf den Betonboden fallen. Dann legte er das Band ein, rückte die Kopfhörer gerade und ließ sich auf das Kissen zurücksinken.

Elgars Cellokonzert. Die Sonne im Gesicht und ein sanfter Wind. Gar nicht schlecht.

Es gehörte sicher nicht zur Routine, dass die Kranken es sich auf dem Balkon gemütlich machen durften, das war ihm durchaus klar. Aber andererseits war während der fünf Tage, in denen sie mit ihm nun schon zu tun hatten, so gut wie keine Regel ungebrochen geblieben. Überhaupt ließen die Krankenhausvorschriften einiges zu wünschen übrig, aber das Personal schien immerhin begriffen zu haben, mit wem sie es hier zu tun hatten. Immerhin.

»Aber höchstens eine halbe Stunde«, hatte Schwester Terhovian erklärt und aus irgendeinem Grund vier Finger vor sein Gesicht gehalten.

»Werden sehen«, hatte er geantwortet.

Inzwischen war eine Dreiviertelstunde vergangen. Sicher hatten sie eingesehen, dass es angenehmer war, ihn nicht im Haus zu haben.

Er rief sich das, was er zuletzt gelesen hatte, wieder in Erinnerung. Es gab dazu eigentlich nicht viel zu sagen. Dicker Artikel auf der ersten Seite, eine zweispaltige Zusammenfassung weiter hinten, aber erstaunlich wenige Spekulationen. Eigentlich überhaupt keine.

Das vierte Mal, also. So war das. Seit Verhaven mit zwanzig Jahren seine Karriere als Läufer begonnen hatte, hatte er aus vier verschiedenen Anlässen Schlagzeilen gemacht.

Gegen Ende der fünfziger Jahre als Mittelstreckenkönig. Als König und dann als Betrüger.

Anfang der sechziger Jahre als Mörder.

An die zwanzig Jahre später abermals als Mörder.

Und jetzt, um die Mitte der neunziger Jahre, eben als Opfer. Sein letzter öffentlicher Auftritt, konnte man annehmen.

Eine logische Entwicklung und ein erwarteter Schlusspunkt?, fragte Van Veeteren sich und drehte die Musik ein wenig lauter, um die Busse unten im Palitzerlaan nicht hören zu müssen.

Ein logisches Ende für ein vergeudetes Leben?

Schwer zu sagen.

Welches Muster zeigte Leopold Verhavens Leben? Gab es in diesem bizarren und schwer begreiflichen Menschenschicksal überhaupt irgendeine klare Linie?

Könnte man, überlegte Van Veeteren, zum Beispiel einen Film über sein Leben drehen und dabei etwas Wesentliches über seine Lebensbedingungen aussagen? Über unser aller Lebensbedingungen? Das war immerhin eine gute Frage.

Oder ging es hier nur um eine traurige Folge von unglückseligen Umständen? Um eine düstere und triste Geschichte eines vom Schicksal geschlagenen Ausnahmemenschen, dessen zerstückeltes Ende ebenso sinnlos war wie sein ganzes Leben?

Kein Leben, über das man einen Film drehen könnte?

Er biss einen Zahnstocher entzwei und versank wieder in Gedanken.

Müsste es nicht möglich sein, jedes Leben in einer der vielen Formen der Kunst wiederzugeben? Vielleicht passten zu den verschiedenen Menschen auch verschiedene Genres. Wie sah es mit seinem eigenen Leben aus? Was könnte dabei herauskommen? Eine Sinfonette, zum Beispiel? Oder eine Betonskulptur? Ein halbes Blatt Papier?

Wer weiß, dachte er.

Und jetzt lag er hier und stellte sich wieder diese vielen fruchtlosen Fragen. Prätentiöse und unbegreifliche Fragen, die nur durch seinen Kopf zu wirbeln schienen, um dem aggressiven Cello einen vergeblichen und idiotischen Kampf zu liefern.

Da wären ein Bier und eine Zigarette doch besser, dachte er und drückte auf den weißen Knopf. Verdammt viel besser.

Anstelle von Schwester Terhovian erschien Münster in der Türöffnung. Der Kommissar schaltete das Tonbandgerät aus und streifte die Kopfhörer ab.

»Alles in Ordnung?«, fragte Münster.

»Wie meinst du das? Natürlich ist nicht alles in Ordnung, verdammt noch mal. Hier liege ich auf meinem einsamen Lager und kann nicht anders. Seid ihr weitergekommen?«

»Das nicht gerade«, sagte Münster. »Scheint hier in der Sonne ja angenehm zu sein.«

»Heiß und klebrig«, sage Van Veeteren. »Ich könnte ein Bier vertragen. Also?«

»Was heißt also?«

»Hast du die Bänder mitgebracht, zum Beispiel?«

»Sicher ... alle beide. Gar nicht leicht, den Gossec zu finden, übrigens, aber Laudener hatte ihn.«

Er zog zwei Kassetten aus einer Plastiktüte und reichte sie dem Kommissar.

»Die rote ist von der Besprechung ...«

»Meinst du vielleicht, ich könnte den Unterschied zwischen einem Requiem und einer Menge quasselnder Bullen nicht heraushören?«

»Na, das will ich doch hoffen«, sagte Münster.

»Ich habe die Allgemeine gelesen«, sagte Van Veeteren unangefochten. »Was steht in der restlichen Journaille?«

»Dasselbe, so ungefähr«, sagte Münster.

»Keinerlei Spekulationen über das Motiv?«

»Nein, ich habe jedenfalls keine entdeckt.«

»Seltsam«, meinte Van Veeteren.

»Wieso das?«, fragte Münster.

»Na, die kommen sicher noch. Ich sehe jetzt auf jeden Fall alles klar vor mir. Habe gestern Abend die Marleneunterlagen gelesen. Ich möchte wetten, dass er in beiden Fällen unschuldig war. Hältst du dagegen, Polizeidirektor?«

»Nein, danke«, sagte Münster. »Wir neigen inzwischen auch zu dieser Annahme. Wissen nur nicht so recht, wie wir jetzt weitermachen sollen.«

»Natürlich wisst ihr das nicht«, brummte der Kommissar. »Ich habe euch ja noch keine Befehle erteilt. Fahr mich ins Zimmer zurück, dann bringen wir Schwung in die Sache. Es ist einfach unmöglich, dass die die Kranken auf den Balkon schleppen und endlos lange da rumliegen lassen. Der reine Backofen …«

Münster riss die Tür sperrangelweit auf und schob das große Stahlrohrbett wieder ins Haus.

»Womit fangen wir an?«, fragte er, als der Kommissar an Ort und Stelle lag.

»Woher soll ich das wissen?«, fragte Van Veeteren. »Lass mich das Band hören und komm in zwei Stunden zurück, dann erfährst du alles.«

»Alright«, sagte Münster.

»Und derweil kannst du feststellen, ob sich diese Person ausfindig machen lässt.«

Er reichte Münster einen doppelt zusammengefalteten Bogen.

»Leonore Conchis«, las Münster. »Wer ist das?«

»Eine Frau, mit der Verhaven in den Siebzigern was hatte.«

»Lebt sie noch?«, fragte Münster spontan.

»Darüber sollst du dich ja gerade informieren«, erwiderte der Kommissar.

VII

24. August 1962

27

Wieder erwacht sie.

Spürt die Finsternis und seine schwere Nähe wie einen Druck auf der Brust. In einer unterdrückten Bewegung stützt sie sich auf den Ellbogen und versucht, die schwach phosphorisierenden Uhrzeiger zu deuten.

Halb vier. Oder fast halb vier, so weit sie sehen kann. Die Luft im Schlafzimmer ist stickig, trotz des Belüftungsventils. Sie setzt sich auf. Tastet eine Weile mit den Füßen über den unebenen Boden, dann findet sie ihre Pantoffeln.

Steht auf und verlässt vorsichtig das Zimmer. Nimmt den dünnen, verschlissenen Frotteemorgenrock von der Wand. Schließt die Tür wieder und legt ein Ohr an das kühle Holz. Noch hier kann sie seinen schweren und bisweilen röchelnden Atem hören.

Sie fröstelt und streift den Morgenrock über. Und geht langsam die Treppe hinunter.

Hinunter. Das ist das Schwerste. Die Schmerzen in den Hüften jagen glühende Pfeile aufwärts und abwärts. Das Rückgrat hoch bis in den Nacken, durch die Fußsohlen bis in die Zehen. Es ist seltsam, dass dieser Schmerz so lebendig sein kann.

Und wird mit jedem Schritt ein wenig stärker.

Mit jedem Tag. Immer deutlicher. Es wird immer schwerer, nicht die Füße nach innen zu kehren und den Rücken krumm zu machen.

Immer schwerer zu gehen.

Am Küchentisch sinkt sie auf einen Stuhl. Legt den Kopf in die Hände und spürt, wie die Schmerzwellen verebben. Lässt sie ganz verklingen, ehe sie ihre Gedanken auf das andere richtet.

Auf dieses andere.

Dreimal hat ihr Traum sie in dieser Nacht hochgeschleudert. Dreimal.

Dieselbe grauenhafte Vorstellung. Dasselbe unwiderstehliche Bild.

Als er heraufkam und seinen schweren Leib neben ihren wälzte, hat sie sich schlafend gestellt. Er hat sie nicht berührt. Hat nicht einmal eine Hand auf ihre Hüfte oder Schulter gelegt. Das hat sie immerhin erreicht. Er rührt sie nie mehr an, sie weiß, dass sie diesen Sieg auf jeden Fall errungen hat. Hierher ist sie aus eigener Kraft gelangt.

Geschützt. Ihr Körper ist geschützt. Jetzt und für immer.

Er wird das andere nie wieder durchmachen müssen.

Ihre schweigende Übereinkunft liegt zwischen ihnen wie ein dunkles Band, doch erst jetzt kommt ihr eine Ahnung von deren Preis. Von dem Gegengewicht, von diesem Unbegreiflichen, das in der anderen Waagschale liegt.

Alles kostet etwas, aber eine Wahl hat sie nicht gehabt. In ihrer Entscheidung und ihrem Vorgehen kann keine Schuld liegen – sich noch einmal diesem Mann hinzugeben, auch wenn er ihr Ehemann und der Vater ihres Kindes ist, nein, sie weiß nur zu gut, was das bedeuten würde. Und dann gibt es ja auch noch das Wort des Arztes, es ist nicht nur sie selber … Gesundheit und Verstand könnte es kosten, Vernunft und Gefühl und vielleicht die Bewegungsfähigkeit, die ihr noch geblieben ist. Zumindest, wenn es Frucht tragen sollte. Sie darf kein Kind mehr bekommen. Darf sich dieser Gefahr nicht wieder aussetzen. Die Narbe ihres Lebens sitzt in ihrem Becken, diesem gebrechlichen Mittelpunkt, der seit der entsetzlichen Entbindungsnacht wie ein Heiligtum geschützt und geschlossen gehalten werden muss.

Wie ein Heiligtum?

So denkt sie wirklich, aber kann irgendwer verstehen warum?

Gott oder ihre Mutter oder irgendeine andere Frau?

Nein, niemand. In dieser Hinsicht ist sie allein. Eine verbitterte Frau mit Mann und Kind. Und endlich hat auch er gelernt, den Stand der Dinge zu akzeptieren. Er wird nie mehr eingelassen werden, und jetzt haben seine Hände und sein ganzer Körper ihre vergeblichen Bitten und Versuche eingestellt. Endlich hat er resigniert.

Aber der Preis?

Vielleicht hat sie schon früh eingesehen, dass es einen Preis geben muss. Aber jetzt? Dass das der Preis ist?

Es ist eine schreckliche Vorstellung. Und es ist nicht einmal eine Vorstellung, es ist nur ein Traumfragment ... ein Bild, das durch ihr Bewusstsein gejagt ist, so rasend schnell und dermaßen unbegreiflich deutlich, dass sie es einfach nicht verstehen konnte.

Wahrnehmen, ja. Begreifen, nein.

Gesehen, aber nicht ins Bewusstsein geholt.

Sie erhebt sich und geht zum Herd. Knipst die Lampe über dem Spülbecken an und lässt Wasser in den Kessel laufen.

Als das kocht, als sie dasteht und die Blasen anstarrt, die sich losreißen und an die Wasseroberfläche steigen, denkt sie an Andrea.

An Andrea, die auf der anderen Seite der Wand liegt und ihren sicheren Schlaf schläft. Zwei Jahre alt – zwei Jahre und zwei Monate, wenn man genau sein will, und das will sie in dieser Nacht – liegt sie da unter der gehäkelten Decke der Großmutter und nuckelt im Schlaf an zwei Fingern. Sie braucht nicht nachzusehen, um das zu wissen. Das Bild ihrer Tochter ist überall vorhanden, sie kann es sich jederzeit und ohne die geringste Anstrengung vor Augen rufen.

Andrea. Das einzige Kind, das sie jemals haben werden. Es ist ein Wunder, dass dieses Kind überhaupt lebt, und alle anderen Rücksichten müssen dafür aufgegeben werden.

Alle, fragte sie sich, und die Antwort weiß sie bereits. Ja, alle, sagt sie und nimmt den Kessel von der Platte.

Sie nippt am Tee und öffnet die Vorhänge einen Spaltbreit. Ihr Blick begegnet nur ihrem eigenen Gesicht und einem Ausschnitt aus dem Kücheninneren. Sie lässt den Baumwollvorhang wieder sinken.

Ich wage nicht, zu denken, formuliert sie stumm für sich selber. Nicht, deutlich zu denken. Muss es von mir weghalten. Wenn die Bilder in meinem Kopf auftauchen, muss ich lernen, meine Seele schlafen zu lassen.

Das muss ich.

Sie haben sie jetzt gefunden. Das hat die Frau im Laden gesagt, Frau Malinska, und in ihrer düsteren Stimme hatte ein kontrollierter und hysterischer Triumph gelegen.

Sie haben sie hinten beim Goldemaar im Wald gefunden.

Tot.

Erwürgt.

Nackt.

Und plötzlich in dieser einsamen Küche, in dieser einsamen Stunde, durchjagt sie eine so heftige Erschütterung, dass sie die Tasse umstößt. Der heiße Tee fließt als kleines Rinnsal über die karierte Wachstuchdecke und auf ihren rechten Oberschenkel, aber es dauert noch Sekunden, bis sie es über sich bringt, diese Flut zu stoppen.

Es war an diesem Samstag. Vor achtzehn Tagen, oder wie viele das nun sein mögen. Seit damals ist sie verschwunden, diese Schlampe, damals muss es passiert sein.

Am Nachmittag dieses Samstags. Auch das sieht sie ganz deutlich vor sich. Ich geh ein wenig Holz hacken, hatte er gesagt, und in seiner Stimme und seinem trotzigen Blick hatte etwas gelegen, das sie kannte und zweifellos verstanden hätte, wenn sie das nur gewollt hätte.

Aber warum hätte sie das tun sollen? Nur Andrea war wichtig, und auch jetzt geht es nur um Andrea. Warum soll sie unbedingt das begreifen, was sie nicht begreifen will?

Er kam spät zurück und sie wusste, dass etwas passiert war. Nicht was, nur dass.

Sah es seinen großen Händen an, die sich immer wieder umeinander schlangen und nicht wussten, wohin mit sich. Sah es im Blut, das schuldbewusst hinter seinen Schläfen pochte. In seinem Blick, der nach Hilfe und Schmerzlinderung rief.

In der Qual seines ganzen Körpers.

Sie hatte gesehen, aber nicht geahnt, was sie da sah.

Und jetzt sitzt sie hier, fährt sich mit der Hand über den Oberschenkel und spürt die Schmerzen zurückkehren. Sie weiß, dass sie es nicht erfahren wird.

Niemand wird es erfahren. Am allerwenigsten sie. Wieder taucht Andreas Bild vor ihr auf und legt sich wie ein lindernder kühler Balsam über das brennende und schwarze Wissen.

Engel des Trostes.

Kind des Vergessens.

Nichts ist passiert. Es gibt keine Ahnungen.

Nur dieses eine.

Sie steht wieder auf. Stapft zum Schrank hinüber und schüttelt vier Tabletten aus dem braunen Glas. Spült sie mit Wasser aus ihrer gekrümmten Hand hinunter.

Gegen die Schmerzen.

Gegen die Schlaflosigkeit.

Gegen Träume und Ahnungen und Wissen.

Warum, fragt sie sich, als sie sich langsam die Treppe hochschleppt.

Ich bin so jung. Mein Leben hat doch gerade erst angefangen und schon bin ich an Händen und Füßen gefesselt.

An diesen Mann.
An diese Tochter.
An diesen schmerzenden Leib.

Und für alle Zeit an diese Entscheidung?

VIII

16. – 22. Mai 1994

28

Aus einiger Entfernung schätzte Münster Leonore Conchis' Alter auf irgendwo zwischen dreißig und fünfunddreißig.

Als er näher kam und sie einander über dem rauchfarbenen Glastresen die Hände schüttelten, sah er, dass er noch mindestens zwei Jahrzehnte dazugeben musste, um der Wahrheit etwas näher zu kommen.

Vielleicht sorgte auch dieser illusorische Umstand dafür, dass sie sich in dem ziemlich schlecht beleuchteten Büro ausfragen ließ; versunken in einer Ecke eines so langen Sofas, dass sie laut werden mussten, um einander hören zu können.

Diese Jugend, dachte Münster. Schattenwesen.

Es hatte auch seine Zeit gebraucht, sie zu finden. Seit sie irgendwann Ende der siebziger Jahre einige Monate mit Leopold Verhaven zusammen gewesen war, war sie mehr als zehnmal umgezogen. Und außerdem hatte sie ihren Namen geändert.

Das aber nur einmal. Jetzt hieß sie di Gucchi und betrieb seit anderthalb Jahren zusammen mit ihrem uralten korsischen Gatten mitten in Groenstadt eine Boutique für schrille Damenbekleidung.

»Leopold Verhaven?«, fragte sie und schlug ein schwarzes Nylonbein über das andere. »Warum wollen Sie mich über Leopold Verhaven verhören?«

»Das ist kein Verhör«, sagte Münster wie um Entschuldigung bittend. »Ich würde nur gern ein paar Fragen stellen.«

Sie steckte sich eine Zigarette an und strich ihr blutrotes Lederkleid glatt.

»Also los«, sagte sie. »Was möchten Sie wissen?«

Keine Ahnung, dachte Münster. Aber der Kommissar hat mir aufgetragen, dich ausfindig zu machen.

»Erzählen Sie von Ihrer Beziehung zu ihm«, sagte er dann.

Sie ließ den Rauch durch ihre Nasenlöcher entweichen und machte ein gelangweiltes Gesicht. Offenbar hatte sie keine übertrieben positive Einstellung zur Polizei ganz allgemein, und Münster sah ein, dass der Versuch, ihr in dieser Hinsicht eine andere Meinung zu geben, wohl kaum von Erfolg gekrönt sein würde.

»Ich finde es auch nicht besonders toll, solche Dinge aufwühlen zu müssen«, erklärte er. »Können wir es also so schnell wie möglich hinter uns bringen, dann kann ich Sie in Ruhe lassen.«

Das war deutlich genug. Sie nickte und feuchtete sich mit einer übertriebenen und gut geübten Zungenbewegung die Lippen an.

»Na gut. Sie wollen wissen, ob er als Frauenmörder qualifiziert ist. Diese Frage habe ich schon häufiger gehört.«

Münster nickte.

»Das kann ich mir denken.«

»Ich weiß es nicht«, sagte sie. »Wir waren ja nur einige Monate zusammen. Ich habe ihn zufällig kennen gelernt, als gerade meine zweite Ehe in die Brüche gegangen war. Ich war einfach fertig und brauchte einen Mann, der sich um mich kümmern ... und mich wieder zum Leben erwecken konnte, gewissermaßen.«

»Und konnte er das?«

Sie zuckte mit den Schultern.

»Sind Sie verheiratet, Polizeidirektor?«

»Ja.«

»Ich brauche also kein Blatt vor den Mund zu nehmen?«

»Durchaus nicht«, versicherte Münster.

»Na gut.« Sie zog eine Grimasse, die vielleicht ein Lächeln sein sollte. »Er war ein ziemlich brutaler Liebhaber. Anfangs gefiel mir das ja auch, vermutlich war es gerade das, was ich brauchte, aber auf die Dauer war es doch ziemlich ermüdend. Dieses heftige Gevögel ist nur bei den ersten Malen nett, danach will man doch mehr Ruhe, es soll gefühlvoller und raffinierter zugehen ... na, Sie wissen schon. Natürlich kann ein richtig gewaltsamer Fick eine müde Beziehung wieder aufpeppen, aber so darf es bitte nicht immer zugehen.«

»Ganz recht«, sagte Münster und schluckte. »Aber er hat die ganze Zeit den Zuchtbullen gespielt?«

»Ja«, sagte sie. »Und das war mir zu anstrengend. Also habe ich ihn nach einigen Monaten wieder verlassen. Und er wohnte auch in einem miesen Loch ... mitten im Wald und überhaupt. Obwohl ich vielleicht auch das gerade gebraucht hatte ... Wald und Natur und überhaupt.«

Ich kann mir dich einfach nicht in einem Hühnerstall vorstellen, dachte Münster und merkte, wie sein einer Mundwinkel zuckte.

»Aber er hat keine direkten Neigungen zur Gewalttätigkeit gezeigt?«

»Nein«, sagte sie energisch. »Er war verschlossen und ziemlich unkultiviert, aber ich habe niemals Angst gehabt oder so.«

»Sie wussten, dass er wegen Mordes verurteilt worden war?«

Sie nickte.

»Das hat er mir nach unserer ersten Nacht erzählt. Und hat seine Unschuld beteuert.«

»Haben Sie ihm geglaubt?«

Sie zögerte. Aber nur eine Sekunde lang.

»Ja«, sagte sie. »Ich glaube nicht, dass Leopold Verhaven eine Frau auf diese Weise umbringen würde. Er war ziemlich eigen, aber ein Mörder war er nicht. Das habe ich auch beim zweiten Prozess ausgesagt, aber da hat mir natürlich niemand zugehört. Er war schon im Voraus verurteilt.«

Münster nickte.

»Und nach dem Ende Ihrer Beziehung hatten Sie keinen Kontakt mehr zu ihm?«

»Nein«, sagte sie. »Aber wer hat ihn nun eigentlich umgebracht? Das wollen Sie doch feststellen, oder?«

»Ja«, erwiderte Münster. »Genau das. Haben Sie irgendeine Vorstellung?«

Sie schüttelte den Kopf.

»Nicht die Geringste«, sagte sie und drückte ihre Zigarette aus. »Sind wir jetzt so weit, Polizeidirektor? Ich muss mich um meinen Laden kümmern.«

»Ja, das sind wir wohl«, sagte Münster und reichte ihr seine Karte. »Melden Sie sich, wenn Ihnen noch etwas Wichtiges einfällt.«

»Was sollte das denn sein?«, fragte sie.

Keine Ahnung, dachte Münster und erhob sich vom Sofa.

Als er auf den Platz hinaustrat, regnete es. Es war ein dünner, warmer Frühlingsregen, der ihm fast wie ein reinigendes Bad erschien. Und als recht angenehmer Kontrast zu Leonore di Gucchi. Er blieb eine Weile stehen und ließ die weichen Tropfen über sein Gesicht fallen, dann schloss er die Autotür auf und stieg ein.

Zwei Stunden Fahrt lagen vor ihm.

Es war kein sonderlich ertragreicher Nachmittag gewesen, das musste er zugeben. Aber so war es ja meistens. Bei fast jedem Fall. Fragen, Fragen und Fragen. Endlose Mengen von Gesprächen und Interviews und Verhören, allesamt auf den ersten Blick gleichermaßen vergeblich und nichts sagend, bis dann etwas Wichtiges auftauchte. Zumeist dann, wenn man am wenigsten damit gerechnet hatte. Diese kleine Verbindung, diese kurze unerwartete Antwort ... dieses plötzliche, schwach glühende Zeichen in der Dunkelheit, das nicht übersehen werden durfte. Man durfte nicht einfach an diesem Gestrüpp aus belanglosen Details und ermüdenden Kleinigkeiten vorüberjagen.

Er gähnte und fuhr los.

Aber das hier hätte doch wirklich nichts bringen können, dachte er. Abgesehen von einer weiteren kleinen Unterstützung für die Hypothese, dass Verhaven unschuldig gewesen war. Aber das hatten sie doch schon beschlossen. Oder hatten sie das nicht?

Er richtete seine Gedanken lieber auf die Zukunft.

Zwei Tage weiter, genauer gesagt. Denn dann würde Van Veeteren aus dem Krankenhaus entlassen werden, wenn die Ärzte Wort hielten, und obwohl er selber und Rooth von Anfang an den Ehrgeiz gehegt hatten, den Fall selber zu klären, hatten sie diese Hoffnungen inzwischen ja aufgeben müssen. Mehr oder weniger zumindest.

Also können wir auch abwarten und den Kommissar endlich zulangen lassen, dachte Münster. Ab Freitag also. Schwer zu sagen, was das für konkrete Folgen haben würde, aber er hatte ja bereits gewisse Zeichen für Van Veeterens Unruhe entdeckt. Gewisse Beobachtungen, die ihm bei seinem letzten Besuch einfach nicht hatten entgehen können.

Kleinigkeiten zwar, aber wirklich auffällige ... diese blödsinnige und aufreizende Rätselhaftigkeit zum Beispiel. Gereiztheit und Empfindlichkeit. Das Grummeln und Murren.

Natürlich waren das die üblichen Signale.

Schwach, wie gesagt, aber deutlich wahrnehmbar für alle, die eine Weile dabei waren.

Der Kommissar hatte die Brutphase erreicht, wie Reinhart einmal gesagt hatte, bei einer Gelegenheit, die nichts mit Verhaven, Hühnerställen und Ähnlichem zu tun gehabt hatte.

Man sollte vielleicht eine Heizlampe auf ihn richten. Münster schmunzelte hinter dem Lenkrad vor sich hin.

Um das Tempo zu steigern. Das hatte doch auch Verhaven gemacht?

Aber vielleicht fährt er auch langsam aus der Haut, weil er eingesperrt ist, dachte Münster dann. Das Krankenhauspersonal hätte auf jeden Fall Elogen verdient – weil sie das durchhalten. Denn sie hatten ihn nicht einfach vor die Tür gesetzt oder in die Wäschekammer gesperrt. Er durfte nicht vergessen, ein Blümchen mitzubringen, wenn er den Kommissar am Freitag abholte. Könnte ja nichts schaden, den guten Ruf der Truppe ein bisschen wiederherzustellen ...

Aber dann stellte er jegliche dienstliche Überlegung ein. Er dachte an Synn und den bevorstehenden Abend, an dem sie ausgehen wollten. Das war doch wirklich eine viel angenehmere Vorstellung.

Theater und ein gutes Essen im La Canaille. Die Großeltern zum Kinderhüten. Danach ihre kleine Wohnung mitten in der Stadt. Doch, im Leben fand man durchaus ab und zu ein Goldstück.

29

Staatsanwalt Kieslings Plädoyer im Mordfall Marlene Nietsch nahm achtzehn dicht beschriebene Seiten ein. Van Veeteren las sämtliche Kopien, seufzte tief und machte sich dann wieder an die Rekonstruktion des Tathergangs – den Versuch, Richter Heidelbluum, den Geschworenen und allen anderen möglicherweise Interessierten zu erklären, was sich an jenem schicksalhaften Vormittag im September 1981 zugetragen hatte.

... es war vor fast drei Monaten, am 11. September, einem Freitag.

Leopold Verhaven verlässt gegen 7.30 morgens sein Haus in Kaustin mit seinem Lieferwagen, einem grünen Trotta

Jahrgang 1960, und macht sich auf seine übliche Lieferfahrt zu seinen Kunden, insgesamt etwa zehn Geschäften in Linzhuisen und Maardam. Sein letzter Stopp an diesem Morgen ist wie üblich die Markthalle am Kreuger Plein hier in Maardam.

Wie wir gehört haben, ist Verhaven für alle, die dort arbeiten oder sonst etwas mit der Markthalle zu tun haben, eine vertraute Gestalt. Nach eigener und nach Aussage mehrerer Zeugen verlässt er an diesem Morgen die Halle um kurz nach halb zehn. Sein Wagen steht auf der Rückseite, im Kreugerlaan, wo er zuvor die Tageslieferung an Eierkartons ausgeladen hatte. Er geht jedoch nicht wie sonst direkt zu seinem Fahrzeug, sondern verlässt die Halle durch den Hauptausgang, der auf den Marktplatz führt. Am Zeitungskiosk vor Goldmann kauft er eine Zeitung und geht dann in Richtung Zwille weiter. Beim Springbrunnen begegnet ihm ein Geschäftspartner, Aaron Katz, mit dem er einige Worte wechselt. Danach geht er weiter über den Platz und trifft an der Ecke Kreuger Plein und Zwille auf Marlene Nietsch. Die beiden haben seit ungefähr anderthalb Monaten eine sexuelle Beziehung; sie übernachten gemeinsam sowohl in Verhavens Haus in Kaustin als auch in Frau Nietschs Wohnung in Maardam.

Sie unterhalten sich einige Minuten lang, das wissen wir von Verhaven selber, und auch einige Zeugen haben es gesehen, unter anderem Aaron Katz. Dann gehen sie langsam südwärts und biegen in den Kreugerlaan ab, wo ja Verhavens Auto steht. Die Zeugin Elena Klimenska sieht sie neben dem Lieferwagen stehen, dort sind sie irgendwann zwischen zehn und fünf vor zehn in ein Gespräch vertieft. Der Angeklagte streitet das ebenso ab wie die Behauptung, Marlene Nietsch sei danach zu ihm ins Auto gestiegen. Nicht weniger als drei Zeugen jedoch haben unabhängig voneinander Verhavens unverkennbaren Lieferwagen Maardam verlassen sehen. Zwei von ihnen haben unter Eid ausgesagt, dass neben Verhaven auf dem Beifahrersitz eine Frau saß, eine Frau, die sehr gut zur Beschreibung der ermordeten Frau Nietsch passte. Die dritte Zeugin, Frau Bossens aus Karnach, wollte ihre Aussage aus religiösen Gründen nicht beeiden, ist jedoch zu fünfundneunzig Prozent davon überzeugt, dass Verhaven nicht, wie er selber behauptet, allein im Auto gesessen hat.

Für die weiteren Ereignisse dieses tragischen Freitags gibt es keine Zeugen, aber wir können den Verlauf der Ereignisse doch ohne große Mühe rekonstruieren. Worüber Leopold Verhaven und Marlene Nietsch in Maardam und später auf der Autofahrt gesprochen haben, können wir natürlich nicht wissen, aber wir können doch mit ziemlicher Sicherheit davon ausgehen, dass es um Dinge von sexueller Natur ging. Vielleicht versucht der Angeklagte Frau Nietsch zu etwas zu überreden, zu dem sie durchaus nicht bereit ist, zu dem ihr die passende Stimmung fehlt. Aber wie gesagt, das sind pure Spekulationen, die für die eigentliche Schuldfrage keinerlei Bedeutung haben.

Wie üblich fährt Verhaven die Straße durch Bossingen und Löhr. Das ist zweifellos eine ganz normale Entscheidung, wenn man nach Kaustin will, doch statt dann weiter in Richtung Heimat zu fahren, entscheidet Verhaven sich just an diesem Tag für einen Abstecher nach Wurms, vermutlich biegt er auf der Kreuzung bei der Ortschaft Korrim nach rechts ab. Ungefähr auf halber Höhe zwischen Korrim und Wurms fährt er dann auf einen schmalen, unbefahrenen Weg ab, der in einen Wald führt und dort nach nur hundert Metern endet. Es handelt sich um den Wald, meine Damen und Herren, in dem 1962 der Leichnam von Beatrice Holden gefunden wurde, für deren Tod Leopold Verhaven schuldig gesprochen und zu zwölf Jahren Gefängnis verurteilt wurde.

Verhaven hält bei einem Holzstapel, und dort hat ein Zeuge, der auf der Hauptstraße mit dem Fahrrad unterwegs war, den Wagen einige Minuten nach halb elf gesehen. Verhaven erzwingt sich einen Beischlaf mit Marlene Nietsch und erwürgt sie während dieses Aktes oder unmittelbar danach. Er versteckt ihren Leichnam unter Zweigen und Reisig, wo er vier Tage später vom Waldbesitzer Herrn Nimmerlet dann entdeckt wird. Nach dieser Tat fährt Verhaven sofort nach Hause. Um kurz nach elf wird er in seinem Lieferwagen von einem Nachbarn gesehen. Der Angeklagte hat nicht erklären können, warum er an diesem Morgen für die Fahrt von der Markthalle in Maardam zu seinem Haus in Kaustin mehr als anderthalb Stunden länger gebraucht hat als sonst. Was Frau Nietsch angeht, so haben die Zeugen, die sie im grünen Lieferwagen entdeckt haben, sie als Letzte lebend gesehen, nachdem Elena Klimenska sie mit Verhaven hinter der Markthalle beobachtet hatte. Es kann deshalb keine Zweifel daran geben, dass sie Maardam zusammen mit ihrem Mörder verlassen hat. Der Angeklagte behauptet, sich schon an der Ecke Zwille/Kreugerlaan von ihr getrennt zu haben, und das zeigt nur, dass er tief in seiner verbrecherischen Seele (Sic!, schrieb Kommissar Van Veeteren an den Rand und unterstrich es gleich zweimal) *einsieht, dass darin seine einzige Chance auf Freispruch liegt. Marlene Nietsch war, wie wir gehört haben, an diesem Freitag für 10.15 mit ihrer Freundin Renate Koblenz im Café Rotes Moor am Kreuger Plein verabredet. Doch zu diesem Treffen ist sie nicht erschienen.*

Und zwar, weil sie zu dem Zeitpunkt, als ihre Freundin sie besorgt und erstaunt an dem verabredeten Tisch erwartete, bei ihrem Mörder im Auto saß und Maardam verließ. Und dieser Mörder, Euer Ehren und verehrte Mitglieder der Jury, kann unter keinen Umständen ein anderer gewesen sein als der Angeklagte, Leopold Verhaven.

Wenn wir diese unbestreitbaren Tatsachen für einen Moment bei Seite legen und unsere Aufmerksamkeit auf einige psychologische Fragen richten ...

Verdammt sauberes Puzzlespiel, dachte Van Veeteren und legte die Papiere weg. Beängstigend sauber vielleicht sogar? Was müsste eigentlich nötig gewesen sein, um Verhaven unschuldig zu erklären?

Er stopfte sich einen Zahnstocher zwischen die Vorderzähne seines Unterkiefers und verschränkte die Hände hinter seinem Nacken.

Erstens: Marlene Nietsch musste während dieser Minuten um zehn Uhr ihren wirklichen Mörder getroffen haben. Sie war nie zu Verhaven ins Auto gestiegen, aber natürlich bestand auch die winzige Möglichkeit, dass sie es doch getan hatte und dass er trotzdem unschuldig war ... dass er, wie Staatsanwalt Kiesling betont hatte, einsah, dass die Sache gelaufen wäre, prosaisch gesprochen, wenn er zugäbe, dass sie mit ihm gefahren war.

Aber danach hatte sich ja herausgestellt, dass die Sache ohnehin schon gelaufen gewesen war.

Zweitens: der Mörder musste Marlene Nietsch auf irgendeine Weise von dem geplanten Cafébesuch abgehalten haben.

Ob ein Bündel Geldscheine und ein ganz normaler ehrsamer Wunsch eines Freiers gereicht haben könnten, überlegte Van Veeteren. Auszuschließen war das jedenfalls nicht. Marlene Nietsch war niemals ein braves Engelchen gewesen.

Drittens: mindestens drei Zeugen mussten sich geirrt haben. Oder gelogen. Die Frau, die sie beim Auto gesehen hatten. Der Mann und die Frau, die Frau Nietsch auf dem Beifahrersitz entdeckt haben wollten. Und diese dritte, die keinen Eid ablegen wollte.

Drei oder vier einstimmige Zeugenaussagen? War das nicht schwerwiegend genug? Oder sogar entscheidend?

Nein, dachte Van Veeteren wütend und biss den Zahnstocher durch. Morgens hatte er sich durch über fünfzig Seiten Zeugenaussagen hindurchgequält, nur um feststellen zu müssen, dass es sich um eine selten betrübliche Lektüre handelte. Vor allem hatte der eine Zeuge, ein gewisser Herr Necker, fast schon einen parodistischen Eindruck hinterlassen. Und einen ziemlich faden Nachgeschmack, wenn man Wert auf funktionierende Gerichtsprozeduren legte. Allem Anschein nach war Herr Necker vier Wochen nach Verhavens Verhaftung aufgetaucht, hatte sich aus eigenem Antrieb bei der Polizei gemeldet und behauptet, sich plötzlich an gewisse Beobachtungen betreffend einer Blondine in Verhavens ihm bekannten Trotta erinnert zu haben. Nach und nach hatte er vor Gericht dann Daten, Ortsangaben und Menschen vergessen, und erst, nachdem Staatsanwalt Kiesling ihm jedes Wort in den Mund gelegt hatte, hatte man eine einigermaßen zusammenhängende Geschichte aus ihm herausholen können.

Und dieser Denbourke war wahrlich kein Verteidiger gewesen, wie man sich ihn wünscht, was allerdings nicht gerade eine Neuigkeit war.

Zu allem Überfluss gab es drei Zeugen – und hier hatte der Kommissar sich aus purer reiner Ohnmacht am Bett festhalten müssen –, die behaupteten, Verhavens Auto vor der Markthalle gesehen zu haben, denen dabei jedoch durchaus keine Frau darin aufgefallen war. Welche Rolle diese Aussagen bei der endgültigen Entscheidung gespielt hatten, war ein Rätsel.

Schrecklich, murmelte Van Veeteren und spuckte die Überreste des Zahnstochers auf die Bettdecke. Dass Mort da wirklich mitgemacht hatte? Und Heidelbluum?

Dass die anderen, die Schöffen, diese halbgebildeten Gerichtsdiener, mehr als nur ein Auge zudrücken konnten, wusste er aus bitterer Erfahrung, aber dass der Richter und der Kommissar das hatten durchgehen lassen, war eine düstere Überraschung. Eine schwer verdauliche, ganz einfach. Natürlich war das nicht mehr Morts Angelegenheit gewesen, als die Sache erst vor Gericht angelangt war, aber trotzdem?

Allerdings war er während dieser letzten Jahre wohl nicht mehr ganz er selber gewesen. Das musste die Erklärung sein, und vielleicht war deshalb ein gewisses Verständnis angesagt.

Und Heidelbluum war damals fast siebzig.

Hoffentlich schmeißen sie mich raus, ehe ich so viel von meinem Verstand verliere, dachte er. Aber vielleicht sterbe ich, ehe ich meinen Verstand verliere? Das wäre eine Gnade, um die man wohl durchaus beten könnte.

Aber was war nun mit diesem alten Fall? Am Ende hatte er doch auf der Anklagebank gesessen und sich wie der schuldigste Schuldige aller Zeiten aufgeführt, dieser verdammte Verhaven.

Abgesehen davon, dass er alles abgestritten hatte, natürlich.

Unbegreiflich, entschied Kommissar Van Veeteren. Und nichts verabscheue ich so sehr wie das, was ich nicht begreife.

Er schwang die Beine über die Bettkante und setzte sich auf. Nach einem kurzen Schwindelanfall stand er dann auf dem kalten Boden. Es verschaffte ihm einen gewissen Genuss, dass er sich wieder aus eigener Kraft bewegen konnte. Das ließ sich nicht leugnen.

Auch wenn Gebrechlichkeit und Schwindelanfälle ihm noch immer ziemliche Angst machen. Auch das ließ sich nicht leugnen.

Morgen kann ich auf jeden Fall nach Hause, dachte er, als er die Toilettentür schloss. Und dann würde es doch mit dem Teufel zugehen, wenn ich diese Kiste nicht klären könnte!

Doch als er sich dann auf den kalten Sitz sinken ließ, ging ihm auf, dass es vielleicht nicht ganz so einfach sein würde.

Denn natürlich hatte er schon hier im Krankenhaus alle bekannten Tatsachen überprüft: stapelweise Zeitungsberichte. Gerichtsprotokolle. Bandaufnahmen der Dienstbesprechungen und detaillierte Schilderungen von Münster.

Was konnte er also nach seiner Entlassung sonst noch tun? Eine weitere gute Frage.

30

»Gehen wir doch lieber ins Café«, hatte David Cuppermann geflüstert und ihn durch die Tür gelotst.

Jetzt, wo sie in einer abgelegenen Ecke des nach Bratenfett riechenden Lokals saßen, sah er um einiges ruhiger aus, wie Jung feststellen konnte. Er brauchte auch nicht lange im Unklaren über den Grund zu schweben.

»Wollte meine Frau nicht reinziehen«, erklärte Cuppermann. »Sie ist ein bisschen empfindlich und hat keine Ahnung von diesen Sachen.«

Jung nickte und hielt ihm seine Zigaretten hin.

»Nein, danke. Ich habe aufgehört. Auch das Verdienst meiner Frau«, fügte er hinzu und lächelte, als ob er um Entschuldigung bitten wolle.

Jung gab sich Feuer.

»Sie brauchen sich keine Sorgen zu machen«, sagte er. »Wir stellen nur ein paar Routinefragen. Sie haben vielleicht in der Zeitung gelesen, dass Leopold Verhaven ermordet worden ist?«

»Ja.«

Cuppermann nickte und betrachtete seine Kaffeetasse.

»Sie waren damals in Ulming also einige Zeit mit Beatrice Holden zusammen. Wann genau war das? Gegen Ende der fünfziger Jahre?«

Cuppermann seufzte. Ganz offenkundig, dachte Jung, wenn dieser ängstlich sittsame Mann sich über etwas grämt, dann über diese unglückselige Jugendliebschaft.

»1958«, sagte Cuppermann. »Wir haben uns im Dezember 57 kennen gelernt und sind zwei Monate danach zusammengezogen. Sie war damals schwanger ... ja, und dann haben wir bis zum Februar des folgenden Jahres zusammengewohnt. Es war nicht mein Kind.«

»Nicht?«, sagte Jung und versuchte so überrascht wie möglich zu klingen.

»Wir ... sie bekam im August 58 eine Tochter, Christine, aber die hatte also einen anderen Vater.«

»Wann haben Sie das erfahren?«

»Als Christine fünf Monate alt war. Da kam er zu Besuch, und als er gegangen war, hat sie alles erzählt.«

»O verdammt«, rutschte es Jung heraus. »Verzeihen Sie, aber besonders lustig kann das für Sie doch nicht gewesen sein?«

»Nein«, sagte Cuppermann. »Lustig war das nicht. Ich habe sie am selben Abend verlassen.«

»Am selben Abend?«, wiederholte Jung.

»Ich habe einfach eine Tasche mit dem Nötigsten gepackt. Und mich in den Zug gesetzt.«

Er verstummte. Jung dachte nach. Wohin er wohl gefahren ist, dachte er, hielt das aber nicht für so wichtig.

»Und Ihre Tochter?«, fragte er stattdessen. »Ich meine, Beatrices Tochter. Es muss Ihnen doch schwer gefallen sein, ein Kind zu verlassen, das Sie für Ihr eigenes gehalten hatten?«

Cuppermann gab keine Antwort. Er starrte den Tisch an und biss die Zähne zusammen.

»Hatten Sie denn nie einen Verdacht?«

Er schüttelte den Kopf.

»Nein«, sagte er. »Ich hätte natürlich einen haben sollen. Aber ich war jung und unerfahren ... so war das eben.«

»Haben Sie sie danach noch wiedergesehen?«

»Nein.«

»Und Christine auch nicht?«

»Ich habe sie in Kaustin besucht. Nach dem Mord. Aber nur einmal. Sie war damals vier und wohnte bei ihrer Großmutter ... bei Beatrices Mutter. Sie wollte wohl nichts von mir wissen, die Großmutter, meine ich, und deshalb habe ich es dabei belassen.«

»Ich verstehe«, sagte Jung. »Und der Vater ... der echte Vater, meine ich. Wissen Sie etwas über ihn?«

Cuppermann schüttelte den Kopf.

»Seemann, glaube ich. Hab ihn nie wiedergesehen.«

»Und Beatrice auch nicht, nachdem Sie sie verlassen hatten?«

»Woher soll ich das wissen?«

Nein, dachte Jung, als er sich von David Cuppermann verabschiedet hatte. Wenn es der Polizei in dreißig Jahren nicht gelungen war, Claus Fritze ausfindig zu machen, dann wäre es doch zu viel verlangt, wenn das seinem armen gehörnten Rivalen gelungen sein sollte.

Rooth drückte auf den Klingelknopf und die Tür wurde so rasch aufgestoßen, dass er zurückspringen musste, um nicht davon am Kopf getroffen zu werden. Arnold Jahrens hatte ihn zweifellos schon erwartet.

»Herr Jahrens?«

»Kommen Sie herein.«

Jahrens war groß und kräftig und wirkte mindestens zehn Jahre jünger als seine fünfundsechzig. Oder waren das sechzig? Auch egal, beschloss er und setzte sich auf den ihm zugewiesenen Stuhl am Küchentisch.

»Ja ja«, sagte Jahrens. »Es geht mal wieder um Verhaven, wenn ich das richtig verstanden habe. Und um Frau Holden.«

»Genau«, sagte Rooth. »Sie wissen, was passiert ist?«

»Hab ich in den Zeitungen gelesen«, sagte Jahrens und nickte zu einer Ecke hinüber, wo die Zeitungen offenbar aufgestapelt wurden. Das Neue Blatt und der Telegraaf, wie Rooth feststellen konnte.

»In der Tat«, sagte er. »Ja, wir tappen ein wenig im Dunkeln, wenn ich ehrlich sein soll ... also machen wir ein bisschen Inventur, könnte man sagen. Bei allen, die auf irgendeine Weise mit dem Fall zu tun hatten.«

»Ich verstehe«, sagte Jahrens und schenkte Kaffee ein. »Zucker?«

»Drei Löffel«, sagte Rooth.

»Drei?«

»Habe ich drei gesagt? Ich meinte anderthalb.«

Jahrens lachte.

»Ich habe Zucker genug«, sagte er. »Natürlich kriegen Sie drei Löffel, wenn Sie wollen.«

»Danke«, sagte Rooth. »Also, ich will Ihnen nicht lange zur Last fallen, deshalb sollten wir vielleicht gleich zur Sache kommen. Sie waren also Verhavens Nachbar ... wann sind Sie dort übrigens fortgezogen?«

»85«, sagte Jahrens. »Wir hatten keine Kinder, die den Hof übernehmen konnten, und statt uns abzuplacken wollten wir unseren Lebensabend lieber in der Stadt verbringen. Das macht schon einen Unterschied, wissen Sie.«

»Ihre Frau ...«, fragte Rooth.

»Ist vor zwei Jahren gestorben.«

»Das tut mir Leid. Aber zur Sache, wie gesagt. Ich möchte Sie bitten, mir zu erzählen, wie dieses Paar auf Sie gewirkt hat, Leopold Verhaven und Beatrice Holden. Sie müssen doch einiges beobachtet haben. Und in der Nacht vor dem Mord war sie doch auch bei Ihnen?«

»Ja, irgendwas merkt man wohl immer«, meinte Jahrens. »Und ja, sie ist zu uns gekommen. Warum wollen Sie das eigentlich wissen? Sie halten ihn doch wohl nicht für unschuldig? Im Telegraaf wurde so etwas ja angedeutet ...«

»Wir wissen es nicht«, gab Rooth zu. »Auf jeden Fall hat jemand ihn ermordet. Dafür muss es einen Grund geben, und ehe wir den kennen, müssen wir von allen möglichen vorstellbaren Alternativen ausgehen.«

»Ja ja«, sagte Jahrens und fischte mit dem Löffel ein Plätzchen aus seiner Tasse. »Ja, sie waren immer ein wenig wie

Hund und Katze. Nicht viele von uns waren von dem Ende wirklich überrascht ... von uns im Ort, meine ich. Ich will ja nicht behaupten, wir hätten erwartet, dass er sie umbringen würde, aber besonders nett waren die beiden ja nie zueinander.«

»Das wissen wir inzwischen auch«, sagte Rooth. »Wie war das in der Nacht, als sie bei Ihnen angeklopft hat?«

»Das habe ich nun schon fünfzig Mal erzählt«, sagte Jahrens.

»Aber sicher nicht in letzter Zeit?«, fragte Rooth höflich. »Erzählen Sie es noch einmal, dann ist es fast ein Kartenspiel.«

Wieder lachte Jahrens.

»Na gut«, sagte er dann. »Viel gibt es da nicht zu erzählen. Ich wurde davon geweckt, dass jemand ans Fenster in der Haustür klopfte. Ich zog meine Hose an und ging nach unten, und da stand sie ... sie hätte sich auch aufs Sofa legen können, ohne uns zu wecken, wir haben die Tür nie abgeschlossen. Das war im ganzen Ort so, niemand hat je abgeschlossen. Das ist in der Stadt schon anders, das kann ich Ihnen sagen. Na ja, da stand sie also und klapperte mit den Zähnen und bat darum, bei uns übernachten zu können ... dieser verdammte Idiot Verhaven hatte sie geschlagen, wie sie erzählte, und am nächsten Morgen wollte sie die Polizei verständigen.«

»War sie betrunken?«

»Ziemlich, aber ich habe schon schlimmere Fälle gesehen. Ja, ich fragte natürlich, ob ich sonst etwas für sie tun könnte ... sie war ziemlich übel zugerichtet, hatte ein blaues Auge und so, aber davon wollte sie nichts hören. Sie wollte nur schlafen, sagte sie, und deshalb habe ich ihr das Sofa überlassen. Habe nur eine Decke und ein Kissen für sie geholt. Und ihr ein Glas Wasser hingestellt ... ja, und dann bin ich wieder ins Bett gegangen. Das war kurz nach drei.«

»Hm«, sagte Rooth. »Und das war alles?«

»Sicher«, sagte Jahrens. »Sie erwachte am nächsten Morgen gegen neun, aber als ich sie daran erinnerte, dass sie die Polizei anrufen wollte, wurde sie frech und sagte, ich sollte mich nicht in fremde Angelegenheiten einmischen. Und dann ging sie. Hat nicht mal danke gesagt.«

»Wohlerzogene Dame«, sagte Rooth.

»Sehr«, sagte Jahrens. »Möchten Sie noch Plätzchen? Die Dose ist leer, fällt mir gerade auf.«

»Nein, danke«, sagte Rooth und dachte kurz nach.

»Ich weiß nicht so recht, was ich sonst noch fragen könnte«, sagte er dann. »Fällt Ihnen vielleicht noch etwas ein, das uns weiterhilft?«

Jahrens ließ sich auf seinem Stuhl zurücksinken und starrte zur Decke hoch.

»Nein«, sagte er. »Wirklich nicht.«

»Sie glauben, dass Verhaven sie umgebracht hat?«

»Unbedingt«, sagte Jahrens. »Ich habe an vielem in diesem Leben meine Zweifel, aber nicht daran.«

»Nein, und im Grunde haben Sie vielleicht Recht«, sagte Rooth und erhob sich. »Haben Sie vielen Dank.«

Ohne Zweifel ist man nicht klug, dachte er, als er wieder auf der Straße stand.

Wer, zum Teufel, hatte das denn noch gesagt?

Nach einem weiteren Tag in Kaustin kamen deBries und Moreno so spät ins Kraus, dass sie in der Bar keinen ruhigen Winkel mehr finden konnten. DeBries versuchte in aller Eile den Inhalt seiner Brieftasche zu überschlagen – und verfluchte ein weiteres Mal seine hartnäckige Haltung in der Frage der Plastikkarten –, kam aber zu dem Ergebnis, dass sie im Grunde gar nicht so schlecht bestückt sei.

»Dann setzen wir uns eben ins Restaurant«, entschied er. »Ich darf dich doch wohl zu einem schlichten Stück Fleisch einladen?«

»Alles klar«, sagte Moreno und schaute sich noch einmal

um. »Hier drinnen könnten wir unsere Eindrücke nicht sinken lassen. Aber wenn du mich einlädst, dann lade ich dich ein – unter einer Bedingung.«

Schön, dachte deBries.

»Werden sehen«, sagte er und öffnete die Glastür zur substanzielleren Region.

»Also?«, fragte Moreno, als die Fleischstücke erledigt waren und sie noch eine Flasche und eine Käseplatte bestellt hatten. »Was sagt der Polizeirat zu diesem Tag?«

»Schönes Wetter jedenfalls«, sagte deBries. »Du hast auf jeden Fall Farbe bekommen.«

»Wenigstens etwas«, sagte Moreno und zog ihren Notizblock aus der Handtasche. »Gehen wir die Dinge der Reihe nach durch? Wir sollten auf jeden Fall versuchen, zu einer Art Einschätzung zu gelangen.«

Sie schaute die Namen an:

Uleczka Willmot
Katrina Berenskaya
Maria Hess

»Drei Omas«, sagte deBries. »Mit Stöcken. Tja, ich sehe vielleicht eine Chance von eins zu tausend, aber solange die Alibis nicht überprüft worden sind, können wir wohl keine abschreiben. Aber es ist weit bis Ulmenthal . . . diese Besucherin muss den ganzen Tag gebraucht haben.«

»Wenn sie aus Kaustin kam, ja.«

»Ja, wenn.«

»Schwer zu sagen«, sagte deBries.

»Sehr schwer. Eins zu tausend? Ja, das ist sicher so ungefähr das richtige Verhältnis.«

Der Kellner brachte die Käseplatte und deBries schenkte die Gläser wieder voll.

»Aber das Motiv?«, fragte er nach einer Weile. »Kannst

du bei irgendeiner dieser drei Tanten auch nur den Schatten eines Motivs sehen? Und wenn die Sache überhaupt einen Sinn haben soll, dann muss die Besucherin doch die wahre Identität des Mörders gekannt haben. Und mir kommt keine besonders qualifiziert in dieser Hinsicht vor.«

»Ich kapiere auch nicht, warum sie es dann für sich behalten will«, sagte Moreno. »Wenn sie Verhaven wirklich den wahren Mörder genannt hat, dann gibt es doch keinen Grund, aus dem sie das jetzt nicht zugeben mag. Oder vielleicht doch?«

»Weiß der Teufel«, sagte deBries und rieb eine Weintraube an der Tischdecke sauber. »Nein, ich kann hier keinen Sinn entdecken, das wissen die Götter.«

Moreno seufzte.

»Ich auch nicht«, sagte sie. »Das ist alles so vage. Wir wissen nur, dass Verhaven am 5. Juni 1992 Besuch von einer Frau bekam, die sich Anna Schmidt nannte. Wir haben keine Ahnung, wer sie wirklich war oder worüber sie gesprochen haben. Wir setzen ganz schön viel voraus, wenn wir so vorgehen: Zuerst behaupten wir, dass es mit den Morden zu tun hat. Dann erklären wir den Besuch damit, dass sie Verhaven den wirklichen Mörder nennen wollte. Danach stecken wir sie nach Kaustin ... das ist nicht gerade eine starke Argumentationskette.«

»Außerdem«, meldete deBries sich zu Wort, »sind wir nicht einmal hundertprozentig sicher, dass es sich bei dem Toten wirklich um Verhaven handelt. Und wir wissen erst recht nicht, ob er wirklich unschuldig für diese Morde gesessen hat. Nein, wenn wir damit zum Staatsanwalt gehen, lacht der sich garantiert die Hucke voll.«

Moreno nickte.

»Aber das ist ja nicht unser Bier«, sagte deBries dann. »Wir befolgen nur Befehle: Macht euch auf den Weg und sucht alle Frauen mit Stock in diesem Loch. Oder alle Typen mit Zahnklammer in Aarlach. Alle linkshändigen Nutten in Hamburg. Fragt sie, was sie am Tag vor dem Heiligen Abend zwischen drei und vier Uhr gemacht haben, und vor allem – notiert jedes Wort, das sie sagen. Detektivarbeit macht wirklich Spaß, genau davon habe ich geträumt, als ich beschlossen habe, zur Kripo zu gehen.«

»Ich glaube, der Polizeidirektor ist heute Abend ein wenig desillusioniert«, sagte Moreno mit kurzem Lachen.

»Durchaus nicht«, sagte deBries. »Die Assistentin legt meine Beweggründe aufs Falscheste aus. Ich fahre gern nach Spitzbergen und befrage jeden verdammten Pinguin nach seinen Ansichten über den Treibhauseffekt … wenn ich das in deiner Gesellschaft tun darf. Prost!«

»Prost!«, erwiderte Moreno. »Ich glaube, auf Spitzbergen gibt es gar keine Pinguine. Aber egal, morgen gibt es sicher neue Aufträge, oder nicht?«

DeBries nickte.

»Davon gehe ich aus«, sagte er. »Münster und der Kommissar wollen die Kiste wohl auf eigene Faust an Land bringen. Aber leicht wird das sicher nicht, fürchte ich.«

»Vermutlich nicht. Was glaubst du eigentlich? Werden die das überhaupt klären können?«

DeBries dachte eine Weile nach.

»Keine Ahnung«, sagte er dann. »Seltsamerweise habe ich das Gefühl, dass sie das so nach und nach schaffen werden. VV wird doch bei seiner Entlassung bestimmt in seiner brutalsten Bluthundstimmung sein. Er ist im Moment gar nicht pflegeleicht, sagt Münster.«

»Ist er das denn je?«

»Nein«, seufzte deBries. »Da hast du natürlich Recht. Wie gut, dass man wenigstens nicht mit ihm verheiratet ist.«

»Was willst du damit sagen?«

»Gar nichts«, sagte deBries.

Moreno schaute auf die Uhr.

»Apropos verheiratet, wir sollten vielleicht die Tafel aufheben.«

»Das sollten wir wohl«, sagte deBries. »Danke für den schönen Tag. Wir haben offenbar keinen Wein mehr ... sonst würde ich gern auf dein Wohl trinken.«

»Das hast du schon zweimal gemacht«, sagte Moreno. »Das reicht. Endlose Mengen an Schmeicheleien mag ich auch nicht hören.«

»Das gilt auch für mich«, sagte deBries. »Jetzt gehen wir nach Hause.«

31

Auf den ersten Blick, in der ersten Zehntelsekunde, nachdem er die Tür geöffnet hatte, erkannte er nichts wieder. Der Gedanke, dass es ihm gelungen war, alles während seiner zwölftägigen Abwesenheit zu vermissen, jagte ihm durch den Kopf, aber dann sah er, dass er es hier noch immer mit denselben alten Zimmern zu tun hatte. Vielleicht hatte die grelle Nachmittagssonne, die schräg durch das schmutzige Fenster fiel, ihn verwirrt. Die gesamte Wand hinter dem Schreibtisch mit ihren Bücherregalen und Aktenschränken war in überreiches, blendendes Sonnenlicht getaucht. Der Staub wirbelte auf. Es war heiß wie in einem Backofen.

Er öffnete das Fenster. Ließ das Rollo herunter und konnte den Frühling zumindest halbwegs aussperren. Als er sich umsah, konnte er feststellen, dass die Veränderungen durchaus nicht so durchgreifend waren, wie es ihm auf den ersten Blick erschienen war.

Genau gerechnet handelte es sich um drei.

Zum Ersten hatte jemand seinen Schreibtisch aufgeräumt. Hatte alle Papiere aufgestapelt, statt sie in Schmetterlingsform auszulegen. Eigentlich war das keine dumme Idee, das sah er sofort. Seltsam, dass ihm das noch nie aufgefallen war.

Zweitens hatte jemand neben das Telefon eine Vase mit

gelben und lila Blumen gestellt. Man merkt doch, dass man eine überaus beliebte und geschätzte Person ist, dachte Van Veeteren. Hart aber gerecht unter der groben Schale.

Drittens und zuletzt hatte er einen neuen Schreibtischsessel bekommen. Einen blaugrauen; er glaubte, diesen Farbton von einem Umhang her zu kennen, den Renate sich einmal während eines katastrophalen Urlaubs in Frankreich gekauft hatte. Provenzalischblau, wenn er sich richtig erinnerte, aber das spielte natürlich keine Rolle. Der Sessel hatte immerhin weiche Armlehnen, einen geschwungenen Rücken und eine Nackenstütze und erinnerte vage an die Sitze in den Abteilen erster Klasse in der Bahn in irgendeinem Nachbarland, er wusste nicht mehr, in welchem.

Vorsichtig nahm er Platz. Der Sitz war so weich wie die Armlehnen. Die Rückenlehne war gefedert und unter dem Sitz gab es allerlei Rädchen und Hebel, mit deren Hilfe er alle möglichen Funktionen einstellen konnte – Sitztiefe, Beugung, Nackenwinkel, Federungskoeffizienten und noch vieles andere. Auf der Schreibunterlage vor ihm lag eine bunte Broschüre mit genauen Instruktionen in acht Sprachen.

Du meine Güte, dachte Van Veeteren und begann vorsichtig, nach Anleitung der Broschüre an den Hebeln herumzuschalten. Hier werde ich gut schlafen können, während ich auf meine Pensionierung warte.

Zwanzig Minuten später war er so weit und hatte sich gerade in die Überlegung vertieft, wie er sich auf einfachste und raschste Weise ein Bier besorgen könnte, als jemand vom Empfang anrief und Damenbesuch für ihn meldete.

»Schickt sie rauf«, befahl Van Veeteren. »Ich hole sie am Fahrstuhl ab.«

Es war ja immerhin Samstag und das Gebäude fast menschenleer. Er wollte lieber nicht den Fehler wiederholen, den Reinhart vor einigen Jahren begangen hatte, damals hatte sich ein möglicher Zinker mit schlechtem Orientierungssinn auf einem Sofa im Dienstraum des Polizeichefs schlafen gelegt. Hiller hatte ihn selbst am frühen Montagmorgen gefunden und nicht einmal Reinharts vorsichtiger Hinweis auf die Tatsache, dass es durchaus möglich sei mit Hilfe eines so genannten Schlüssels Türen abzuschließen, hatte ihren Vorgesetzten milder stimmen können.

»Sie heißen Elena Klimenska?«, fragte Van Veeteren, als die Frau im Besuchersessel Platz genommen hatte.

Es handelte sich auf jeden Fall um eine ziemlich elegante Frau. Irgendwo zwischen fünfzig und fünfundfünfzig, mit dunkel gefärbten Haaren und markanten Zügen, diskret unterstützt von dezentem Make-up und einem exquisiten Parfüm. Soweit er das beurteilen konnte, wenigstens.

»Ich bin Kommissar Van Veeteren«, eröffnete er das Gespräch. »Wie ich Ihnen schon erklärt habe, geht es um Ihre Aussage beim Prozess gegen Leopold Verhaven hier in Maardam im November 1981.«

»Das ist mir bewusst«, sagte seine Besucherin und faltete über ihrer schwarzen Lackhandtasche die Hände.

»Können Sie mir erzählen, worum es bei Ihrer Aussage damals ging?«

»Ich ... ich verstehe das nicht so richtig.«

Sie zögerte. Van Veeteren zog einen Zahnstocher aus der Brusttasche und musterte ihn genau, während er vorsichtig die Rückwärtsfederung des Sessels ausprobierte.

Nicht schlecht, dachte er. Das ist bestimmt der perfekte Verhörsessel.

Obwohl das Opfer natürlich auf einem dreibeinigen Schemel sitzen müsste. Oder auf einer Mehlkiste.

»Also?«, fragte er.

»Meine Aussage? Ach, ich war doch einfach vorbeigekommen und hatte sie gesehen ... hinter der Markthalle.«

»Wen denn?«

»Ihn und sie, natürlich. Verhaven und diese Frau, die er ermordet hat ... Marlene Nietsch.«

»Wo sind Sie vorbeigekommen?«

»Verzeihung?«

»Sie sagen, Sie seien vorbeigekommen. Ich möchte wissen, wo Sie sich befanden, als Sie sie gesehen haben.«

Sie räusperte sich.

»Ich ging über den Bürgersteig an der Zwille entlang. Ich habe sie ein Stück entfernt im Kreugerlaan gesehen ...«

»Woher wussten Sie, dass es diese beiden waren?«

»Ich habe sie natürlich erkannt.«

»Vorher oder nachher?«

»Wie meinen Sie das?«

»Wussten Sie, dass es sich um Leopold Verhaven und Marlene Nietsch handelte, als Sie sie gesehen haben, oder ist Ihnen das erst später aufgegangen?«

»Später erst, natürlich.«

»Sie kannten die beiden also nicht?«

»Nein, gar nicht.«

»Wie weit waren Sie von den beiden entfernt?«

»Achtzehn Meter.«

»Achtzehn Meter?«

»Ja, achtzehn.«

»Woher wissen Sie das?«

»Die Polizei hat die Entfernung ausgemessen.«

»Wie waren die beiden gekleidet?«

»Er trug ein blaues Hemd und Jeans. Sie eine braune Jacke und ein schwarzes Kleid.«

»Keine besonders Aufsehen erregende Kleidung.«

»Nein. Warum hätte sie Aufsehen erregend sein sollen?«

»Weil es leichter ist, Leute wiederzuerkennen, wenn es auffällige Details gibt. Gab es solche Details?«

»Nein, ich glaube nicht.«

»Wie sind Sie mit der Justiz in Kontakt gekommen?«

»In den Zeitungen wurde zur Mitarbeit aufgerufen.«

»Ach. Und Sie haben sich gemeldet?«

»Das hielt ich für meine Pflicht.«

»Wie viel Zeit war inzwischen vergangen ... ungefähr, meine ich?«

»Ein Monat ... oder höchstens anderthalb.«

Van Veeteren brach den Zahnstocher ab.

»Sie glauben also, sich an zwei Menschen erinnern zu können, die neben einem Auto standen und miteinander redeten ... nach sechs Wochen?«

»Ja.«

»An Ihnen unbekannte Menschen?«

»Natürlich.«

»Hatten Sie einen besonderen Grund, sich diese beiden zu merken?«

»Na ja ... nein.«

»Wie spät war es?«

»Verzeihung?«

»Um welche Uhrzeit sind Sie durch die Zwille gegangen und haben die beiden gesehen?«

»So gegen sieben bis acht Minuten vor zehn.«

»Woher wissen Sie das?«

»Doch, das war die Uhrzeit. Was ist daran so seltsam?«

»Haben Sie damals auf die Uhr geschaut?«

»Nein.«

»Wohin waren Sie eigentlich unterwegs? Hatten Sie einen Termin oder so etwas?«

»Ich war einkaufen.«

»Ich verstehe.«

Er legte eine Pause ein und ließ sich im Sessel so weit zurücksinken, dass seine Füße vom Boden abhoben. Für einen Moment kam er sich fast schwerelos vor.

Gibt es denn keinen Hebel, der mich in die Atmosphäre zurückbringt, dachte er verwirrt, aber bald hatte er die Kontrolle über sein Fahrzeug zurückgewonnen.

»Frau Klimenska«, sagte er, als er wieder Kontakt zu Schreibtisch und Boden hatte. »Erklären Sie mir das doch ... so langsam und klar verständlich, wie Sie nur können.

Ich bin manchmal ein wenig begriffsstutzig. Ein Mensch ist auf Grund Ihrer Aussage wegen Mordes verurteilt worden. Er hat zwölf Jahre im Gefängnis gesessen. Zwölf Jahre! Wenn Sie sich nicht gemeldet hätten, dann hätte er sehr gut freigesprochen werden können. Sagen Sie mir jetzt, wie, zum Teufel, Sie so sicher sein können, dass Sie am Freitag, dem 11. September 1981 um siebeneinhalb Minuten vor zehn Leopold Verhaven und Marlene Nietsch ins Gespräch vertieft im Kreugerlaan gesehen haben. Wie?«

Elena Klimenska setzte sich gerade und erwiderte seinen Blick, ohne auch nur für einen Millimeter auszuweichen.

»Weil ich sie gesehen habe«, sagte sie. »Was den Zeitpunkt angeht, so ist es doch der einzig Mögliche. Er ist um zehn losgefahren, und um zwölf vor standen sie an der Ecke.«

»Sie haben Sie also nicht an der Ecke stehen sehen?«

»Natürlich nicht.«

»Bravo, Frau Klimenska. Sie wissen das ja alles ganz genau, das muss ich sagen. Aber es ist ja auch erst dreizehn Jahre her.«

»Wie meinen Sie das?«

»Haben Staatsanwalt oder Polizei Ihnen bei der Uhrzeit geholfen?«

»Beide natürlich. Weshalb ...«

»Danke«, fiel Van Veeteren ihr ins Wort. »Das reicht. Nur noch eine Frage. Gab es noch andere Zeugen, die Ihre Aussage bestätigen konnten?«

»Ich verstehe nicht.«

»Jemanden, den Sie gerade verlassen hatten, zum Beispiel ... oder dem sie um fünf vor zehn über den Weg gelaufen sind, vielleicht?«

»Nein. Wozu hätte das auch gut sein sollen?«

Van Veeteren gab keine Antwort. Er trommelte leise mit den Fingern auf der Tischkante herum und schaute durch einen Spalt im Rollo hinaus auf den Sonnenschein über der heißen Stadt. Elena Klimenska strich eine Falte in ihrer graubeigen Kleidung gerade, verzog aber keine Miene.

»Können Sie nachts gut schlafen, Frau Klimenska?«

Sie kniff den Mund zu einem dünnen Strich zusammen. Er konnte ihr ansehen, dass sie jetzt genug hatte. Dass sie wohl nicht bereit sein würde, sich weiteren Fragen oder Andeutungen zu stellen.

»Ich frage nur aus purer Neugier«, sagte er. »Es gehört ja doch zu meiner Arbeit, bisweilen auch den Psychologen zu spielen. Wenn ich zum Beispiel durch eine vollkommen unbegründete und zusammengeschusterte Aussage einen Menschen für zwölf Jahre hätte einsperren lassen, dann würde ich mich wirklich nicht ganz wohl in meiner Haut fühlen. Sie wissen doch, das Gewissen und überhaupt ...«

Seine Besucherin erhob sich.

»Jetzt habe ich genug von Ihren ...«

»Aber Sie hatten vielleicht einen besonderen Grund?«

»Was zum ...«

»Ihn ins Gefängnis zu bringen, meine ich. Das würde alles erklären.«

»Leben Sie wohl, Kommissar. Sie können sich darauf verlassen, dass der Polizeichef von diesem Vorfall hören wird.«

Sie machte auf dem Absatz kehrt und schaffte drei Schritte in Richtung Tür. Van Veeteren sprang auf.

»Scheißkuh«, fauchte er.

Sie erstarrte.

»Was haben Sie gesagt?«

»Ich wollte Ihnen nur einen schönen Samstagnachmittag wünschen. Finden Sie selber den Weg oder soll ich Sie begleiten?«

Zwei Sekunden darauf war er wieder allein, aber er konnte ihre wütenden Absätze auf dem ganzen Weg zum Fahrstuhl hören.

Ja, ja, dachte er und zog am Schwerelosigkeitshebel. So sollten wir sie anfassen.

32

»Ich weiß«, sagte Synn. »Du brauchst dich nicht zu entschuldigen.«

»Im Krankenhaus hat er jedes Wort über diesen verdammten Fall gelesen«, sagte Münster. »Er musste sich das einfach selber anschauen, und Auto fahren darf er noch nicht wieder.«

»Ich weiß«, wiederholte Synn. Sie blätterte in der Zeitung und blies auf ihren Kaffee. Es war erst halb acht, aber die Jungen waren schon lange vor sieben erwacht und kümmerten sich nicht um Sommer und Sonntag ... es war ein Morgen mit sanftem Wind und Kirschenblüten und lautem Vogelzwitschern, das durch die halb offenen Balkontüren hereindrang und sich mit Mariekes Kichern im Kinderzimmer und Barts ewigem Monolog über Drachen und Monster und Fußballspieler mischte.

Er erhob sich und trat hinter seine Frau. Streichelte ihren Nacken. Schob die Hand in ihren Morgenrock und umschloss vorsichtig ihre Brust, und plötzlich überkam ihn der Schmerz, die kalte Furcht und das Wissen, dass er diesen Moment verlieren würde. Diese Sekunde absoluten und vollkommenen Glücks – eine von den zehn oder zwölf, die ein ganzes Leben ausmachten und ihm vielleicht seinen Sinn gaben ...

Das glaubte er zumindest. Wenn du zwölf gute Erinnerungen hast, hatte Onkel Arndt einmal erklärt, als Münster auf seinem Knie gesessen hatte, dann warst du ein glücklicher Mensch. Aber zwölf ist schon ganz schön hoch gegriffen, du solltest also bald mit Sammeln anfangen.

Vielleicht spürte sie seine Unruhe, denn sie legte ihre Hand auf seine und drückte sie fester gegen ihre Brust.

»Schön«, sagte sie. »Ich mag deine Hände. Wir schaffen doch auf jeden Fall einen Nachmittagsausflug? Zum Lauerndamm oder so? Eine Runde Liebe unter freiem Himmel wäre doch nett, es ist schon eine Weile her ... oder was sagst du, mein Geliebter?«

Er schluckte sein Entzücken hinunter.

»Jederzeit, meine Geliebte«, erwiderte er. »Ich bin bis eins zurück. Mach dich also bereit.«

»Bereit?« Sie lachte. »Ich bin jetzt schon bereit, wenn du willst.«

»Verdammt«, sagte Münster. »Wenn die Kinder und der Kommissar nicht wären, dann ...«

Sie ließ seine Hand los.

»Vielleicht sollten wir ihn zum Kinderhüten herbitten?«

»Hrm«, sagte Münster. »Ich bin nicht sicher, ob das wirklich eine gute Idee wäre.«

»Na gut«, sagte Synn und zog ihren Morgenrock fester zusammen. »Dann müssen wir bis heute Nachmittag durchhalten.«

Der Kommissar wartete schon vor dem Haus, als Münster vor Klagenburg 4 anhielt. Van Veeterens unterdrückte Erregung war nicht zu übersehen, und als er sich auf den Beifahrersitz sinken ließ, fischte er sofort zwei Zahnstocher hervor, die er dann energisch von einem Mundwinkel in den anderen wandern ließ. Münster wusste, dass das hier einer der häufigen Momente war, in dem jegliche Konversation wenn nicht verboten, so doch auf jeden Fall sinnlos war.

Er schaltete das Radio ein, und während sie durch die sonntäglich leeren Straßen fuhren, konnten sie sich die Acht-Uhr-Nachrichten anhören, die sich vor allem um die Lage auf dem Balkan und die neuen, altvertrauten Naziaufmärsche in Ostdeutschland drehten.

Und dann folgte der Wetterbericht, der einen strahlendschönen Tag mit klarem Himmel und Temperaturen bis zu 25 Grad verhieß.

Münster seufzte vorsichtig und dachte, wenn seine Frau neben ihm gesessen hätte, statt eines frisch operierten Kriminalkommissars von siebenundfünfzig Jahren, dann hätte er in diesem Moment vermutlich seine Hand auf ihren sonnenwarmen Oberschenkel gelegt.

Aber egal – früher oder später musste es doch sogar an diesem Tag ein Uhr werden.

Sie hielten vor der überwucherten Öffnung in der Fliederhecke. Münster drehte den Motor aus und öffnete den Sicherheitsgurt.

»Nein, sitzen bleiben«, protestierte Van Veeteren und schüttelte den Kopf. »Ich will nicht, dass du in meinem Nacken herumkeuchst. Hier sind eine Prise Einsamkeit und Nachdenken angesagt. Lass mich in Ruhe und erwarte mich in einer Stunde unten bei der Kirche.«

Er fing an, sich aus dem Auto herauszuquälen. Die Operationsnarbe schien ihn noch sehr zu behindern; er musste sich mit beiden Händen am Dach festhalten und sich mit den Armen hochziehen, statt die Bauchmuskeln einzusetzen. Münster lief um das Auto herum, doch der Kommissar wies alle Hilfsversuche energisch zurück.

»In einer Stunde«, wiederholte er und schaute auf die Uhr. »Ich gehe zu Fuß, der Weg fällt ja in die richtige Richtung ab.«

»Wäre es nicht besser, wenn ich . . .«, begann Münster zaghaft, aber der Kommissar fiel ihm gereizt ins Wort.

»Hör mit dem Gehätschel auf, Polizeirat. Davon habe ich wirklich genug, wenn ich um halb elf noch nicht bei der Kirche bin, dann kannst du hier hochfahren und nachsehen.«

»Na gut«, sagte Münster. »Aber sei vorsichtig.«

»Hau ab«, sagte Van Veeteren. »Übrigens, ist die Tür offen?«

»Der Schlüssel hängt an einem Nagel unter der Regenrinne«, teilte Münster mit. »Rechts.«

»Danke«, sagte der Kommissar.

Münster stieg wieder ins Auto, schaffte es, auf dem

schmalen Weg zu wenden und fuhr durch den Wald zum Ort hinunter.

Das ist schon seltsam, dachte er. Wir haben sicher hundert Stunden an diesem Ort verbracht. Aber es würde mich nicht besonders wundern, wenn wir dabei etwas übersehen hätten.

Es würde mich überhaupt nicht wundern.

Van Veeteren blieb neben dem Weg stehen, bis Münsters weißer Audi zwischen den Bäumen verschwunden war. Dann kletterte er durch die Hecke und nahm den Großen Schatten in Besitz.

Hier herrschte der Verfall. Er schob sich einen Zahnstocher in den Mund und schaute sich um. Umrundete das Wohnhaus, musste aber auf halbem Wege kehrtmachen, da ihm dort die Brennnesseln bis zu den Achselhöhlen reichten. Scheiß drauf, dachte er. Es war trotzdem nicht schwer, sich ein Bild davon zu machen, wie sie früher einmal ausgesehen haben musste … diese Siedlerstelle, die vermutlich um die Mitte des vergangenen Jahrhunderts urbar gemacht worden war … unter Pflug und Egge genommen, unter menschliche Pflege und mühsames Streben. Und die Mutter Natur jetzt schon weitgehend wiedererobert hatte; Espe und Birke hatten sich zwischen den Obstbäumen breit gemacht; Mauern, Keller und Schuppen waren überwuchert und von Moos bewachsen, und der große Stall, der sicher die berüchtigte Hühnerzucht beherbergt hatte, würde wohl kaum noch viele Winter überstehen. Er konnte sehr deutlich die Grenze erkennen … die Grenze für das, was nicht noch einmal aus dem Zugriff der Natur befreit werden konnte.

Auf jeden Fall nicht von einem einsamen armseligen Knastbruder.

Großer Schatten?

Ein reichlich prophetischer Name, wie man feststellen konnte, da man das Fazit in der Hand hielt. Er fand den

Schlüssel und konnte die Tür nach einiger Mühe dann auch öffnen. Musste gewaltig den Kopf einziehen, um nicht gegen den Türrahmen zu stoßen, und die Decke im Haus war auch so niedrig, dass er nur ganz haarscharf aufrecht darunter stehen konnte. Ihm fiel ein, dass er vor einigen Monaten in der Zeitung gelesen hatte, dass die durchschnittliche Größe der Menschen während des vergangenen Jahrhunderts um einiges gestiegen war. Seine eigenen 185 Zentimeter wären vermutlich als pure Abnormität erschienen, damals, als die ersten Siedler diese Rodung in Besitz genommen hatten.

Zwei Zimmer und eine Küche im Erdgeschoss. Eine schmale, knarrende Treppe, die von der einen Quadratmeter großen Diele zu einer Mansarde führte, die gefüllt war mit alten Zeitungen, Kisten, ausrangierten Möbeln und anderem Schrott. Der schwache Geruch von Ruß und sonnenwarmem Staub hing unter den Dachsparren. Er nieste zweimal. Ging wieder in die Küche hinunter. Betastete den großen eisernen Herd, als rechne er damit, dass der noch warm wäre. Betrachtete die schlechten Reproduktionen der fast ebenso schlechten Originallandschaften, die über dem Sofa hingen. Ging ins Wohnzimmer. Zwei zerbrochene Fensterscheiben. Ein Büfett. Ein Tisch mit vier ungleichen Stühlen. Ein Sofa und ein Fernseher im klassischen Format der fünfziger Jahre. Ein baufälliges Bücherregal mit anderthalb Metern Bücher, die meisten billige Krimis und Abenteuerromane. Rechts neben dem offenen Kamin hingen ein Spiegel und ein gerahmtes Schwarz-weiß-Foto eines Läufers, der über die Ziellinie rennt und das Gesicht verzerrt, fast schon leidend sieht er aus. Zuerst hielt er diesen Mann für Verhaven selber, doch als er sich das Bild genauer ansah, sah er den Namenszug und erkannte ihn dann auch: Emil Zatopek. Die tschechische Lokomotive. Den Selbstquäler. Den Bezwinger der Schmerzgrenze.

War das Verhavens Ideal gewesen?

Oder war es einfach ein Zeichen der Zeit? Zatopek war

der Läuferkönig der fünfziger Jahre gewesen, wenn Van Veeteren das nicht falsch in Erinnerung hatte. Oder einer von den Königen zumindest.

Er verließ das Wohnzimmer. Überschritt die Schwelle zum Schlafzimmer und blieb vor dem Doppelbett stehen, das trotz seiner ziemlich züchtigen Maße fast den ganzen Raum einnahm.

Wieso eigentlich Doppelbett? Aber natürlich hatte Verhaven ab und zu Frauen gehabt. Vermutlich waren sie nicht alle ermordet worden. Oder vielleicht doch?

»Hast du dich hier hingelegt?«, murmelte Van Veeteren und suchte nach einem neuen Zahnstocher. »Konntest du eine Nacht in Freiheit schlafen oder hat er dir nicht einmal das gegönnt?«

Er verließ das Schlafzimmer.

Was, zum Teufel, mache ich eigentlich hier, dachte er plötzlich. Was bilde ich mir eigentlich ein, was das helfen soll, dass ich hier herumschnüffele ... und selbst, wenn mir das endlich eine Vorstellung davon gibt, wer Verhaven wirklich war, dann bringt mich das doch wohl keinen Zentimeter näher an die Antwort heran?

An die Antwort auf die Frage, wer ihn ermordet hat, nämlich.

Müdigkeit überkam ihn und er setzte sich an den Küchentisch. Er schloss die Augen und betrachtete das gelbe Flimmern, das von rechts nach links an ihm vorbeizog. Immer von rechts nach links, er hätte gern gewusst, was die Ursache sein könnte. Er war vor diesen Schwächeanfällen gewarnt worden, aber er hatte sich nicht klargemacht, dass ihm dabei fast die Knie nachgeben könnten, weil sie so stark waren.

Er stützte den Kopf in die Hände. Man muss auf alle wichtigen Gedanken scheißen, wenn der Körper nicht so richtig will, sagte Reinhart oft. Dann macht man besser ganz und gar dicht, denn sonst kommt nur Dreck dabei heraus.

Ungewöhnlich scheußliche Wachstuchdecke, stellte er deshalb fest, als er die Augen wieder öffnete. Aber auch irgendwie vertraut. Hatte Tante K. nicht so eine, in den Sommern zu Beginn der Fünfziger?

Draußen in dem sonnenheißen Bootshaus, wo man die Wellen unter den Bodenbrettern schlagen hören konnte? Ziemlich weit vom Großen Schatten entfernt, im Raum wie in der Zeit, aber vermutlich hatte damals irgendwann Verhaven seinen Vater in Kaustin verlassen, um sich auf eigene Füße zu stellen.

Vor vierzig Jahren oder so ungefähr.

Und danach war es so gekommen, wie es eben gekommen war.

Das Leben, dachte Van Veeteren. Was für eine verdammt willkürliche Geschichte.

Oder war es das nicht? Wie sah es mit Mustern und Linien aus?

Und mit der Determinante?

Münster stützte sich auf den alten Grabstein und schaute auf die Uhr.

Zehn nach zehn. Eine innere Stimme forderte ihn immer wieder dazu auf, sich ins Auto zu setzen und sofort zum Großen Schatten hochzufahren. Der Kommissar war seit über einer Stunde dort oben allein, frisch operiert, schwach und in schlechter Form; und deshalb war es unverantwortlich, nicht ein wachsames Auge auf ihn zu halten.

Aber es gab auch noch andere Stimmen. Van Veeteren hatte zwar nur eine Stunde in einsamer Majestät gefordert, aber andererseits hatte er die Grenze auf halb elf festgesetzt. Münster konnte entweder zu früh oder zu spät kommen. Ein schwerer Entschluss zweifellos, aber wenn er sich nun nach der späteren Zeitangabe richtete, dann würde er immerhin nicht angepöbelt werden, weil er die heilige Gedankenarbeit des Kommissars störte. Sollte sich jedoch herausstellen, dass Van Veeteren wirklich dort oben irgendwo hilflos herumlag, dann wäre das natürlich schlimm ... aber lieber als rettender Engel auftauchen denn als unwillkommener und verfrühter Eindringling.

Dachte Polizeirat Münster und schloss die Augen. Aus der Kirche war das eintönige dumpfe Psalmodieren der sonntäglichen Predigt zu hören. Er hatte die ganze Herde – an die zwanzig fromme Seelen – nacheinander über den frisch geharkten Kiesweg zum Tor schlendern sehen, wo der Hirte sie persönlich mit Handschlag und salbungsvollem Lächeln empfangen hatte. Münster hatte diskret versucht, sich im Hintergrund zu halten, aber natürlich hatte der Geistliche ihn entdeckt und seinen gebieterischen und rufenden Blick in ihn gebohrt. Wer war er, dass er vor dem Tempeltor herumlungerte?

Aber er hatte standgehalten. Die übrigen Lämmer waren brav und langsam hineingezogen. Der Hirte als Letzter. Die Glocken läuteten zehnmal, ein Schwarm ihrer Behausung verwiesener Tauben verließ den Glockenturm, und der Gottesdienst nahm seinen Lauf.

Ungewöhnlich hohes Durchschnittsalter, hatte Münster festgestellt, nachdem die Tür geschlossen worden war. Er wusste auch, dass diese treuen Seelen ihre Beziehung zur Kirche innerhalb der nächsten zehn oder höchstens fünfzehn Jahre auf Dauer zementieren würden. Indem sie sich auf dem Friedhof zur letzten Ruhe betteten, natürlich.

Oder sich wohl eher betten lassen würden.

Und an einem solchen Tag hätte er sie fast ein wenig beneiden können. Jedenfalls nahm er an dieser gepflegten Beisetzungsstätte zumindest etwas von Ruhe Erfülltes und Verklärtes wahr, hier bei der uralten Steinkirche mit dem frisch gedeckten profanen roten Ziegeldach und der schwarzlackierten Turmspitze. Hier gab es offenbar keinen strengen, strafenden Gott. Keine Posaunen des Jüngsten Gerichts. Keine ewige und unwiderrufliche Verdammnis.

Nur Güte, Versöhnung und Vergebung der Sünden.

Gnade?

Doch dann tauchte Synn auf und unterbrach (oder vervollständigte?) seine frommen Gedanken. Das Bild ihres nackten Leibes, wie sie zusammengerollt und auf der Seite in einem sommerwarmen Bett lag ... die Knie angezogen und die dunklen Haare wie einen Fächer über Kissen und Schultern gebreitet; dieses Bild erfüllte ihn mit einer anderen Art von Zärtlichkeit, mit demselben wehrlosen Glücksgefühl wie am Küchentisch vor einigen Stunden vielleicht. Mit derselben absoluten und bedingungslosen Liebe. Und schon bald erinnerte er sich natürlich an ihren Plan, sich in Gottes freier Natur zu lieben ... wenn sie nur die Kinder weit genug wegschicken könnten, wäre das sicher nicht unmöglich. Sie hatten es doch auch früher schon geschafft, und bald war ihm auch wieder die ein oder andere Liebesstunde eingefallen ... wie sie sich im vergangenen Sommer im Ruderboot draußen auf dem Weimaar geliebt hatten. Mitten auf dem See, mit nur dem Himmel und den Möwen als Zeugen ... und ein anderes Mal, an einem frühen Morgen hoch oben auf einem griechischen Berg mit meilenweiter Aussicht auf ein tiefblaues Mittelmeer. Ganz zu schweigen vom Strand bei der Laguna Monda – sogar noch vor Barts Geburt, bei einem der allerersten Male sogar ... sie hatten in der warmen dichten Dunkelheit gelegen, der Wind aus dem Hochland war wie eine Liebkosung über ihren Leib gestrichen, über ihre unbeschreiblich weiche Haut und ihr ...

Ein plötzlicher Orgelstoß ließ ihn zusammenzucken. Vermutlich sollte damit irgendein schlummerndes Lamm der Herde geweckt werden. Er öffnete die Augen und schüttelte den Kopf. Ein Choral wurde angestimmt, angeführt von der durch ein Mikrofon verstärkten Stimme des Pastors strömte der Gesang durch die geöffneten Fenster und stieg ungestört durch das Laubwerk auf in die himmlischen Sphären ... um entgegengenommen und genossen zu werden, konnte man wohl annehmen, von dem jenseitigen Adressaten, für den es schließlich ganz klar und vorbehaltlos bestimmt war.

Halleluja, dachte Münster und gähnte.

Er richtete sich vor dem Grabstein auf und schaute auf die Uhr.

Drei Minuten vor halb elf. Es war höchste Zeit. Er machte sich auf den Weg. Überquerte das Gräberfeld und sprang über die Mauer, vor der sein Auto stand. Als er die Tür öffnete und einsteigen wollte, entdeckte er den Kommissar. Der bog gerade um die Friedhofsecke, eine Furcht erregende Erscheinung, die ihr Hemd bis zum Nabel aufgeknöpft und sich ein rot kariertes Taschentuch über den Schädel gebunden hatte. Unter den Armen waren Schweißringe zu sehen, die Gesichtsfarbe sah beunruhigend hitzig aus, aber mitten im ganzen Elend war auch ein Ausdruck der Befriedigung zu bemerken. Eine Art unterdrückte zufriedene Grimasse, die kaum misszuverstehen war. Auf jeden Fall nicht für jemanden, der schon so lange dabei war wie Münster.

»Ach was«, sagte der. »Ich wollte gerade losfahren. Wie war's?«

»Auf jeden Fall«, sagte der Kommissar und nahm das Taschentuch ab. »Verdammt heiß.«

»Das hat ja seine Zeit gedauert«, sagte Münster kühn. »War da oben in dem ganzen Schrott wirklich noch so viel zu sehen?«

Van Veeteren zuckte mit den Schultern.

»So dies und das«, sagte er. »Und auf dem Weg hierher habe ich auch mit den Nachbarn geredet. Bei Czermaks gab's sogar ein Bier. Ja, ja.«

Er strich sich über die Stirn. Münster wartete, aber es kam nicht mehr.

»Und ist etwas dabei herausgekommen?«, fragte er schließlich.

»Hm«, sagte Van Veeteren. »Glaub schon. Fahren wir?«

Wie immer, dachte Münster und setzte sich hinter das Lenkrad. Genau wie immer.

»Und was ist dabei herausgekommen?«, präzisierte er, als sie losgefahren waren und der Windzug durch das offene Seitenfenster die normale Gesichtsfarbe des Kommissars wiederherstellte.

»Ich habe eine Idee, wer es gewesen sein kann«, sagte Van Veeteren. »Eine Idee, merk dir das, Polizeidirektor, ich behaupte nicht, irgendetwas zu wissen.«

»Und wer?«, fragte Münster, aber er wusste natürlich, dass er keine Antwort erhalten würde.

Statt zu antworten ließ der Kommissar sich auf dem Sitz zurücksinken, schob den Ellbogen aus dem Fenster und pfiff eine Arie aus »Carmen«.

Münster drückte aufs Gaspedal und schaltete das Radio ein.

IX

11. August 1981

33

Zumindest könnte niemand behaupten, sie sei nicht früh genug gekommen.

Schon um halb neun drehte sie ihre Runden um die Markthalle; und dabei war er normalerweise vor Viertel nach nie fertig, manchmal wurde es auch halb zehn, aber besser war es natürlich, ein wenig Spielraum zu haben. Es stand einiges auf dem Spiel, und Renate wollte nicht mehr auf ihr Geld warten, das war klar.

Diese schnöden zweitausend Gulden. Vor einigen Jahren hätte sie ohne Probleme doppelt so viel aus dem Ärmel schütteln können ... sie hätte einfach die Hand in die Handtasche schieben, ein Bündel Geldscheine herausziehen und diese aufgetakelte Schlampe auffordern können, sich den Rest sonst wohin zu stecken.

An sich könnte es ihr ja egal sein, ob Renate ihr Geld kriegte oder angeschissen war; sie war nicht auf sie angewiesen. Aber sie war auf Raoul angewiesen, und Renate war nun einmal mit Raoul zusammen. Im Moment auf jeden Fall. Ohne ihn würde sie bald weder Wohnung noch Job haben, das war klar, und verdammt, natürlich würde sie auch auf eigene Faust zurechtkommen ... es wäre nicht ihr erster Neuanfang, aber es war gar nicht schlecht, ein so bequemes und geregeltes Leben zu führen wie derzeit sie. Zweifellos. Ein angenehmes Leben, jetzt, zu Anfang der heraufziehenden mittleren Jahre.

Der Versuch, dieses Geld an Land zu ziehen, wäre also der Mühe wert. Für wie ernst manche die Lage hielten, war ihr erst am vergangenen Abend aufgegangen, und deshalb eilte es nun so. Renate hatte sich am Telefon anders angehört als sonst; Entschuldigungen wären diesmal zwecklos, das hatte sie deutlich anklingen lassen.

Zweitausend Gulden. Um Viertel nach zehn im Roten Moor. Sonst wäre der Teufel los.

Ja, das war im Grunde die Lage.

Sie hatte drei oder vier Bekannte angerufen, aber das hatte natürlich nichts gebracht. Einen oder zwei Hunderter hätte sie zusammenbringen können, vielleicht sogar mehr, wenn sie nur noch eine Weile weitergemacht hätte, aber es war schon fast Mitternacht gewesen und es musste ja wohl trotz allem Grenzen geben.

Und es gab Leo Verhaven. Er war schon in dem Moment, als sie nach Renates Ultimatum den Hörer aufgelegt hatte, als Möglichkeit aufgetaucht, vielleicht sogar als die beste.

Leo.

Und dann war er nicht einmal ans Telefon gegangen.

Was natürlich irgendwie typisch war.

Sie überzeugte sich davon, dass das Auto an der üblichen Stelle stand. An der Ladestelle im Kreugerlaan. Dann drehte sie noch eine Runde um die Markthalle und über den Marktplatz, konnte ihn aber nirgendwo entdecken … und sie wollte doch wie durch Zufall mit ihm zusammenstoßen. Durch ein glückliches Zusammentreffen … wollte vielleicht ein wenig wie die Katze um den heißen Brei herumschleichen.

Oder wäre es besser, direkt zur Sache zu kommen? Schwer zu entscheiden. Verhaven war nicht gerade ein pflegeleichter Umgang.

Sie bezog unterhalb des Denkmals in der Zwille Posten, denn von dort aus hatte sie den Lieferwagen und den unteren Teil des Marktplatzes im Blick. Setzte sich auf eine Bank unter der Torres-Statue, nahm sich eine Zigarette und fing an zu warten. Die bleiche Herbstsonne stand jetzt über den Hausdächern und traf ihren Rücken und ihren Nacken mit warmen Strahlen, was ihr trotz allem ein gewisses Gefühl von Hoffnung und Wohlbefinden einflößte. Plötzlich wurde sie wieder zur Katze in der Sonne, und als sie die ersten verstohlenen Blicke des einen oder anderen vorüberkommenden Herren registrierte, machte sie sich automatisch ein wenig an ihrer Kleidung zu schaffen, nahm den Schal ab, knöpfte ihre Bluse ein wenig weiter auf, öffnete die Knie gerade um die Zentimeter, die jeder Mann, der diesen Namen verdient, bemerkt, ohne das selber zu wissen …

Das hier bin ich, dachte sie. Für das hier bin ich geschaffen, und ich mache das besser als irgendeine andere Frau auf der Welt.

Das war übertrieben, das wusste sie, aber im Moment brauchte sie alles Selbstvertrauen, das sie sich einreden konnte.

Sie schaute auf die Uhr.

Zwanzig vor zehn.

Ihr blieben weniger als zwei Stunden zu leben.

Um Viertel vor tauchte er auf.

Rasch erhob sie sich. Überquerte die Straße und begegnete ihm in dem Moment, als er um die Ecke bog.

»Leo«, sagte sie und fand, es klinge genauso überrascht, wie sie sich das wünschte.

Er blieb stehen. Nickte wie immer ein wenig schroff. Als habe sie ihn bei einer wichtigen Überlegung oder in einem interessanten Gedankengang unterbrochen. Er hob immerhin einen Millimeter die Mundwinkel hoch. Vielleicht gab es also Hoffnung.

Sie trat an ihn heran und legte ihm die Hand auf den Arm. Lächelte noch immer. Sie waren bisher … sie rechnete kurz nach und fragte sich, was sie jetzt sagen sollte … sechsmal zusammen gewesen. Er war von der heißen Sorte, Vorspiel und Romantik und das alles interessierten ihn nicht weiter. Leicht zu starten, schwer zu fahren, wie ihre Freundin Nellie immer sagte.

»Wo willst du denn hin?«, fragte sie.

Verhaven zuckte mit den Schultern. Offenbar nirgendwohin. Auf jeden Fall hatte er nichts Wichtiges vor.

»Können wir uns nicht treffen?«

»Jetzt?«

»Ja. Ich bin gleich kurz mit einer Freundin verabredet, aber danach vielleicht?«

Wieder zuckte er mit den Schultern. Kein gutes Zeichen, das wusste sie, aber ihr blieb ja keine Wahl.

»Ich habe ein kleines Problem.«

»Wirklich?«, fragte Verhaven.

Sie zögerte. Sah ein wenig traurig aus, während sie mit der Hand über seinen Oberarm strich.

»Was denn für ein Problem?«

»Ein kleines Geldproblem.«

Er schwieg. Sein Blick ließ sie los und schaute über ihre Schulter ins Leere.

»Würdest du mir helfen?«

Ziemlich gute Frage, immerhin. Genau das richtige Verhältnis zwischen Bitte und Stolz.

»Wie viel?«

»Zweitausend Gulden.«

»Scher dich zum Teufel.«

Sie keuchte auf.

»Aber lieber Leo …«

»Ich hab jetzt keine Zeit mehr.«

Sie fasste ihn jetzt auch mit der anderen Hand an. Sprach ihm direkt ins Gesicht.

»Verdammt«, sagte sie. »Es steht so viel auf dem Spiel, Leo. Du bekommst jeden …«

»Lass mich los!«

Er befreite sich aus ihrem Griff. Sie trat einen Schritt zurück. Biss sich hart in die Oberlippe und konnte innerhalb weniger Sekunden Tränen in ihre Augen zwingen.

»Leo ...«

»Mach's gut.«

Er schob sie beiseite und ging weiter. Sie fuhr herum.

»Leo!«

Er blieb nicht einmal stehen. Ging einfach weiter geradeaus und bog dann in den Kreugerlaan ab. Verdammt.

Verdammte Pest!

Ihre Tränen waren jetzt fast echt. Sie trat einige Male mit dem Fuß auf und biss die Zähne zusammen. Verdammt!

Gleich neben ihr bremste ein Auto. Der Fahrer beugte sich hinüber und kurbelte das Seitenfenster hinunter.

»Kommst du mit?«

Ohne nachzudenken riss sie die Tür auf und sprang hinein.

Als sie sich mit Hilfe seines angebotenen Taschentuches die Tränen abgewischt hatte, sah sie, mit wem sie es zu tun hatte.

Und sie sah auf die Uhr.

Zehn vor zehn.

Vielleicht würde sich doch noch alles in Ordnung bringen lassen.

X

23. – 28. Mai 1994

34

»Wir stellen die Sache jetzt ein!«

Der Polizeichef zupfte ein trockenes Blatt von einem Benjaminfikus. Van Veeteren seufzte und betrachtete die Gestalt, die da in ihrem blauen Anzug vor dem verschwommenen grünen Hintergrund stand. O verdammt, dachte er.

Obwohl das ja wohl kaum als Überraschung kam.

»Wir haben wichtigere Aufgaben.«

Ein weiteres Blatt wurde einer zögernden Analyse unterzogen. Der Kommissar schaute in eine andere Richtung. Vertiefte sich in den Anblick eines halb zerkauten Zahnstochers und wartete auf weitere Mitteilungen, die jedoch nicht erfolgten. Hiller schob sich die Brille die Stirn hoch und machte sich weiterhin an den Blättern zu schaffen. Van Veeteren seufzte noch einmal; die botanischen Neigungen des Polizeichefs waren in den unteren Stockwerken der Maardamer Wache ein festes Gesprächsthema. Es gab dort mehrere Theorien. Manchen galt dieses Phänomen als eindeutiger Ersatz für ein verwelktes Liebesleben – angeblich hatte die elegante Frau Hiller nach dem fünften Kind Schluss gesagt –, eine andere Phalanx vertrat die These, das grüne Panorama diene als Tarnung und Aufhängung für geheime Mikrofone, die jedes in diesem nüchternen und ernsten Hauptquartier geäußerte Wort sofort speicherten. Inspektor Markovic von der Fahndung vertrat bisweilen die so genannte mangelnde Sauberkeitstrainings-Theorie, aber die meisten begnügten sich, wie Van Veeteren, mit der Feststellung, der Polizeichef hätte als Gärtner eine viel bessere Figur gemacht.

Als Obergärtner im Anzug?, fragte er sich und bohrte den Zahnstocher in den Spalt zwischen Sitz und Armlehne des Ledersessels. Warum nicht? Je mehr Zeit Hiller seinen Topfblumen widmete und je weniger er sich in die Arbeit einmischte, desto besser war das doch für alle.

Lasst den Affen im Dschungel in Ruhe, wie Reinhart so oft empfahl. Das ist doch das Angenehmste.

Aber diesmal wollte der Affe sich also einmischen. Van Veeteren strich sich behutsam über die Operationsnarbe.

»Verdammter Blödsinn«, sagte er.

Schließlich wurde einwandfrei irgendein Kommentar erwartet. Hiller fuhr herum.

»Wie bitte?«

»Muss ich wirklich deutlicher werden?«, fragte Van Veeteren und putzte sich die Nase.

Der Schnupfen war während dieser Tage gekommen und gegangen. Vielleicht war er auch allergisch gegen diese vielen seltsamen Pflanzen; vielleicht war aber auch nur der Kontakt mit der Wirklichkeit nach seinem Krankenhausaufenthalt zu viel für ihn.

Und das eine brauchte das andere natürlich nicht auszuschließen. Der Polizeichef setzte sich hinter seinen Schreibtisch.

»Wir haben eine Leiche«, sagte er. »Ohne Kopf, Arme und Beine.«

»Hände und Füße«, korrigierte Van Veeteren.

»Neun Monate alt inzwischen. Nach fünf Wochen Arbeit habt ihr feststellen können, dass es sich vielleicht um Leopold Verhaven handelt, zweimal als Frauenmörder vorbestraft. Um einen der berüchtigtsten Verbrecher hier zu Lande. Und sonst habt ihr nichts.«

Der Kommissar faltete sein Taschentuch zusammen.

»Die einzige überzeugende Theorie«, fuhr Hiller fort und

fing an, eine goldglänzende Büroklammer gerade zu biegen, »ist, dass es sich um eine Rachegeschichte handelt. Jemand aus seiner Gefängniszeit hat nach seiner Entlassung auf ihn gewartet und ihn aus irgendeinem Grund umgebracht… vielleicht nach einem Handgemenge, vielleicht aus purem Versehen. Auf jeden Fall wäre es unvertretbar von uns, noch mehr Geld zu investieren als ohnehin schon. Wir haben dringendere Fälle zu klären als solche Hintertreppengeschichten.«

»Verdammter Blödsinn«, sagte Van Veeteren noch einmal.

Hiller brach die Büroklammer durch.

»Könnte der Kommissar so verdammt nett sein und ein wenig deutlicher werden?«

»Gerne«, sagte Van Veeteren. »Du hast doch Anweisungen erhalten, oder?«

»Was für Anweisungen?«

»Bezüglich Verhaven.«

Der Polizeichef hob die Augenbrauen und versuchte ein verständnisloses Gesicht zu machen. Van Veeteren schnaubte.

»Du vergisst, mit wem du redest«, sagte er. »Ist dir Klemkes Rasiermesser bekannt?«

»Klemkes Rasiermesser?«

Jetzt war das Erstaunen echt.

»Ja. Einfache Verhaltensregeln für zivilisierte und intelligente Gespräche.«

Hiller schwieg. Van Veeteren ließ sich zurücksinken und schloss für zwei Sekunden die Augen, dann sprach er weiter. Dem kann ich auch gleich eine Salve verpassen, dachte er. Das ist ihm schon länger nicht mehr passiert.

Er räusperte sich und legte los.

»Zu Grunde liegt die Vorstellung von Gleichgewicht. Du darfst von deinem Gesprächspartner nicht mehr verlangen als du selber zu geben bereit bist. Personen mit Entscheidungsbefugnis, Machtmenschen und ganz allgemein Streber wollen ja immer gern ein wenig mit einer Art von demokratischer Politur glänzen ... weiß der Teufel, warum, eigentlich, aber in den Medien macht sich das natürlich gut. Es soll sich wie eine gemeinsame Überlegung anhören oder wie ein Gesprächsergebnis, während sie in Wirklichkeit einfach einen Befehl erteilen. Dahinter steckt irgendein vages Vergnügen, nehme ich an, sogar alte Nazigrößen haben den Text doch gern auf diese Weise ausgelegt ... mit mildem, väterlichem Tonfall, während sie den Leuten die Seidenschnur schickten, nimm das jetzt bitte nicht persönlich, nur ...«

»Jetzt reicht es«, fauchte der Polizeichef. »Erklär mir, wovon, zum Teufel, du da redest. Und das bitte im Klartext!«

Van Veeteren fischte sich noch einen Zahnstocher aus der Brusttasche.

»Wenn auch die Antwort im Klartext erfolgt.«

»Natürlich«, sagte Hiller.

»Na gut. Du brauchst eigentlich nur mit ja oder nein zu antworten. Meiner Ansicht nach ist die Lage so: Leopold Verhaven wurde ermordet. Für alle Beteiligten – und hierbei denke ich vor allem an Justizwesen, Polizei, die Allgemeinheit und deren tief verwurzelten Respekt vor unserem mehr oder weniger funktionierenden Rechtssystem und alles, was dazu gehört – wäre es natürlich verdammt tröstlich und angenehm, wenn wir feststellen könnten, dass es sich hier einfach um eine Auseinandersetzung unter Gaunern handelt. Und einen Strich ziehen. Die Sache vergessen und weitermachen. Auf diesen alten verstümmelten Knastbruder scheißen und lieber unsere Gesellschaftsordnung und andere Mythologien aufrechterhalten ...«

»Aber?«, fiel Hiller ihm ins Wort.

»Es gibt einen Haken«, sagte Van Veeteren.

»Und welchen?«

»Das hier ist keine Auseinandersetzung unter Gaunern.«

Hiller schwieg.

»Leopold Verhaven wurde ermordet, weil er die Morde,

für die er verurteilt worden war, nicht begangen hatte, und weil er den wahren Täter kannte.«

Zehn Sekunden vergingen. Die Glocken unten in der Oudekerk fingen an zu läuten. Hiller faltete die Hände auf seiner schweinsledernen Schreibunterlage.

»Kannst du das beweisen?«, fragte er.

»Nein«, sagte Van Veeteren. »Schon gar nicht dann, wenn wir die Ermittlungen einstellen.«

Hiller rieb die Daumen aneinander und versuchte die Stirn zu runzeln.

»Du begreifst das ebenso gut wie ich«, sagte er nach einer Weile. »Unter bestimmten Umständen ... unter bestimmten Umständen also muss ganz einfach der Gemeinnutz Vorrang haben. Wenn es dir nun gegen alle Wahrscheinlichkeit gelingen würde, in dieser alten Geschichte einen neuen Mörder aufzuspüren, wer würde sich dann darüber freuen?«

»Ich«, sagte Van Veeteren.

»Du zählst nicht«, sagte Hiller. »Aber geh alle anderen Beteiligten durch und überleg, ob jemand etwas davon hätte. Also, wollen mal sehen. Die ermordeten Frauen? Nein. Verhaven? Nein. Polizei und Gerichtswesen? Nein. Allgemeinheit und Rechtsbewusstsein? Nein!«

»Der Mörder? Nein«, sagte Van Veeteren. »Vergiss den nicht. Der wird sich am allermeisten von allen freuen, wenn er ungeschoren davonkommt. Drei Morde, aber eingebuchtet wird er nicht ... nicht schlecht. Wirklich nicht schlecht!«

Hiller setzte seine Brille auf. Beugte sich über den Schreibtisch und ließ einige Sekunden verstreichen.

»Es gibt keinen anderen Mörder als Verhaven«, erklärte er schließlich energisch. »Der Fall ruht, weil es uns an Spuren und konkreten Beweisen fehlt. Er ruht!«

»Du befiehlst mir also, einen Dreifachmörder frei herumlaufen zu lassen?«

Der Polizeichef gab keine Antwort. Ließ sich wieder zurücksinken. Der Kommissar erhob sich aus seinem Sessel.

Steckte die Hände in die Taschen und wippte auf seinen Schuhsohlen hin und her. Wippte und wartete.

»Weißt du, dass es so ist?«, fragte endlich Hiller.

Van Veeteren schüttelte den Kopf.

»Ich ahne es«, sagte er. »Ich weiß es noch nicht.«

»Und du ahnst auch, wer es war?«

Van Veeteren nickte und zog sich langsam zur Tür zurück. Der Polizeichef rieb wieder die Daumen aneinander und starrte die Tischplatte an.

»Moment noch«, sagte er, als der Kommissar schon nach der Türklinke gegriffen hatte. »Wenn du ... ja, wenn du wirklich etwas finden solltest, was vor Gericht Bestand hat, sieht die Sache natürlich anders aus. Das Schlimmste wäre, etwas loszustoßen, was wir danach nicht zu Ende führen können. Ein Angeklagter, der freigesprochen wird ... du kannst dir doch wohl vorstellen, was dann los wäre, hoffe ich. Vierzehnhundert Journalisten, die zuerst Korruption und Justizirrtum im Fall Verhaven anprangern und dann von Inkompetenz und Machtmissbrauch und weiß der Teufel was noch alles reden ... wenn wir den richtigen Mörder laufen lassen müssen, weil wir keine brauchbaren Beweise haben. Das ist dir doch wohl klar. Du kannst dir doch wohl denken, was für eine Suppe wir dann auslöffeln müssten.«

Van Veeteren gab keine Antwort. Der Polizeichef schwieg noch eine Weile, biss die Zähne zusammen und spielte mit seiner Armbanduhr. Dann erhob er sich und kehrte dem Kommissar den Rücken zu.

»Du musst dich selber darum kümmern. Münster wird von heute ab Reinharts Gruppe zugeteilt ... ich will nichts wissen.«

»Passt mir sehr gut«, sagte Van Veeteren. »Übrigens bin ich krankgeschrieben.«

»Nicht dein Kopf würde hierbei rollen, ich hoffe, auch das ist dir klar. Ich kann im Moment keinen unnötigen Ärger brauchen, verdammt noch mal.«

»Verlass dich auf mich«, sagte Van Veeteren. »Du kannst dich deinen Topfblumen widmen. Man soll sein Bäumlein pflanzen ...«

»Was?«, fragte der Polizeichef.

Perlen vor die Säue, dachte der Kommissar und verließ den Raum.

35

»Erzählen Sie von der Krankheit«, bat er.

Sie nahm das verschnupfte Mädchen auf den Schoß und blickte ihn misstrauisch an.

Kein Wunder. Seine Tarnung war nicht gerade ein Meisterwerk – ein siebenundfünfzigjähriger Dozent, der eine Untersuchung über bei der Geburt entstandene Hüftschäden durchführt! Was für ein Einfallsreichtum! Er hatte sich auch nicht die Mühe gemacht, sich vorher über einige Einzelheiten zu informieren; er wollte vortäuschen, dass es ihm vor allem um die statistischen Erhebungen ging. Sozialmedizin, hatte er erklärt. Er hatte sich einen Fragebogen gemacht, der natürlich keiner genaueren Untersuchung standhalten würde, der aber dennoch – wenn er ihn mehr oder weniger in dem aufgeschlagenen Ordner versteckte – einen gewissen Eindruck von Professionalität vermitteln müsste.

Das versuchte er sich zumindest einzureden. Und was die Frau dachte, war im Grunde auch egal. Wenn sie nur seine Fragen beantwortete, konnte sie jedes Misstrauen hegen, das ihr gerade passte.

»Was möchten Sie denn wissen?«, fragte sie.

»Wann hat es angefangen?«

»Bei meiner Geburt natürlich.«

Er machte ein Kreuz in seinen Fragebogen.

»Von welchem Jahr ab war sie bettlägerig?«

Sie dachte nach.

»1982, glaube ich. Ganz und gar, meine ich. Auch vorher hat sie meistens im Bett liegen müssen, aber ich kann mich nicht erinnern, dass sie nach Weihnachten 1981 noch einen Schritt machen oder auch nur aufstehen konnte. Ich bin im Juni 1982 von zu Hause ausgezogen ...«

»Hat sie jemals einen Stock benutzt?«

»Nie.«

»Hatten Sie nach Ihrem Umzug noch viel Kontakt zu ihr?«

»Nein. Was hat das mit Ihrer Untersuchung zu tun?«

Er hätte sich auf die Zunge beißen können.

»Wir möchten uns einfach auch ein Bild von den Beziehungsfragen machen können«, erklärte er. »Sie sagen, dass sie von 1982 bis zu ihrem Tod ganz und gar bettlägerig war?«

»Sicher.«

»Wo hat sie während der letzten Jahre gelebt?«

»In Wappingen. Zusammen mit einer Barmherzigen Schwester in einer kleinen Wohnung. Sie hatte sich von meinem Vater scheiden lassen, ich glaube, sie wollte ihm nicht mehr zur Last fallen oder so ... so ähnlich muss es gewesen sein.«

»Haben Sie sie besucht?«

»Ja.«

»Wie oft?«

Sie dachte nach. Die Kleine jammerte wieder los. Ließ sich auf den Boden rutschen und versteckte sich vor seinem Blick.

»Dreimal«, sagte sie. »Es ist ziemlich weit«, fügte sie zu ihrer Entschuldigung hinzu.

»Und ihr Zustand?«

»Wie meinen Sie das?«

»Wie ging es ihr?«

Sie zuckte mit den Schultern.

»Wie immer. Sie kam mir ein wenig fröhlicher vor.«

»Aber bettlägerig?«

»Ja, sicher.«

O verdammt, dachte Van Veeteren. Irgendetwas stimmt hier nicht.

Als er in das scharfe Sonnenlicht hinaustrat, überkam ihn ein kurzer, aber heftiger Schwindelanfall. Er musste sich am Eisengeländer festhalten, das sich an der ganzen Reihenhauskette entlangzog, und dabei kniff er die Augen zusammen und versuchte, sich wieder zu fassen.

Ich brauche ein Bier, dachte er. Ein Bier und eine Zigarette.

Zehn Minuten später hatte er einen Tisch unter einer Platane gefunden. Leerte das hohe Glas in zwei Zügen und bestellte noch eins. Nahm sich eine Zigarette und ließ sich zurücksinken.

O verdammt, dachte er noch einmal. Was zum Henker stimmt hier denn nicht?

Wie weit mochte es bis Wappingen sein?

Zweihundert Kilometer? Mindestens.

Aber wenn er früh schlafen ging, müsste er doch zweihundert Kilometer fahren können? Mit Pausen und noch mehr Pausen und überhaupt? Und wenn er dort übernachten müsste, wäre das doch auch nicht weiter schlimm. Im Moment fehlte es ihm wahrlich nicht an Zeit. Eher war das Gegenteil der Fall.

Er überprüfte noch einmal die Adresse in seinem Ordner.

Er wollte lieber anrufen und eine Verabredung treffen, für alle Fälle.

Und warum die Tarnung wechseln, wo sie doch so gut zu funktionieren schien?

Bier Nr. 2 wurde geliefert und er saugte den Schaum herunter.

Was für eine verdammte Geschichte, dachte er. Habe ich wohl jemals einen dünneren Faden verfolgt?

Gut, dass sonst niemand in die Sache verwickelt ist, immerhin.

36

»Was machen wir hier?«, fragte Jung.

»Einen Bissen essen, zum Beispiel«, sagte Münster. »Setz dich und versuch so auszusehen, als seist du hier zu Hause.«

Vorsichtig nahm Jung Platz und sah sich in dem eleganten Lokal um.

»Ist nicht so leicht«, stellte er fest. »Aber was ist eigentlich los? Ich nehme ja nicht an, dass wir im teuersten Lokal der Stadt sitzen, um unsere schönen blauen Augen vorzuzeigen.«

»Siehst du diesen Typen da beim Flügel, den in dem dunkelblauen Anzug?«, fragte Münster.

»Sicher«, erwiderte Jung. »Ich bin doch nicht blind.«

»Reinhart hält ihn für einen von den führenden Neonazis ... er heißt Edward Masseck.«

»So sieht er aber nicht aus.«

»Nein, und er ist auch nicht gerade bekannt, sagt Reinhart. Aber alles ist gut belegt. Steckt offenbar hinter allem möglichen Dreck. Brandstiftung in Flüchtlingsheimen. Krawallen, Friedhofsschändungen und allem Möglichen. Und heute wartet er auf einen Kontakt aus der Hochfinanz, auf ein richtig hohes Tier. Wir wissen nicht, auf wen genau, und wenn er kommt, sollen wir sie einfach so ungefähr eine Viertelstunde sitzen und tun lassen, was sie nun immer vorhaben. Danach rufst du vom Telefon in der Vorhalle aus an, während ich die beiden festnehme. Reinhart und einige andere warten in zwei Wagen gleich um die Ecke.«

»Aha«, sagte Jung. »Und warum macht Reinhart das nicht selber?«

»Masseck würde ihn erkennen«, sagte Münster. »Und jetzt wird gefressen. Was sagt der Assistent zu einer Hummermousse als Vorspeise?«

»Gab's eigentlich schon zum Frühstück«, sagte Jung. »Aber zur Not kann ich noch was runterpressen.«

»Diese Verhavengeschichte«, sagte Jung, während sie auf das Hauptgericht warteten. »Was wird eigentlich mit der?«

Münster zuckte mit den Schultern.

»Keine Ahnung«, sagte er. »Ich habe auch nichts mehr damit zu tun, offenbar sollen keine Ressourcen mehr dafür verbraucht werden. Vielleicht ist das ja auch verständlich.«

»Weshalb denn?«

»Die haben wohl Angst davor, in den alten Prozessen herumzustochern. Könnte doch einen verdammten Ärger geben, wenn sich erweist, dass Verhaven unschuldig war ... und sei es nur Ärger mit der Presse.«

Jung kratzte sich im Nacken.

»Und was sagt der Kommissar?«

Münster zögerte kurz.

»Keine Ahnung. Der ist doch noch immer krankgeschrieben. Aber natürlich sitzt er nicht zu Hause und dreht Däumchen.«

»Stimmt es, dass er jemanden auf dem Kieker hat? Gestern war in der Kantine kurz davon die Rede. Jemanden, der der Mörder sein kann, meine ich?«

Jungs Neugier war unverkennbar und Münster ging auf, dass ihm diese Fragen auf der Zunge lagen, solange sie überhaupt schon in diesem Restaurant saßen.

»Tja«, sagte er. »Ehrlich gesagt, ich habe keine Ahnung. Nach seiner Entlassung aus dem Krankenhaus war ich mit ihm draußen in Kaustin ... er hat sich da oben so ungefähr eine Stunde lang rumgetrieben, und danach sah er aus wie ... ja, du weißt schon.«

Jung nickte.

»Das ist doch verdammt noch mal unglaublich«, sagte er. »Wir kämmen diesen Ort mehrere Wochen lang durch, mit vier oder fünf Leuten, ohne etwas von Bedeutung zu finden. Und dann fährt er hin und hat schon nach einer Stunde eine Spur am Wickel. Was? Hältst du das wirklich für möglich?«

Münster dachte eine Weile nach.

»Was meinst du selber?«, fragte er.

»Keine Ahnung«, sagte Jung. »Du kennst ihn doch am besten.«

Ja, das ist wohl der Fall, dachte Münster. Aber manchmal hatte er eben das Gefühl, dass Van Veeteren um so unergründlicher wurde, je näher er ihm kam.

»Schwer zu sagen«, sagte er. »Auf jeden Fall hat er etwas, das steht fest. Aber als ich ihn zuletzt gesehen habe, murmelte er etwas von einem dünnen Faden ... und wie lange ein dicklicher Polizist in einem Spinngewebe sitzen kann und so. Kam mir nicht sonderlich enthusiastisch vor, aber wir wissen ja, wie er ist ...«

»Ja, das wissen wir«, Jung nickte. »Anders als alle anderen auf jeden Fall, das steht fest.«

In seiner Stimme schwang deutliche Bewunderung mit; das war unverkennbar, und plötzlich wünschte Münster, diese dem Kommissar auf irgendeine Weise vermitteln zu können. Und das war vielleicht ja auch nicht ganz unmöglich, dachte er dann; seit dieser Krebsgeschichte hatte er das Gefühl, dass ihre Zusammenarbeit und ihr Kommunikationsverhalten sich auf etwas offenere See hinausbewegten. Auf Ebenbürtigkeit und größeren gegenseitigen Respekt zu. Oder wie immer man das nun nennen wollte.

Trotz aller Unergründlichkeit allerdings. Und diese Bewegung hatte gerade erst eingesetzt.

»Ja«, sagte er. »Van Veeteren ist Van Veeteren.« Er schaute zum Flügel hinüber. »Warum kommt da niemand? Reinhart hatte auf ein Uhr getippt, und jetzt ist es schon zwanzig nach.«

»Keine Ahnung«, sagte Jung. »Aber hier kommt immerhin unsere Seezunge. Hmmmm!«

Eine Dreiviertelstunde später verließ Edward Masseck den Tisch, an dem er die ganze Zeit hindurch allein gesessen hatte. Jung hatte eben eine zusätzliche Portion kandierte

Walnüsse bestellt, aber sie beschlossen, doch gleich um die Rechnung zu bitten und den Kollegen draußen Bericht zu erstatten.

»Verdammt«, sagte Reinhart, als er hörte, dass die Beute entkommen war. »Wie konnte das denn passieren?«

»Bitte sehr«, sagte Münster und gab ihm die Rechnung.

Reinhart starrte das blassblaue Stück Papier an.

»Ja verflucht«, sagte er. »Stauff und ich sitzen hier seit zwei Stunden bei einer halben Tüte Erdnüsse.«

»Es hat ausgesprochen gut geschmeckt«, teilte Jung vom Rücksitz her mit. »Vielleicht wäre es eine gute Idee, morgen noch einen Versuch zu unternehmen.«

37

Dvořáks Neue-Welt-Musik hatte ihn während der letzten achtzig bis hundert Kilometer umschlossen, und auch diesmal war sie die richtige Entscheidung gewesen. Im Laufe der Jahre hatte er einen gewissen Sinn dafür entwickelt — für das Verhältnis Aufgabe, Witterungs-Jahreszeit und Musik eben. Es gab steigende und fallende Bewegungen, denen man folgen musste, statt sich ihnen zu widersetzen. Strömungen und Analogien, die miteinander agierten; die miteinander harmonierten und sich gegenseitig Klarheit schenkten ... oder wie immer man das nun formulieren wollte. Es war schwer, das in Worte zu fassen und zu erklären. Um so einfacher war es, das zu begreifen.

Und im Laufe der Jahre wurde es sogar immer einfacher. Doch während dieser Jahre war auch sein Misstrauen den Wörtern gegenüber gewachsen. Das konnte natürlich niemanden überraschen – wenn man an sein normales Arbeitsmilieu dachte, wo es eher die Ausnahme als die Regel war, dass jemand sich an die Wahrheit hielt.

Sprache ist Lüge, hatte jemand gesagt.

Die Neue Welt also. Und während die Wolken sich verzogen und die Nachmittagssonne den beständigen Regen der Nacht und des Morgens aufsaugte, näherte er sich seinem Ziel. Die Angst vor Schwindelanfällen und Verkehrsunsicherheit hatte sich nicht bestätigt. Allerdings hatte er auch immer wieder Pausen eingelegt, hatte bei Kaffee und Kuchen in tristen Rastbunkern aus Beton und schmutzigem Glas gesessen, kurze Spaziergänge unternommen, sich viele Male die Beine vertreten und sogar bestimmte Turnübungen gemacht, die das postoperative Programm, das man ihm bei seiner Entlassung in die Hände gedrückt hatte, energisch empfahl.

Außerdem hatte er sich Tabak und Alkohol versagt. Er wollte ja auch wieder nach Hause. Das hatte er zumindest vor.

Sein Zahnstochervorrat war viel früher zu Ende gewesen als Dvořák.

Er hielt auf einem kleinen, unregelmäßig geformten Platz namens Cazarro-Platz, und während er nach einem brauchbaren Lokal Ausschau hielt, fragte er sich, wer Cazarro gewesen sein mochte. Hörte sich schließlich eher wie ein Konquistador an als wie ein nordeuropäischer Staatsmann.

Zwischen einem Warenhaus und einem Bürohaus im Stil der fünfziger Jahre entdeckte er ein kleines italienisches Restaurant mit Pizza und Pasta. Er beschloss, sich damit zu begnügen. Mit Schwester Marianne war er für fünf Uhr verabredet und hatte deshalb nicht unbegrenzt Zeit.

Die Hauptsache war auch nicht das Essen. In allererster Linie ging es um ein Glas Rotwein und eine Zigarette.

Und darum, dass er sich auf das bevorstehende Gespräch konzentrieren musste. Natürlich hatte er schon viele schwierige Unterhaltungen führen müssen, aber diesmal kam doch noch etwas dazu, das war ihm schon klar gewesen, als er sich an diesem Morgen auf den Weg gemacht hatte. Etwas, das sich ihm entzog und das er wohl schon vor langer Zeit aus der Kontrolle verloren hatte.

Ein Spiel, in dem er weitaus mehr eine Spielfigur war als ein Mitspieler. Das war an sich kein neues Gefühl; nur eine Manifestation oder eine Variante der alten deterministischen Vorstellung, vermutlich; diese unergründliche Frage nach Muster und Ordnung im Dasein. Nach zunehmender oder abnehmender Entropie.

Nein, diese Überlegungen über die Willkürlichkeit des Lebens, mit denen er vor kurzem geflirtet hatte, konnten in ihm in diesem Moment keine größere Begeisterung erwecken.

Denn wenn es nun einen Schöpfer oder eine Macht gab – oder zumindest ein allsehendes Auge –, dann musste dieses große Wesen von seiner erhöhten Position aus schließlich die Linien, die Adern in Zeit und Raum entdecken. Diese aus der normalen Froschperspektive so unbegreiflichen Strukturen.

Und den inneren Zusammenhang und die Konsequenz aller Handlungen. Wie sollte es das sonst alles sehen können? Sie mussten doch für eine Gottheit die eigentlichen Kategorien ausmachen.

Die Muster.

Und wenn nun kein höheres Wesen existierte – wäre das denn überhaupt ein Unterschied?

Wie war das noch mit Anselm und dem Gottesbeweis? War es ihm nicht immer schon schwer gefallen, dessen Pointe zu erfassen?

Er durchwühlte seine Brusttasche nach einem Zahnstocher, dann fiel ihm aber ein, dass er keine mehr hatte, und er nahm sich eine Zigarette.

Könnte es nicht doch ein Muster geben, so, wie es immer schon die Spiralen des DNS-Moleküls und die Kristalle der Schneeflocken gegeben hatte, egal, ob nun ein Betrachter existierte oder nicht?

Was schert ein Molekül sich um eine Kamera?, dachte er.

Gute Fragen. Fragen, die sich immer wieder einstellten. Er legte seine Zigarette weg. Stocherte lustlos in den Fettuccine herum und trank den dunkelroten Wein. Aus irgendeinem Grund hatte er zur Zeit kaum noch Appetit. Ob daran nun das verlorene Darmstück schuld war oder etwas anderes.

Die Gerechtigkeit war ein anderer Aspekt.

Einfacher und leichter zu handhaben, davon war er immer überzeugt gewesen, auch wenn er diese Überzeugung niemals auf eine entscheidende Probe hatte stellen müssen. Trotz seiner mehr als dreißig Jahre bei der Truppe.

Werkzeug der Gerechtigkeit also. So musste er sich doch selber sehen, wenn er das wirklich ernst nehmen wollte. Das klang natürlich ein wenig überspannt, sogar haarscharf pathetisch, aber er brüstete sich schließlich nicht damit. Es war nur ein privater Beweggrund, aber eben auch ein verdammt wichtiger.

Wenn es galt, die eigene Existenz und Berufsauffassung zu begründen, war manchmal tiefes Graben notwendig, das hatte er gelernt. Tiefer und tiefer und tiefer vielleicht – als würden die Grundmauern, das eigentliche Fundament, Jahr für Jahr erneut überschwemmt, von immer dickeren Schichten von Lehm und Schmutz aus der unteren Welt, in der er täglich zu tun hatte.

Ja, so ungefähr vielleicht.

Auf die eigentliche Kardinalfrage wusste er noch immer keine Antwort. Er hatte sie vor einigen Jahren im Zusammenhang mit dem Fall G formuliert, besonders kompliziert war sie nicht: Wäre ich bereit, die Sache in die eigene Hand zu nehmen, wenn Gesetze und Institutionen versagen?

Wenn er also vor einem Mörder oder einem anderen Gewaltverbrecher stünde und hundertprozentig – hundertprozentig! – sicher wüsste, dass dieser Mensch schuldig sei, wäre es dann moralisch richtiger, ihn aus Mangel an Beweisen laufen zu lassen oder selber für Gerechtigkeit zu sorgen?

Er zog an seiner Zigarette.

Es gab natürlich endlose Mengen von Sonderfällen, und die Konsequenzen waren unüberschaubar. Er war die Frage immer wieder theoretisch durchgegangen, und vielleicht sollte er einfach dankbar sein, solange sie sich in der Praxis nicht stellte.

Obwohl es durchaus fast so weit hätte kommen können. Vor allem vor sieben Jahren in Linden.

Und eigentlich sprach nichts dafür, dass es diesmal so weit kommen würde.

Oder vielleicht doch?

Er schaute auf die Uhr und sah ein, dass er dringend bezahlen und sich auf den Weg machen musste, wenn er die Nonne nicht warten lassen wollte.

Die Wohnung war weiß angestrichen und sparsam eingerichtet. Es gab nur ein Minimum an Möbeln, im Wohnzimmer, in das sie ihn führte, gab es nur eine niedrige Couch, zwei Sitzkissen und einen Tisch; in einer Ecke sah er ein Bücherregal und einen Betstuhl. An den Wänden hingen ein Kruzifix und zwei Kerzenhalter aus Messing. Dazu ein Bild eines Kirchenfensters, vermutlich aus der Kathedrale von Chartres. Das war alles.

Kein Fernseher, keine Sessel, kein Tand. Auf dem Boden ein großer Teppich in dunklen Farben.

Schön, dachte Van Veeteren und setzte sich auf die Couch. Nur das Wesentliche. Die Essenz.

Seine Gastgeberin schenkte Tee aus einer Tonkanne ein. Herbe, getöpferte Tassen ohne Henkel. Dünne Kekse. Kein Zucker, keine Milch. Sie fragte ihn nicht einmal, ob er Zucker oder Milch wollte, und er wollte auch gar nicht.

Sie war alt, sicher mindestens fünfzehn Jahre älter als er, doch Vitalität und klarer Verstand umstrahlten sie wie eine Aura. Er erkannte, dass er vor einem Menschen stand, der mehr als nur den üblichen Respekt einflößte und verlangte.

Die vertraute Achtung stellte sich ein, die ihn manchmal angesichts von überzeugten religiösen Menschen erfüllte – die Antworten mit Hilfe von Fragen gefunden hatten, die er höchstens annäherungsweise formulieren konnte, eine ... Hochachtung, die sich ebenso natürlich in ihr Gegenteil verwandeln konnte, in Verachtung und Ekel, wenn er es mit dem Gegenteil zu tun hatte; den gläubigen Herden, den gehorsam und laut blökenden Schafen. Den Mitläufern der Frömmelei.

Er erkannte ihre Qualitäten schon, als sie einander die Hand reichten; sie war eine dünne Frau mit ernsthaften, lebhaften braunen Augen, einer hohen Stirn und einer geraden Haltung. Sie ließ sich ihm gegenüber nieder, mit einer weichen Kniebewegung setzte sie sich auf ein Kissen. Als sie auf asiatische Weise ihre Beine angezogen hatte, hätte sie auch eine fünfundzwanzigjährige Buddhistin sein können, dachte er staunend. Aber sie war nun einmal eine dreimal so alte katholische Nonne.

»Bitte sehr«, sagte sie.

Er kostete den nach Rauch duftenden Tee. Griff nach dem Ordner, den er neben sich auf den Boden gelegt hatte.

»Ich glaube, ich muss Sie bitten, mir Ihr Vorhaben noch einmal zu erklären.«

Er nickte. Wusste plötzlich, dass Ordner und Fragebogen die pure Beleidigung wären. Klimkes Rasiermesser, das er erst kürzlich dem Polizeichef so bravourös ins Gesicht geworfen hatte, richtete sich nun auf ihn selber und auf niemanden sonst.

»Ich bitte um Verzeihung«, sagte er. »Ich heiße Van Veeteren, aber ich bin nicht der, für den ich mich ausgegeben habe. Ich bin Kriminalkommissar und arbeite auf der Wache in Maardam ... es geht um eine Geschichte, auf die ich nicht näher eingehen möchte. Reicht Ihnen meine Versicherung, dass ich in einer bösen Angelegenheit mit guten Absichten vorgehe?«

Sie lachte.

»Ja«, sagte sie. »Es geht um Anna, wenn ich Sie richtig verstanden habe?«

Der Kommissar nickte.

»Sie hat während ihrer letzten Lebensjahre bei Ihnen gewohnt? Von 1987 bis 1992, stimmt das?«

»Ja.«

»Sie haben sich um sie gekümmert und sie gepflegt?«

»Ja.«

»Warum?«

»Weil ich dazu berufen bin. So arbeiten wir in unserem Orden. Das ist eine Möglichkeit, um für Sinn zu sorgen. Und für Liebe zwischen den Menschen ... Anna hatte sich an uns gewandt, wir sind an die zwanzig Schwestern, und ich war gerade frei.«

Er dachte kurz nach.

»Ich nehme an, dass Sie ... ihr schließlich sehr nahe gestanden sind?«

»Wir haben einander viel bedeutet.«

»Und Sie haben einander Vertrauen geschenkt?«

»Natürlich.«

»Würden Sie von ihrer Krankheit erzählen?«

»Was möchten Sie wissen?«

»War sie die ganze Zeit bettlägerig, zum Beispiel?«

Er erkannte, dass sie schon wusste und sich überlegt hatte, wie dieses Gespräch weitergehen sollte, aber vielleicht spielte dieses Wissen keine Rolle.

»Es ging ihr später besser.«

»Besser?«

Plötzlich war sie ernster.

»Ja, Kommissar. Es ging ihr besser. Sie müssen verstehen, dass ihre Verletzung nicht nur in den Hüften saß. Es gibt auch eine Seele.«

»Davon habe ich gehört«, sagte Van Veeteren mit unbeabsichtigter Ironie. »Aber was wollen Sie damit andeuten?«

Schwester Marianne holte tief Atem und setzte sich gerade.

»Ob Sie nun gläubig sind oder nicht«, sagte sie, »so können Sie mir vielleicht darin zustimmen, dass viele physischen Phänomene auch eine psychische Seite haben. Eine seelische.«

Sie sprach sehr langsam, als habe sie das schon im Voraus formuliert und wolle sichergehen, dass ihm nichts davon entginge.

»Könnten Sie ein wenig deutlicher werden«, bat er.

»Lieber nicht. Es ist auch eine Frage des Vertrauens. Die nie ausgesprochen wurde, die aber dennoch ebenso bindend ist. Ich bin sicher, dass Sie das verstehen.«

»Ihrer Ansicht nach stehen Sie unter Schweigepflicht?«

»Gewissermaßen, ja.«

Er nickte.

»Aber als die Wunde in der Seele heilte, besserte sich dann auch ihr körperlicher Zustand?«

»Ja.«

»Wie sehr? Konnte sie sich fortbewegen ... mit einem Gehgerät oder mit Stöcken, zum Beispiel?«

»Ja.«

»Ging sie aus?«

»Ich habe sie jeden Tag im Rollstuhl umhergefahren.«

»Aber sie war nie allein unterwegs?«

»Meines Wissens nicht.«

Er schaute an ihr vorbei aus dem Fenster.

»Könnten Sie mir sagen, was Sie am 5. Juni 1992 gemacht haben?«, fragte er.

»Nein.«

»Wissen Sie, was Anna an diesem Tag vorhatte?«

Schwester Marianne gab keine Antwort. Sah ihn aus milden braunen Augen an und zeigte keine Spur von Unruhe oder Verlegenheit.

»Wie weit ist es von hier nach Ulmenthal?«

»Fünfundzwanzig Kilometer«, diese Antwort kam sofort.

Er trank den restlichen Tee. Lehnte sich an die Wand und wartete, bis das Schweigen sich über den niedrigen Tisch gesenkt hatte. Seltsam, wie viel Information sich durch Schweigen vermitteln lässt, dachte er. Er hätte jetzt wichtige Fragen stellen können, das wäre die übliche Vorgehensweise gewesen, zweifellos ... er hätte keine Antwort erhalten, doch er war daran gewöhnt, die Nuancen der fehlenden Worte zu deuten. Jetzt war alles anders; plötzlich zeigte diese fest stilisierte Situation einen himmelweiten Unterschied zu dem normalen Jargon. Für einen Moment überkam ihn wieder ein Schwindelgefühl. Vielleicht nicht das, das mit der Operation zusammenhing, aber dennoch ein Zeichen von Schwäche, von Erschöpfung, einer Ahnung, dass er kurz davor war, den festen Boden unter den Füßen zu verlieren ... oder den Zugriff auf etwas, von dem er allein wusste. Und wo er die volle, unentrinnbare Verantwortung trug.

»Diese Wunden in der Seele«, sagte er endlich. »Haben Sie irgendeine Vorstellung, woher die stammten?«

»Das hat sie mir nie erzählt.«

»Das habe ich schon begriffen.«

Jetzt lächelte sie wieder ein wenig.

»Ich kann nicht darauf eingehen, Kommissar. Es gehört mir nicht mehr.«

Er zögerte einige Sekunden.

»Glauben Sie an eine himmlische Gerechtigkeit?«, fragte er dann.

»Auf jeden Fall.«

»Und an eine irdische?«

»Auch an die. Es tut mir Leid, dass ich Ihnen nicht mehr sagen kann, aber ich glaube, Sie wissen bereits, was Sie wissen müssen. Es kommt mir nicht zu, Vertrauen zu brechen und zu spekulieren. Wenn es ihr Wunsch gewesen wäre, mich über alles zu informieren, dann hätte sie es mir erzählt.

Aber das hat sie nicht getan. Wenn sie gewollt hätte, dass ich es weiterbringe, dann wüsste ich das. Aber so ist es nicht.«

»Meine Rolle ist die der Nemesis?«

»Vielleicht. Ihr Beruf ist wohl auch eine Berufung?«

Er seufzte.

»Dürfte ich eine persönliche Frage stellen, die nichts mit diesem Fall zu tun hat?«

»Natürlich. Bitte sehr.«

»Glauben Sie an einen Gott, der eingreift?«

Sie faltete die Hände auf ihren Knien.

»Ja«, sagte sie. »In allerhöchstem Grad.«

»Und auf welche Weise?«

»Auf mancherlei Weise. Durch Menschen.«

»Und Sie glauben, dass er sich sein Werkzeug genau aussucht?«

»Warum sollte er nicht?«

»Das war nur so ein Gedanke«, sagte Van Veeteren.

Ahnungen!, dachte er, als er auf der Rückfahrt in der ersten Raststätte saß. Ahnungen und Luft.

Er seufzte. Staatsanwalt Ferrati würde sich totlachen, wenn er ihm das hier anschleppte.

Ohne weiter darüber nachzudenken, kritzelte er eine Serie von Ringen an den Rand der Abendzeitung, die vor ihm auf dem Tisch lag. Betrachtete das vage Muster, das vor ihm heranwuchs, und versuchte zugleich, in Gedanken den Zusammenhang zu formulieren:

Falls Verhaven unschuldig war, dann *konnte* der wirkliche Mörder der sein, den Van Veeteren *in Verdacht hatte*. Und es wäre nicht *unmöglich*, dass diese kranke, vor anderthalb Jahren gestorbene Anna das *geahnt* hatte. Auf jeden Fall *hatte er das Gefühl*, dass Schwester Marianne *vermutete*, Anna habe Verhaven im Gefängnis besucht ... und in dem Fall war es natürlich *möglich*, dass sie ihn über ihre *Ahnung* informieren wollte.

Herrgott, dachte Van Veeteren. Was für eine Deduktion.

In schematischer Form, am Rand der zerknitterten Zeitung, sah seine Gedankenkette fast noch kläglicher aus. Eine Reihe von unbeholfen hingeschmierten Kreisen war durch gebrechliche spinnwebendünne Fäden miteinander verbunden. Pfui Spinne! Handfeste Beweise, hatte Hiller gefordert. Wenn er das hier sähe, würde er meinem Abschiedsgesuch stehenden Fußes nachkommen, dachte Van Veeteren.

Und dennoch, dennoch wusste er, dass es sich genauso verhielt. Dass es so passiert war. Der Mörder war eingekreist. Er kannte jetzt keinen Zweifel mehr. Der Fall war klar.

Plötzlich sah er Leopold Verhaven vor sich. Verhaven als jungen Mann – den erfolgreichen Läufer ... rasch, stark und vital, auf dem Weg in die Rekordbücher ... mitten in den naiven, optimistischen fünfziger Jahren. Dem Jahrzehnt des Kalten Krieges, aber auch in vielfacher Hinsicht dem der Unschuld. Oder stimmte das nicht?

Und später?

Was war dabei herausgekommen?

Was für ein vollständiger und dauerhafter Schicksalsumschwung!

War Verhavens Schicksal im Grunde nicht von geradezu symbolischer Bedeutung? Was war es für eine bizarre Reihe von über fast das halbe Jahrhundert verstreuten Ereignissen, die zu Verhavens Tod geführt hatten und die er sich hier vor sein inneres Auge zu rufen versuchte ... und was für einen Sinn hatte es überhaupt, dass er sich hier mit vergessenen und vergangenen Todesfällen befasste? Mit diesem verbrauchten und gescheiterten Leben?

War das wirklich nur ein selbstverständlicher Teil seiner Arbeit?

Und während er hinaus in die Dämmerung blickte, die sich jetzt über den dunklen Waldrand und den tristen Autobahnabschnitt senkte, überlegte er sich, dass im Grunde alles schon längst zu Ende sei. Dass er nur der letzte, vergessene Soldat oder Darsteller in einem Schauspiel oder Krieg sei, aus dem alle anderen schon vor Jahren ausgeschieden waren und wo sich niemand mehr auch nur im Geringsten für seine Unternehmungen und Versuche interessierte. Weder die anderen Darsteller noch die Gegner oder das Publikum.

Stellt doch die Ermittlungen ein, dachte er.

Stellt doch Kommissar Van Veeteren ein. Bietet Remis an oder kippt das Brett um. Hört auf mit diesem sinnlosen Getue. Ein Mörder läuft frei herum, lasst ihn doch.

Er bezahlte und ging hinaus zu seinem Wagen. Suchte sich Monteverdi aus dem CD-Gestell, und als die ersten Töne sich aus den Lautsprechern befreiten, wusste er, dass er nicht aufgeben würde. Zumindest noch nicht.

Zum Teufel, murmelte er. Justitia oder Nemesis, was spielt das schon für eine Rolle!

38

»Polizei!«

Er hielt eine halbe Sekunde lang seinen Dienstausweis hoch und stand drei Sekunden später in der Diele.

»Ich möchte Ihnen einige Fragen im Zusammenhang mit den Morden an Leopold Verhaven, Marlene Nietsch und Beatrice Holden stellen. Geht das hier oder sollen wir auf die Wache fahren?«

Der Mann zögerte. Aber nur für einen Moment.

»Bitte sehr.«

Sie gingen ins Wohnzimmer. Münster zog den Block mit den Fragen hervor.

»Könnten Sie uns erzählen, was Sie am 24. August vergangenen Jahres gemacht haben?«

Der Mann zuckte mit den Schultern.

»Machen Sie Witze? Woher soll ich das heute noch wissen?«

»Es wäre besser für Sie, wenn Sie versuchen würden, sich zu erinnern. Sie waren nicht zufällig in Kaustin?«

»Ganz bestimmt nicht.«

»Hatten Sie irgendeinen Grund zu einer feindseligen Einstellung Leopold Verhaven gegenüber?«

»Zu einer feindseligen Einstellung? Natürlich nicht.«

»Er wusste nicht zufällig Dinge, die für Sie gefährlich werden könnten?«

»Was sollten das für Dinge sein?«

»Hielten Sie sich am 11. September 1981 in Maardam auf? An dem Tag, an dem Marlene Nietsch ermordet wurde?«

»Nein. Was soll das eigentlich?«

»Stimmt es nicht, dass Sie sich an diesem Morgen in der Umgebung der Markthalle aufgehalten haben? Zwischen Kreuger Plein und Zwille und überhaupt?«

»Nein.«

»So gegen halb zehn bis zehn?«

»Nein, habe ich doch gesagt.«

»Wie können Sie so sicher sagen, was Sie an einem Tag vor dreizehn Jahren getan oder nicht getan haben?«

Keine Antwort.

»Und Samstag, den 6. April 1962? Da hat doch alles angefangen, oder?«

»Was unterstellen Sie mir da? Darf ich Sie bitten, mich jetzt in Ruhe zu lassen?«

»Haben Sie an diesem Nachmittag nicht Beatrice Holden besucht? Während Verhaven geschäftlich unterwegs war?«

»Ich lasse mir diese Frechheiten nicht länger gefallen.«

»Wann hat das Liebesleben zwischen Ihnen und Ihrer Frau aufgehört?«

»Was, zum Teufel, hat das damit zu tun?«

»Sie mussten anderswo Befriedigung suchen, war das

nicht so? Seit ihre Frau bettlägerig war. Sicher gab es noch andere außer Beatrice Holden und Marlene Nietsch … warum haben Sie gerade diese beiden umgebracht?«

Der Mann erhob sich.

»Oder haben Sie noch andere ermordet?«

»Verschwinden Sie! Wenn Sie glauben, Sie könnten mir Angst einjagen, dann sagen Sie Ihren Vorgesetzten, die Hoffnung könnten sie sich sparen.«

Münster klappte seinen Block zu.

»Danke«, sagte er. »Dieses Gespräch hat sehr vieles klären können.«

»Doch, er kann es durchaus gewesen sein«, erklärte Münster und nahm dem Kommissar gegenüber Platz.

Van Veeteren hob den Vorhang hoch.

»Nimm dich in Acht, wenn er aktiv wird«, sagte er. »Wir haben ja keine Ahnung, was ihm alles zuzutrauen ist.«

»Den kriegen wir nicht so leicht«, sagte Münster. »Das ist wohl nicht direkt der Typ, der zusammenbricht.«

»Ja verdammt«, sagte Van Veeteren. »Aber das war immerhin erst die erste Verwarnung, gewissermaßen.«

Münster wusste, dass der Kommissar ihn gerade mit diesem Hintergedanken als Stoßtrupp eingesetzt hatte. Um seine Kraft für einen wichtigeren, vielleicht entscheidenden und damit tödlichen Stoß aufzusparen.

Natürlich eine gute Idee, aber damit gaben sie dem Mörder auch eine Gelegenheit, seine Gegenwehr zu planen. Das erwähnte er auch, doch Van Veeteren zuckte nur mit den Schultern.

»Kann schon sein«, sagte er. »Aber gerade diese Vorbereitungen können ihn auch zu Fall bringen … und auf jeden Fall befindet er sich in keiner beneidenswerten Lage. Er weiß, dass wir etwas wissen. Überleg dir das doch mal, Polizeidirektor. Er steht jetzt wirklich mit dem Rücken zur Wand. Und wir sind die Katzen, die vor dem Loch auf ihn warten.«

»Wir haben keinen Beweis«, sagte Münster. »Und wir kriegen auch keinen.«

»Das weiß er nicht.«

Münster dachte nach.

»Aber das wird ihm bald aufgehen. Wenn wir wissen, dass er drei Morde auf dem Gewissen hat, dann ist es doch höchst seltsam, dass wir ihn nicht verhaften.«

Van Veeteren drückte gereizt seine Zigarette aus und ließ den Vorhang los.

»Weiß ich«, murmelte er. »Die haben mir den Darm rausgerupft, Münster. Nicht das Gehirn.«

Sie schwiegen. Van Veeteren seufzte und schob sich einen Zahnstocher in den Mund. Münster bestellte ein Bier und zog seinen Notizblock hervor.

»Du hast nur die Fragen gestellt, die ich dir aufgetragen hatte?«, fragte der Kommissar nach einer Weile.

»Sicher«, sagte Münster. »Aber eins wüsste ich gern.«

»Was denn?«

»Woher wusste er, dass sie Verhaven im Gefängnis alles gesagt hatte?«

Van Veeteren schnaubte.

»Sie hat es ihm natürlich gesagt. Kurz vor ihrem Tod, nehme ich an. Schwester Marianne sagt, dass er den letzten Tag bei ihr im Krankenhaus verbracht hat.«

»Sie hat ihr Gewissen also nach beiden Seiten hin erleichtert?«

»So kann man das sagen, ja. Wir könnten ja finden, sie hätte ganz und gar schweigen sollen. Damit hätte sie wenigstens ein Leben gerettet. Aber die Leute sind ja ein wenig auf die Wahrheit fixiert.«

»Wie das?«, fragte Münster.

Van Veeteren trank den Rest seines Biers.

»Die Wahrheit kann eine schwere Last sein«, sagte er. »Auf die Dauer ist es fast unmöglich, sie allein zu tragen. Es wäre nur schön, wenn die Leute endlich kapierten, dass man diese Last nicht einfach nach Belieben abwerfen darf.«

Münster dachte eine Weile nach.

»So habe ich mir das noch nie überlegt«, sagte er und schaute aus dem Fenster. »Aber natürlich ist da etwas Wahres dran. Jedenfalls scheint er nicht in Panik geraten zu sein.«

»Nein«, seufzte Van Veeteren. »In diesem Fall müssen wir wohl zu ein wenig ausgefalleneren Methoden greifen. Aber fahr du nach Hause, ich bleibe noch hier und überlege mir die Sache.«

Münster zögerte.

»Der Kommissar lässt doch von sich hören, wenn ich etwas tun soll? Ich nehme an, dass die Ermittlungen weiterhin ruhen?«

»Und wie«, sagte Van Veeteren. »Auf jeden Fall vielen Dank.«

Münster verließ das Lokal, und als er die Straße überquerte, um zu seinem Auto zu gehen, tat der Kommissar ihm plötzlich wieder Leid. Und das zum zweiten Mal in so kurzer Zeit – einem Monat vielleicht nur – und da stimmte ja vielleicht doch, was er gehört hatte:

Je älter sie werden, desto menschlicher können sie uns vorkommen.

Aber war dabei nicht die Rede von Berggorillas gewesen?

39

Die Lokale der Gesellschaft lagen eine halbe Treppe unter Straßenniveau in einer engen Gasse, die am Cronin-Platz anfing und mit einer Feuerwand endete. Auf allen Stadtplänen und dem verrußten und nur noch halb lesbaren Schild über dem Antiquariat Wildt an der Ecke trug sie den Namen Zuygers Stieg. Im Volksmund hatte sie jedoch immer nur Messerstechergasse geheißen, nach einem ungewöhnlich brutalen Mord gegen Ende des 19. Jahrhunderts, als die Körperteile von zwei Prostituierten fast in der ganzen zwanzig Meter langen Gasse herumgelegen hatten. Entdeckt wurden sie von einem jungen Domherrn, der danach in die Irrenanstalt Majore in Willemsburg eingesperrt werden musste. Trotz ausgiebiger Ermittlungsarbeiten konnte niemals ein Täter gefunden werden.

Van Veeteren schaffte es bei seinen Besuchen in der Gesellschaft nur selten, sich nicht an diese Sache zu erinnern, und auch an diesem Abend gelang ihm das nicht.

Vielleicht war früher ja doch alles schlimmer, dachte er, als er in der Tür den Kopf einzog und unter das düstere Gewölbe trat.

Mahler saß wie immer ganz hinten, in der abgetrennten Ecke unter dem Dürerstich, und er hatte die Figuren schon aufgestellt. Van Veeteren nahm seufzend Platz.

»Ach je«, sagte Mahler und bohrte die Finger in seinen buschigen Bart. »War das so schrecklich?«

»Was denn?«, fragte Van Veeteren.

»Was denn? Das Gemetzel natürlich. Die grünen Männer mit dem blutigen Handwerk.«

»Ach, das«, sagte Van Veeteren. »Das war eine Bagatelle.«

Mahler machte für einen Moment ein verlegenes Gesicht.

»Aber was, zum Teufel, macht dir denn dann so zu schaffen? Auferstehung ... Frühling lässt sein blaues Band und überhaupt, die ganze Natur schüttelt sich vor Wohlbehagen, weil das Fest des Lebens heraufzieht. Wieso, zum Teufel, kommst du dann her und seufzt?«

»Ich habe ein Problem«, sagte Van Veeteren und versetzte den ersten Bauern.

»Ich habe tausend«, sagte Mahler. »Prost auf jeden Fall und willkommen zurück aus dem Totenreich.«

Sie tranken und Mahler beugte sich über das Brett. Der Kommissar steckte sich eine Zigarette an und wartete. Bei allen Menschen, mit denen er seit den ersten Anfängen vor über vierzig Jahren jemals Schach gespielt hatte, war ihm kein einziger Gegner über den Weg gelaufen, der die Partien so durchführte wie Mahler. Nach der anfänglichen Konzentration, für die er zehn oder zwölf Minuten brauchen konnte – vor dem ersten Zug eben –, konnte er dann über dreißig Züge machen, ohne insgesamt auch nur eine Minute nachdenken zu müssen. Ehe es dann zum Ende kam, gönnte er sich eine weitere Tiefenanalyse von zehn Minuten oder einer Viertelstunde, dann beendete er die Partie im selben wütenden Tempo – egal, ob er auf Gewinn, Remis oder ehrbare Niederlage spielte.

Er selber hatte keine richtig plausible Erklärung für seine Methode, abgesehen davon, dass es eine Rhythmusfrage sei.

»Ab und zu kann es mir wichtiger vorkommen, überhaupt einen Zug zu machen, als welchen Zug«, hatte er behauptet. »Wenn du verstehst, was ich meine.«

Was bei Van Veeteren nicht der Fall gewesen war.

»So ist es auch mit den Dichtern«, hatte der alte Poet verraten. »Oft starre ich ewig lange in die Dunkelheit hinein, bis zu einer halben Stunde oder mehr – dann greife ich zur Feder und schreibe alles auf. Im Affenzahn, es darf keine Unterbrechung geben.«

»Und was läuft dabei in deinem Schädel ab?«, hatte Van Veeteren wissen wollen. »Während dieser Aufladungszeit, meine ich.«

Mahler hatte keine Ahnung, wie sich dann herausstellte.

»Ich trau mich auch nicht, das genauer zu untersuchen«, erklärte er. »Bestimmte Dinge vertragen das nicht. Dann sterben sie.«

Van Veeteren trank einen Schluck Bier, dachte über das alles nach und wartete auf Mahlers Zug.

Handeln ohne zu denken, dachte er.

Sah das so aus?

Vielleicht gab es doch irgendwo irgendeinen Berührungspunkt?

»Na?«, fragte Mahler, als sie sich nach weniger als einer Dreiviertelstunde auf Remis geeinigt hatten. »Was ist also los?«

»Ein Mörder«, sagte Van Veeteren.

»Bist du nicht bis Ende des Monats krankgeschrieben?«

»Das schon«, sagte Van Veeteren. »Aber ich kann die Finger nicht davon lassen. Und ich kann mir auch nicht die Augen zuhalten.«

»Was ist denn los mit diesem Mörder?«

»Dass er los ist, eben.«

»Weißt du, wer er ist?«

Van Veeteren nickte.

»Und ihr habt keine Beweise?«

»Nix.«

Mahler ließ sich zurücksinken und steckte sich eine Zigarette an. »Aber das kann doch nicht das erste Mal sein?«

»Sonst kann ich sie immer austricksen.«

Mahler prustete los.

»Austricksen! Ja, vielen Dank. Und warum sollte das diesmal nicht klappen?«

Wieder seufzte Van Veeteren.

»Weißt du, wer Leopold Verhaven war?«

Mahler wurde ernst.

»Verhaven? Ja, sicher, notorischer Frauenmörder ... ist der nicht selber auch ermordet worden oder so? Ich hab das vor nicht allzu langer Zeit in der Zeitung gelesen ...«

»Er war unschuldig«, sagte Van Veeteren.

»Verhaven unschuldig?«

»Ja.«

»Aber er hat doch ... ja, ich weiß nicht, wie lange er gesessen hat.«

»Vierundzwanzig Jahre«, sagte Van Veeteren.

»So verdammt lange hat er gesessen, und du behauptest, er sei unschuldig?«

Van Veeteren nickte.

»Unschuldig gewesen. Er ist tot, wie du gesagt hast. Und

der richtige Mörder ist nicht der Einzige, der einen Strich unter die Sache ziehen will, wenn du verstehst …«

Mahler schwieg eine Weile.

»Eiwei«, sagte er dann. Er zog an seiner Zigarette und ließ Asche über seinen Bart rieseln. »Ich glaube, ich verstehe. Die großen Elefanten?«

Der Kommissar zuckte mit den Schultern.

»Die sind vielleicht nicht das Schlimmste, aber wir können einfach keinen Prozess in die Wege leiten, ohne trockene Füße zu haben. Sehr trockene.«

»Aber könnt ihr denn keine Beweise heranziehen? Ist das sonst nicht so? Dass ihr wisst, wer er war, und euch dann alle Mühe gebt, um Beweise zu finden … danach, meine ich? Ich hatte das für die normale Vorgehensweise gehalten.«

»Sicher, das stimmt schon«, sagte Van Veeteren. »Aber in diesem Fall ist es so ungefähr hoffnungslos. Der erste Teil ist verjährt und kann nicht wieder aufgerollt werden. Beim zweiten wären ungeheure Beweismengen oder sein Geständnis vonnöten. Und davon sind wir noch meilenweit entfernt.«

»Und der Mord an Verhaven? Das war also derselbe Mörder?«

»Höchstderselbe. Nein, auch dort gibt es keine Indizienbeweise. Wir wissen nicht, wann er gestorben ist. Nicht wie. Nicht wo.«

Wieder zuckte er mit den Schultern.

»Tja, so ungefähr sieht die Lage aus.«

»Und trotzdem weißt du, wer der Mörder ist?«, fragte Mahler und hob zweifelnd seine buschigen Augenbrauen.

»Ganz genau«, sagte Van Veeteren.

Mahler drehte das Brett um und stellte die Figuren für eine neue Partie auf.

»Und woher weißt du, dass du ihn nicht zu einem Geständnis bringen kannst? Du kannst doch nicht leugnen, dass ihr im Notfall auch zu Daumenschrauben greift?«

Van Veeteren nahm sich noch eine Zigarette.

»Ich beschatte ihn seit zwei Tagen«, sagte er. »Nicht unsichtbar natürlich, sondern ganz offen. Damit es ihm auffallen musste. Das bringt alle anderen aus der Fassung, ihn aber nicht. Er scheint das eher komisch zu finden. Nickt mir ab und zu freundlich zu. Lacht sich eins ins Fäustchen. Er scheint verdammt genau zu wissen, dass wir nichts haben, was ihm gefährlich werden könnte. Ich habe ihn natürlich noch nicht zur Rede gestellt, aber es würde mich doch sehr überraschen, wenn er dabei seine Maske ablegen würde. Und wenn, dann braucht er sie vor Gericht nur wieder aufzusetzen, und dann stehen wir da wie Pik sieben ...«

»Hm«, sagte Mahler. »Und was hast du nun vor? Das klingt ja gewaltig kompliziert, ich muss schon sagen.«

Van Veeteren schwieg, aber Mahler gab sich nicht geschlagen.

»Na?«

»Ich habe ihm ein Ultimatum gestellt«, sagte schließlich der Kommissar. »Willst du noch ein Bier?«

»Natürlich. Was für ein Ultimatum?«

Van Veeteren stand auf, ging zum Tresen und kehrte nach einer Weile mit zwei schäumenden Krügen zurück.

»Was für ein Ultimatum?«, fragte Mahler, nachdem sie angestoßen hatten.

»Ich habe ihm einfach eine Möglichkeit offen gelassen. Um wie ein Ehrenmann seinen Hut zu nehmen.«

»Du meinst ...«

»Ja. Selbstmord zu begehen.«

Mahler sah plötzlich fast belustigt aus.

»Und wenn er nun kein Ehrenmann ist? Darauf scheint doch einiges hinzuweisen.«

»Dann lege ich meine Karten auf den Tisch. Er hat eine Tochter und zwei Enkelkinder. Wenn er weiter mit den Schultern zuckt, werde ich ihr erzählen, dass ihr Vater drei Morde auf dem Gewissen hat, und ich werde dafür sorgen, dass sie mir glaubt. Seine Frau hat gerade aus diesem Grund ihr Leben lang geschwiegen ... bilde ich mir wenigstens ein.«

Mahler überlegte.

»Ja, ja, wenn du meinst«, sagte er dann. »Glaubst du, das klappt?«

Van Veeteren schnitt eine Grimasse.

»Weiß der Teufel«, sagte er. »Morgen um zwölf sehen wir weiter. Jedenfalls werde ich ihn dann besuchen.«

»Du bist wie der Teufel«, sagte Mahler. »Du hast deine eigenen Methoden, das steht fest.«

Er trank einen Schluck Bier und vertiefte sich wieder ins Brett. Nach ungewöhnlich kurzer Zeit versetzte er dann den Königsbauern um zwei Schritte.

»Kein toller Beruf, den du da hast«, sagte er.

»Für mich passt er gut«, sagte Van Veeteren.

»Ja, vermutlich«, meinte Mahler.

Anderthalb Stunden später hatte Mahler nach ungefähr sechzig Zügen den Sieg davongetragen. Er beugte sich zur Seite und zog ein kleines flaches Paket aus seiner Aktentasche, die neben ihm auf dem Boden gestanden hatte.

»Das soll ein Trost für dich sein«, sagte er. »Hab es heute aus der Druckerei bekommen, also ist es immerhin frisch.«

Van Veeteren riss das Papier ab.

»*Rezitativ aus einem Winkel*«, las er.

»Man dankt«, sagte er. »Das ist wohl ungefähr das, was ich brauche.«

»Das weiß man nie so genau«, meinte Mahler und schaute auf die Uhr. »Ist übrigens Zeit zum Aufbruch. Du kannst mit Seite 36 anfangen. Ich glaube, da könntest du einen Tipp finden.«

Van Veeteren öffnete die dünne Gedichtsammlung, nachdem er geduscht hatte und ins Bett gegangen war. Der Radiowecker auf dem Nachttisch zeigte einige Minuten nach halb eins, und er beschloss, sich für den Moment auf die Empfehlung des Autors zu beschränken. Poesie war ohnehin nichts, das man in großen Mengen genoss, schon gar nicht Mahlers minimalistische Strophen, und er spürte außerdem, dass der Schlaf hinter seinen Augenlidern schon auf der Lauer lag.

Das Gedicht hieß »Januarnacht« und bestand aus nur sieben Zeilen.

Licht ungeboren
Linien ungeahnt
Gesetz ungeschrieben

in der Schwärze das Kind
im tanzenden Fleck Rhythmus
aus dem Chaos Regeln für den Umgang mit Herzenskummer
und ein kleiner kategorischer Imperativ

Er knipste die Lampe aus und die Zeilen blieben hängen, in der Dunkelheit des Zimmers, wie ihm schien, und in seinem eigenen verebbenden Bewusstsein.

Die innere und die äußere Dunkelheit, dachte er noch, dann überließ er sich der grenzenlosen Obhut des Schlafs.

Morgen um zwölf.

40

Als er vor der Tür stand, zeigte seine Armbanduhr erst 11.59 und er beschloss, noch die letzte Minute abzuwarten. Er hatte sich für zwölf Uhr angemeldet und vielleicht war es wichtig, in den Einzelheiten präzise zu sein. Keine scheinbar belanglosen Dinge zu vernachlässigen.

Er drückte auf den Klingelknopf.

Wartete einige Sekunden und horchte nach Geräuschen in der Wohnung, drückte noch einmal auf den Klingelknopf. Ein langes, wütendes Signal. Dann beugte er sich vor und legte das Ohr an das kühle Holz der Tür.

Nichts.

Keine Schritte. Keine Stimmen. Keine menschlichen Geräusche. Er richtete sich auf. Sammelte sich für einen Moment. Holte tief Atem und griff nach der Türklinke.

Offen.

Er stieg über die Türschwelle. Ließ die Tür einen Spaltbreit offen. Nicht zum ersten Mal betrat er eine Wohnung, in der er einen Leichnam finden könnte, aber diesmal spielte noch etwas anderes eine Rolle. Etwas, das ihm beunruhigend und vorhersagbar zugleich vorkam.

Die Luft in der dunklen, engen Diele war stickig. Vor ihm lag die Küche, in die der Sonnenschein hätte strömen können, wenn die Rollos nicht geschlossen gewesen wären. Rechts führte eine halb offene Tür in einen Raum, bei dem es sich wohl um ein Schlafzimmer handelte. Links lagen eine Toilette und hinter einer Doppeltür das Wohnzimmer.

Zwei Zimmer und eine Küche, das war alles. Keine große Wohnung, wie Münster berichtet hatte.

Er nahm sich zuerst das Schlafzimmer vor. Das Bett wäre der natürliche Ort; dafür würde er sich wohl auch selber entscheiden, sollte es jemals so weit kommen.

Vorsichtig öffnete er die Tür.

Leer. Das Bett ordentlich gemacht. Auch hier heruntergelassene Rollos. Als sei der Bewohner verreist.

Dann das Wohnzimmer. Ebenso ordentlich und öde. Eine scheußliche Sitzgruppe aus einem graubraunen strapazierfähigen Kunststoff. Großer Fernseher, Bücherregal mit Nippesfiguren. Bilder mit Meeresmotiven.

In der Küche dieselbe triste Muffigkeit. An den Wänden Kalender und grelle Landschaften. Mit einem Handtuch bedecktes Geschirr im Trockengestell. Fast leerer Kühlschrank. Kränkelnde Topfblume auf dem Tisch.

Dann noch das Badezimmer. Auch eine Alternative, die er für sich selber für möglich halten würde. Langsam im heißen Wasser zu verdämmern. Wie Seneca. Nicht wie Marat.

Er schaltete das Licht ein.

Er konnte fast das Lächeln des Mörders ahnen; wie ein ausdauerndes halbironisches Spiegelbild in den blanken dunkelblauen Wandfliesen. Als habe der andere gewusst, dass er diesen Raum bis zuletzt aufheben würde. Als habe er eine Zeit lang mit dem Gedanken gespielt, für diesen eifrigen Kriminalbullen eine Mitteilung zu schreiben und sie hier zu hinterlassen, als habe er davon jedoch abgesehen, weil ja doch schon ganz klar war, wer bei diesem sinnlosen Wettstreit den Kürzeren ziehen würde.

Van Veeteren seufzte und betrachtete einen Moment im Spiegel über dem Waschbecken sein Gesicht. Es war kein sonderlich aufmunternder Anblick – so eine Art Mittelding zwischen dem Glöckner von Notre Dame und einem traurigen Bluthund. Wie immer, mit anderen Worten, nur noch etwas schlimmer.

Er knipste das Licht aus und ging wieder in die Diele. Blieb für einen Moment stehen und stellte fest, dass der Postkorb auf der Innenseite der Tür leer war. Was doch bedeuten musste, dass der andere erst vor kurzer Zeit verschwunden war. Vermutlich hatte er diese öde und ordentliche Wohnung erst vor einigen Stunden verlassen.

Dass er nur kurz etwas erledigen wollte, war sicher ausgeschlossen. Alles in dieser Wohnung wies auf eine Reise hin. Die mindestens einige Tage dauern sollte.

Oder war er für immer verreist? Vielleicht war das sogar ein gutes Zeichen? Wieder leuchtete ein kleiner Hoffnungsfunken auf. Hatte denn überhaupt jemand behauptet, er müsse es in seiner eigenen Wohnung erledigen?

Niemand, soweit er das beurteilen konnte.

Er ging wieder ins Treppenhaus und schloss die Tür. Warum hatte er die offen gelassen?

Damit Van Veeteren seine Hausdurchsuchung vornehmen könnte? Und wozu hätte diese dann gut sein sollen?

Oder hatte er das Abschließen einfach vergessen?

»Herr Van Veeteren?«

Er zuckte zusammen. Hatte nicht gemerkt, dass die Tür zu einer der Nachbarwohnungen vorsichtig geöffnet wurde. Ein rotgelockter Frauenkopf schaute heraus.

»Sie sind doch Herr Van Veeteren, oder? Er hat gesagt, dass Sie um diese Zeit kommen wollten.«

Van Veeteren nickte.

»Ich soll Ihnen ausrichten, dass er Sie leider nicht treffen kann, er ist nämlich ans Meer gefahren.«

»Ans Meer?«

»Ja. Er hat eine Nachricht für Sie hinterlassen. Bitte sehr!«

Sie reichte ihm einen weißen Briefumschlag.

»Vielen Dank«, sagte Van Veeteren. »Hat er sonst noch etwas gesagt?«

Die Frau schüttelte den Kopf.

»Nein, was hätte er denn sagen sollen? Entschuldigen Sie mich bitte, ich habe einen Kuchen im Ofen.«

Sie schloss die Tür.

So, dachte Van Veeteren und starrte den Briefumschlag an.

Er öffnete ihn erst in einem Straßencafé, das in derselben Straße lag. Während er ihn noch in der Hand hielt und auf die Kellnerin wartete, dachte er daran, was Mahler am vergangenen Abend gesagt hatte.

Wenn man etwas unternimmt, so muss das im richtigen Moment geschehen. Was dass dann ist, ist nicht so wichtig. Ein wenig überspitzt, natürlich, aber vielleicht stimmte es wirklich, dass der Zeitaspekt bei allen Handlungen das ausschlaggebende Element war? Man konnte auf jeden Fall nicht davon absehen, das stand fest.

Sein Bier wurde gebracht. Er trank einen Schluck und öffnete den Umschlag. Zog ein zusammengefaltetes Blatt Papier hervor und las:

Pension Florian
Behrensee

Er trank noch einen Schluck.

Das Meer, dachte er. Ja, das wäre natürlich eine Möglichkeit.

XI

25. November 1981

41

Wieder Nacht.

Wieder wach. Am Vortag war das Urteil gefallen, und ihre letzte Hoffnung war erloschen, wie eine Kerze im Sturm.

Schuldig.

Verhaven wieder schuldig gesprochen worden. Sie macht sich am Glas zu schaffen. Trinkt einen Schluck schales Mineralwasser und schließt die Augen. Kehrt ihre Gedanken immer wieder um. Was leitet dieses unbegreifliche Schicksal? Was bringt sie dazu, Stand zu halten? Statt einfach loszulassen und sich widerstandslos fallen zu lassen?

Dieses wahnwitzige Schweigen zu brechen und in der Finsternis zu versinken? Was?

Andrea, natürlich.

Andrea. Beim vorigen Mal war sie zwei Jahre alt, jetzt ist sie heiratsfähig. Eine reife Frau. Die Frau, zu der ihre Mutter nie geworden ist; es gibt in allem eine klare Linie und eine erbarmungslose schwarze Logik, gegen die sie sich nicht wehren kann. Eine Vorsehung, denkt sie.

Aber gebe Gott, dass aus der Sache mit diesem Juhanis endlich etwas wird.

Gebe Gott, dass sie sich bald entscheiden und dass er sie von hier fortholt.

Das gebe Gott.

Wann?

Wann ist die erste glasklare Ahnung diesmal durch sie hindurchgejagt?

Am selben Tag? An diesem verregneten Nachmittag im September, als Herr Nimmerlet den Leichnam entdeckt hat?

Vielleicht. Vielleicht wusste sie es sofort. Und hat es verdrängt und die Tür verschlossen. Hat sofort zu ihrer verqueren Ausflucht gegriffen und sie mit Haut und Haaren verschlungen; er war doch an diesem Tag gar nicht in der Stadt gewesen. Er war mit der defekten Säge nach Ulming gefahren, sie hatte das im Kalender überprüft, es musste an dem Tag gewesen sein ... und unterwegs hatte er bei Morrisons vorbeigeschaut, nur waren die nicht zu Hause gewesen. Das alles hatte er ihr erzählt, und sein Verhalten oder sein Auftreten waren wie immer gewesen. Ganz normal.

Und die Säge war nicht mehr zu reparieren gewesen, aber natürlich hatte er sich erkundigt, und da Ulming und Maardam mehrere Dutzend Kilometer auseinander liegen, kann er es nicht gewesen sein. Nicht diesmal; diesmal war es Verhaven, es muss Verhaven gewesen sein.

Schuldig!

Und doch ahnt sie, dass es nicht stimmt.

Liegt in ihrem großen Bett im frisch renovierten Schlafzimmer und weiß es. Und ist von diesem schwarzen Wissen noch fester gebunden. An ihn und an das Schweigen, so kommt es ihr vor; noch bitterer, stärker und deutlicher als je zuvor in diesen überreizten, schlaflosen Nachtstunden.

Er und sie. Ehemann und Ehefrau.

Aber nie Mann und Frau. Nicht seit Andreas Geburt. Während dieser vielen Jahre sind sie nicht mehr beieinander gewesen. Sie hat ihren Schoß verschlossen und ihn ausgesperrt, so ist es passiert. So wurde dieser starke und gesunde Mann in einen verwandelt, der zu den Nutten geht. In einen verheirateten Mann, der jeden Monat mit dem Auto in die Stadt fährt, um seine gequälten Triebe mit gekaufter Liebe zum Schweigen zu bringen.

Dazu hat sie ihn gemacht.

Und zu einem Mörder.

Er und sie. Dieses unausweichliche Wissen. Aber die Wahl, hat sie denn jemals eine Wahl gehabt?

Nein, denkt sie und schluckt auch das. Eine Wahl habe ich nie gehabt.

Sie setzt sich auf. Wischt sich mit dem Handrücken den kalten Schweiß von der Stirn. Versucht ihre Schultern zu entspannen und tief und ruhig durchzuatmen, während sie aus dem Fenster schaut. Über die dunkle dunkle Silhouette des Tannenwaldes, der sich vor dem Osthimmel abzeichnet.

Gott, denkt sie. Kann das jemand verstehen?

Kannst du das?

Sie faltet die Hände, aber die Worte des Gebets sind weiterhin in ihr gefangen.

Ich nehme die Strafe auf mich, denkt sie. Bestrafe mich für mein Schweigen. Lass mich für immer im Bett liegen! Lass mich ... ja, genau das. Lass mich mit diesen schleppenden Schritten durch dieses Haus aufhören, das mein Zuhause und mein Gefängnis ist. Lass mich hier bleiben.

Möge mein lädiertes Becken für alle Zeit zerbrechen.

Sie lässt sich wieder auf die Kissen zurückfallen und weiß plötzlich, dass es so kommen wird. Genau so.

Und möge es trotz allem eine Art Sinn geben. Am Ende kommen dann auch die Worte über ihre Lippen. Möge ... möge meine unergründliche Finsternis zum Licht meiner Tochter werden, flüstert sie in die Nacht hinaus. Ich bitte nicht um Vergebung! Ich bitte nicht um Verzeihung! Ich bitte um nichts. Gott strafe mich!

Danach nickt sie wieder ein und fast wie eine Antwort jagen die Schmerzenspfeile durch ihren Leib.

XII

29. – 31. Mai 1994

42

Der Regen hatte ihn fast auf der ganzen Fahrt begleitet, doch als er die Küste erreichte, besserte sich das Wetter. Die untergehende Sonne durchbrach hinten am Horizont die Wolken und ließ Lichtbündel über das kabbelige Meer jagen. Die Luft roch salzig und frisch, als er aus dem Auto ausstieg, und er blieb einige Sekunden stehen und sog sie in tiefen Zügen ein. Über dem Wasser segelten Möwen und füllten die Bucht mit ihrem selbstsicheren, gedehnten Geschrei.

Das Meer, dachte er noch einmal.

Am Strand zwischen den beiden Anlegern – er war nicht lang, höchstens einen Kilometer – waren nach dem Regen nun Menschen aufgetaucht. Einige Hunde jagten einander, Jugendliche spielten Volleyball, ein Fischer ordnete seine Netze. Er konnte sich nicht sofort erinnern, wann er diesen verschlafenen Badeort mit seinem altmodischen Charme zuletzt besucht hatte; die Glanzzeit mit Kasino und Kurhotel war irgendwann in den zwanziger Jahren gewesen, wenn er sich nicht irrte – aber bestimmt war er schon zweimal hier gewesen … immer nur einige Tage lang, aber Behrensee war so klein, dass er sich sofort an den Weg zur Pension Florian erinnern konnte.

Im Grunde gab es kaum mehr als die Prachtstraße hinter der Strandpromenade, deshalb hätte er sich wohl ohnehin nicht verlaufen können. Aber er hatte das Bild ja noch in Erinnerung.

Eine alte Jugendstilfassade am Südende der Reihe von Hotels und Läden. Eingeklemmt zwischen einem ziemlich neuen Supermarkt und dem ein wenig verwahrlosten Sea Horse, in dem er selber bei einem seiner kurzen Aufenthalte gewohnt hatte.

Wenn seine Erinnerung ihn nicht trog, natürlich nur.

Das tat sie nicht. Ein schmales, aber fünf Stock hohes weißes und rosa Gebäude. Kupferdach, das noch ein wenig in den letzten Sonnenstrahlen glühte und Balkons in tiefem Weinrot. Hier und dort ein wenig ramponiert, aber sicher keins der billigeren Etablissements in dieser angekratzten Idylle.

Er ging durch die milchweißen Glastüren. Stellte vorsichtig seine Aktentasche auf den Boden und drückte auf den Klingelknopf neben der Rezeption. Nach einer halben Minute erschien eine Frau mittleren Alters, die ein Geschirrtuch in der Hand hielt. Offenbar war sie gerade mit dem Abwasch beschäftigt. Sie schaute ihn über ihren goldenen Brillenrand hinweg an und legte ihr Geschirrtuch weg.

»Ja?«

»Ich suche Arnold Jahrens. Wenn ich das richtig verstanden habe, dann wohnt er hier.«

»Mal sehen.«

Sie blätterte im Gästebuch.

»Ja, stimmt. Zimmer 53. Ganz oben. Sie können den Fahrstuhl nehmen.«

Sie stellte sich auf Zehenspitzen und zeigte über seine Schulter.

»Ist er jetzt da?«

Sie warf einen Blick auf das Schlüsselbrett.

»Ich glaube schon. Seinen Schlüssel hat er jedenfalls nicht abgegeben.«

»Ganz oben, haben Sie gesagt?«

»Ja.«

»Danke«, sagte Van Veeteren. »Ich muss nur schnell noch etwas erledigen und komme dann nachher wieder.«

»Wie Sie wünschen«, sagte die Frau und griff zu ihrem Geschirrtuch.

Er klopfte zweimal, aber darauf erfolgte keine Reaktion.

Er drückte auf die Klinke und die Tür öffnete sich.

Ein ganz normales Zimmer, stellte er fest. Aber mit einem gewissen ererbten Charme, zweifellos. Breites Bett mit Kopf- und Fußende aus Eisenrohren. Dunkle Täfelung weiter oben an den Wänden. Ein kleiner Schreibtisch. Zwei noch kleinere Sessel. Ein Kleiderschrank.

Links, gleich neben der Tür, lagen Toilette und Badezimmer. Da er sofort sehen konnte, dass das Zimmer leer war, stieß er die Toilettentür auf. Knipste das Licht an.

Auch hier war alles leer. Es gab übrigens keine Badewanne, sondern nur eine moderne Duschkabine, was nicht gerade ideal war, falls man sich das Leben nehmen wollte.

Er ging zurück ins Zimmer. Stellte die Aktentasche auf den Schreibtisch und fischte aus dem Lager in seiner Brusttasche einen Zahnstocher. Schaute sich um.

»Kommissar Van Veeteren, nehme ich an?«

Die Stimme kam vom Balkon und enthielt genau diesen unterdrückten Ton von Gelassenheit und Selbstsicherheit, vor dem er sich vielleicht am meisten von allem gefürchtet hatte.

»Herr Jahrens«, sagte er und ging auf den Balkon. »Darf ich mich setzen?«

Der kräftige Mann nickte und zeigte auf den freien Korbsessel auf der anderen Seite des Tisches.

»Ich muss schon sagen, für einen Polizisten scheinen Sie verflixt viel Fantasie zu haben. Ich begreife wirklich nicht, wie jemand sich eine solche Geschichte aus den Fingern saugen kann.«

Van Veeteren öffnete seine Aktentasche.

»Whisky oder Kognak?«, fragte er.

»Wenn Sie glauben, dass es Ihnen helfen könnte, mich betrunken zu machen, dann muss ich Sie enttäuschen.«

»Durchaus nicht«, sagte Van Veeteren. »Ich konnte nur kein Bier auftreiben.«

»Na gut.«

Er holte zwei Gläser aus dem Zimmer und Van Veeteren schenkte ein.

»Sie brauchen sich nicht zu verstellen«, sagte er. »Ich weiß, dass Sie drei Leben auf dem Gewissen haben, und ich werde dafür sorgen, dass Sie nicht ungeschoren davonkommen. Prost.«

»Prost«, sagte Jahrens. »Und wie wollen Sie das bewerkstelligen? Ich nehme an, dass Sie irgendwo ein kleines Mikrofon versteckt haben, das irgendwo mit einem Tonbandgerät verbunden ist, und dass Sie hoffen, ich werde mich im Suff versprechen. Ist das nicht ein bisschen billig? Werden Verhaftungen heutzutage so in die Wege geleitet?«

»Durchaus nicht«, sagte Van Veeteren. »Vor Gericht würde das keinen Bestand haben, aber das wissen Sie sicher. Nein, ich möchte Ihnen nur erzählen, wie ich die Sache sehe. Wenn Sie vor Tonbandgeräten und anderen Dingen Angst haben, können Sie ja einfach nur nicken oder den Kopf schütteln ... ich glaube, auch Sie empfinden ein gewisses Bedürfnis, diese Sache durchzusprechen.«

»Unsinn«, sagte Jahrens und kostete seinen Whisky. »Natürlich haben Sie mich neugierig gemacht. Nicht jeden Tag kann man sich die lockeren Schrauben der Polizei aus nächster Nähe ansehen.«

Er lachte und schüttelte eine Zigarette aus der Packung, die auf dem Tisch lag.

»Möchten Sie?«

»Danke.«

Van Veeteren ließ sich Zigarette und Feuer geben, dann sagte er: »Erzählen Sie von Leopold Verhaven.«

Arnold Jahrens lachte wieder und zog an seiner Zigarette. Schaute auf und blickte aufs Meer hinaus. Einige Sekunden verstrichen.

»Morgen gibt es gutes Wetter, glauben Sie nicht, Kommissar? Wollen Sie auch einige Tage hier verbringen?«

»Wie du willst«, sagte Van Veeteren und beugte sich über dem Tisch vor. »Ich kann die Geschichte erzählen, und du unterbrichst mich, wenn etwas unklar erscheint ... du hast drei Menschen ermordet, Beatrice Holden, Marlène Nietsch und Leopold Verhaven. Verhaven hat deinetwegen vierundzwanzig Jahre im Gefängnis verbracht. Du bist ein Schwein, lass dich von meinem freundlichen Benehmen nicht täuschen.«

In Jahrens' Wange zuckte ein Muskel zweimal, eine Antwort gab der Mann nicht.

»Das Einzige, was ich nicht richtig verstehe«, sagte Van Veeteren, »ist die Sache mit dem Motiv. Aber in groben Zügen bin ich mir auch da ziemlich sicher ... sag Bescheid, wenn ich mich irre, wie gesagt. Am 6. April 1962, einem Samstag, gehst du zu Verhavens Haus im Wald, weil du weißt, dass Beatrice Holden dort allein ist. Vermutlich hast du darauf gewartet, dass der Elektriker seine Arbeit beendet; und als du ihn auf seinem Rückweg in die Stadt gesehen hast, machst du dich auf den Weg. Du bist geil. Vor weniger als einer Woche hat Beatrice auf deinem Sofa gelegen, nackt unter einer Decke, und das ist mehr, als du ertragen kannst. Vermutlich hast du auch einen Blick unter die Decke geworfen, hast Beatrice vielleicht ein wenig begrapscht, während sie ihren Rausch ausschlief, und während deine kranke Frau nichts ahnend im ersten Stock im Bett lag. Vielleicht hast du auch die Hände zwischen ihre Beine geschoben ... zwischen Beatrice Holdens Beine, da willst du schließlich hin. Zu einer warmen und geilen und attraktiven Frau, ganz anders als deine Gattin, die ganz kalt da oben liegt und dich niemals zu sich lässt ...«

Arnold Jahrens trank einen Schluck, verzog aber keine Miene.

»Du kommst zum Großen Schatten und da ist sie. Ganz allein. Verhaven ist in Maardam und wird erst in einigen Stunden zurückkehren. Du kannst also einfach zugreifen. Einfach zu ihr gehen, ein paar nette Worte sagen, ihr die Hose herunterziehen und loslegen. Warum wollte sie nicht, Jahrens? Sag mir das! Warum durftest du nicht zwischen Beatrice Holdens Beine, wo sie doch sonst immer so willig war? Hatte sie dir das nicht in der Nacht, als du dich um sie gekümmert hast, sogar halbwegs versprochen? Oder hattest du das einfach missverstanden?«

Jahrens hustete.

»Was für eine Fantasie«, sagte er und leerte sein Glas. »Wer hier pervers ist, das sind Sie, Kommissar, nicht ich.«

»Das war eine Schande, nicht wahr? Hast du das nicht so empfunden?«

»Was denn?«

»Dass du nicht mit Beatrice Holden schlafen durftest. Dass dieses Schwein Leopold Verhaven zum Zug kam, du aber nicht ... dieser lächerliche Drecksjunge, den du seit eurer Schulzeit verachtet hast. Leopold Verhaven! Noch dazu ein Betrüger! Der Eierhändler aus dem Großen Schatten! Ein elender Wicht, über den du dir immer erhaben vorgekommen bist ... und der jetzt mit dieser tollen Frau zusammenlebt, während du, du einen großen Hof erheiratet hast, einen der Reichsten von ganz Kaustin, aber um welchen Preis! Der Preis ist deine eingetrocknete Gattin, die dich niemals zu sich lässt, und jetzt stehst du da, an diesem Samstag, und auch Beatrice Holden lässt dich nicht zu sich ... vielleicht lacht sie dich ja sogar aus und droht, Verhaven zu erzählen, was du für ein hilfloser Bock bist.«

Er legte eine kurze Pause ein. Jahrens drückte seine Zigarette aus und schaute wieder aufs Meer.

»Bitte, sag mir doch, ob irgendein Detail meiner Rekonstruktion nicht stimmt«, sagte Van Veeteren und ließ sich im Sessel zurücksinken.

»Bisher also alles korrekt? Ja, das hatte ich mir schon gedacht«, stellte Van Veeteren zufrieden fest. »Vielleicht möchtest du jetzt weitererzählen? Wie du sie vergewaltigt und erwürgt hast … oder war das andersherum?«

»Ich werde Ihre Vorgesetzten über dieses Gespräch informieren«, sagte Jahrens nach einigen Sekunden. »Und zwar schon morgen früh.«

»Sehr schön«, sagte Van Veeteren. »Noch einen Schluck Whisky?«

Wortlos griff Jahrens zur Flasche und schenkte sich nach. Van Veeteren hob sein Glas, aber sein Gastgeber würdigte ihn keines Blickes. Sie tranken schweigend.

»Nummer zwei«, sagte Van Veeteren dann. »Marlene Nietsch.«

Jahrens hob die Hand.

»Nein, danke«, sagte er. »Es reicht jetzt. Bitte, scheren Sie sich mit Ihren verdammten Einbildungen zum Teufel. Ich habe Wichtigeres zu tun als …«

»Kommt nicht in Frage«, fiel Van Veeteren ihm ins Wort. »Ich bleibe hier.«

Jahrens schnaubte und sah zum ersten Mal ein wenig ratlos aus. Wird aber auch Zeit, dachte Van Veeteren.

»Na gut. Entweder versprechen Sie mir, in spätestens einer halben Stunde von hier verschwunden zu sein oder ich hole die Polizei.«

»Ich bin die Polizei«, teilte Van Veeteren freundlich mit. »Wäre es nicht besser, Sie holten einen Anwalt? Einen guten Anwalt … Sie haben zwar trotzdem keine Chance, aber es ist immer ein besseres Gefühl, alles Menschenmögliche versucht zu haben, glauben Sie mir.«

Jahrens steckte sich eine neue Zigarette an, schien aber das Telefon nicht anrühren zu wollen. Van Veeteren stand auf und schaute aufs Meer hinaus. Die Sonne war schon vor einiger Zeit hinter dem Horizont versunken und blaue Dämmerung senkte sich über den Strand. Einige Minuten lang stützte er sich mit den Händen auf das niedrige Geländer und wartete auf irgendeine Bemerkung von Jahrens, die jedoch nicht erfolgte.

Der saß einfach in seinem Korbsessel. Nippte an seinem Whisky und rauchte, und Van Veeterens Anwesenheit schien ihm nun wieder egal zu sein.

Vielleicht hatte er sich ja niemals irgendwelche Sorgen gemacht. Nicht einmal für einen Moment.

Also machen wir weiter, dachte Van Veeteren und setzte sich dem anderen gegenüber.

Er goss die letzten Tropfen aus der Flasche und hielt sie über den Tisch.

»Hält ja nicht lange«, sagte er und Jahrens lachte.

Es war jetzt wirklich dunkel. Die kleine Lampe an der Balkonecke konnte ihr Licht nicht sehr weit leuchten lassen. Während der vergangenen halben Stunde war Arnold Jahrens zu einer mehr oder weniger bewegungslosen Kontur geworden. Zu einer dunklen Silhouette, deren Gesicht im Schatten lag, weshalb Van Veeteren nicht mehr sehen konnte, welche Wirkung seine Worte und Anstrengungen hatten. Wenn sie denn eine hatten.

»Und Sie wollen also nicht erzählen, wo Sie seinen Kopf vergraben haben? Ist das nicht ein bisschen gemein, was meinen Sie? In Dantes Inferno würden Sie nicht sehr weit oben landen, das ist Ihnen doch bewusst?«

Er war wieder zu der formelleren Anredeform zurückgekehrt; er wusste nicht so recht, warum, vielleicht hing es nur mit dem Alkohol und der Dunkelheit zusammen.

Jahrens gab keine Antwort.

»Wie wird Ihre Tochter reagieren, was glauben Sie?«

»Worauf? Auf Ihre lächerlichen Unterstellungen?«

»Lächerlich? Glauben Sie wirklich, dass sie lachen wird?«

Jahrens lachte noch einmal, als wolle er wissen, ob in dieser Lage ein Lachen überhaupt angebracht sei.

»Ihre Frau fand das jedenfalls nicht gerade witzig.«

Jahrens entfuhr ein Schnauben. Aus dem ein ziemlicher Betrunkenheitsgrad herauszuhören war, fand Van Veeteren, und er beschloss sofort, auf dieses Urteil und diesen Umstand zu bauen. Jetzt, dachte er. Jetzt geht es aufs Ganze. Außerdem war er inzwischen auch selber alles andere als klar im Kopf; sie hatten zweifellos einiges gepichelt, und endlos viel Zeit blieb ihnen nicht mehr.

»Möchten Sie das vielleicht herausfinden?«, fragte er.

»Was denn?«

»Wie Ihre Tochter auf das alles reagiert.«

»Was, zum Teufel, soll das denn heißen?«

Van Veeteren zog die kleine Nadel aus seinem Revers und hielt sie zwischen Daumen und Zeigefinger.

»Wissen Sie, was das hier ist?«

Jahrens schüttelte den Kopf.

»Ein Sender. Wie Sie anfangs angenommen haben ...«

»Spielt doch keine Rolle, zum Henker«, fiel Jahrens ihm ins Wort. »Sie wissen sehr gut, dass ich Ihnen nicht im geringsten Punkt zugestimmt habe.«

»Das glauben Sie«, sagte Van Veeteren. »Vielleicht werden Sie das anders sehen, wenn Sie das Band gehört haben. Das ist oft so.«

»Blödsinn«, sagte Jahrens und griff nach einer weiteren Zigarette. »Was hat das mit meiner Tochter zu tun? Wollen Sie ihr die Aufnahme vorspielen?«

»Ist nicht nötig«, sagte Van Veeteren und brachte die Nadel vorsichtig wieder an.

»Ist nicht nötig? Und was soll das heißen?«

Jahrens ließ die Zigarette los und glotzte. Van Veeteren erhob sich.

»Diese Zimmer«, sagte er und streckte in beide Richtungen die Hände aus. »Nr. 52 und Nr. 54, meine ich ...«

Jahrens packte die Armlehne und versuchte aufzustehen.

»Was zum Teufel …«

»In 52 sitzen drei Polizisten mit einem Tonbandgerät. Sie haben jedes Wort unserer kleinen Plauderei mitbekommen. Und nicht eine Nuance verpasst, das kann ich Ihnen sagen. Im anderen Zimmer …«

Er zeigte hinüber.

»Im anderen sitzen Ihre Tochter Andrea und deren Mann.«

»Was zum Teufel …«

Van Veeteren ging zum Geländer und zeigte noch einmal.

»Wenn Sie herkommen, können Sie sie sogar sehen, wenn Sie sich ein wenig vorbeugen …«

Arnold Jahrens stand sofort neben ihm, und danach dauerte es nicht mehr lange, bis alles vorüber war. Und doch wusste Van Veeteren, dass dieser kurze Moment ihn in allen düsteren Nächten seines Lebens verfolgen würde.

Und vielleicht auch noch länger.

Als er zu seinem Wagen zurückging, merkte er, dass er um einiges betrunkener war, als er gedacht hatte, und dass er in diesem Zustand natürlich nicht fahren konnte. Er riss sich Bart und Perücke herunter, stopfte beides in eine Plastiktüte und verstaute diese bis auf weiteres unter dem Vordersitz. Dann legte er sich auf dem Rücksitz unter die Decke und wünschte sich eine gute und traumlose Nacht.

Fünf Minuten später schlief er wie ein Stein, und als Krankenwagen und Polizei anrückten, nahm er weder die Sirenen noch die lauten Stimmen wahr.

Und niemand achtete auf den leicht ramponierten Opel, der ein wenig nachlässig zwei Straßen weiter im Norden der Pension Florian geparkt worden war. Und warum hätte auch irgendwer darauf achten sollen?

43

»Hast du das gesehen?«, fragte Jung und reichte ihm die Zeitung. »Hast du den nicht interviewt?«

Rooth schaute auf das Foto.

»Sicher. Was ist ihm denn passiert?«

»Ist aus dem fünften Stock gefallen. Oder vielleicht gesprungen. Unfall oder Selbstmord, das ist hier die Frage. Wie war er denn so?«

Rooth zuckte mit den Schultern.

»Wie die meisten. Eigentlich ganz sympathisch, fand ich. Immerhin hat er mir Kaffee angeboten.«

Reinhart nahm in der Kantine gegenüber von Münster Platz.

»Guten Morgen«, sagte er. »Wie geht's?«

»Was ist denn jetzt los?«, fragte Münster.

Reinhart säuberte über dem Aschenbecher seine Pfeife und fing an, sie zu stopfen.

»Darf man eine einfache Frage stellen?«

Münster legte das Neue Blatt beiseite.

»Du kannst es ja immerhin versuchen.«

»Hrrm«, sagte Reinhart und beugte sich über den Tisch. »Du warst nicht zufällig vorgestern Abend in Behrensee?«

»Durchaus nicht«, sagte Münster.

»Der Kommissar vielleicht?«

»Kann ich mir nicht vorstellen. Der ist doch noch immer krankgeschrieben.«

»Sicher, das schon«, sagte Reinhart. »War auch nur so eine Idee von mir.«

»Was du nicht sagst«, sagte Münster.

Er vertiefte sich wieder in seine Zeitung, und Reinhart steckte sich die Pfeife an.

Hiller klopfte und kam herein. DeBries und Rooth blickten vom Protokollschreiben auf.

»Draußen in Behrensee hat es offenbar einen Unglücksfall gegeben«, sagte der Polizeichef und fuhr sich über das Kinn. »Meint ihr, wir sollten uns das näher ansehen?«

»Sicher nicht«, sagte deBries. »War doch ein reiner Unfall. Darum können die Kollegen da draußen sich selber kümmern.«

»Na gut, ich wollte nur mal eure Meinung hören. Jetzt könnt ihr weiterarbeiten.«

Ebenfalls, dachte deBries und wechselte mit Rooth einen Blick.

»Du weißt, dass es zwei Anrufe gegeben hat?«, fragte Rooth, nachdem der Polizeichef die Tür geschlossen hatte.

»Nein«, sagte deBries. »Was denn für Anrufe?«

»Anonyme. Aus Kaustin. Und von zwei verschiedenen Personen ... einem Mann und einer Frau, sagt Krause.«

DeBries schaute auf und biss in einen Kugelschreiber.

»Und was sagen die?«

»So ungefähr dasselbe. Dass dieser Jahrens etwas mit den Morden zu tun hatte. Den Verhavenmorden, meine ich. Sie hatten immer schon das Gefühl, wollten aber nichts sagen. Ja, das behaupten sie auf jeden Fall.«

DeBries dachte nach.

»Ja verdammt«, sagte er dann. »Und auf diese Weise hat er nun doch seine Strafe erhalten, meinst du?«

»Kann schon sein«, sagte Rooth. »Aber wahrscheinlich haben wir es mit Verrückten zu tun, die sich wichtig machen wollen. Und wie auch immer, uns kann das nun wirklich egal sein.«

DeBries schwieg einige Sekunden. Dann zuckte er mit den Schultern.

»Richtig, der Fall ist ja eingestellt worden, wenn ich das richtig verstanden habe. Komische Geschichte ... finde ich zumindest. Aber wir haben ja auch sonst alle Hände voll zu tun.«

»Mehr als nur die Hände«, sagte Rooth.

»Darf man Platz nehmen?«, fragte Mahler und setzte sich auf den freien Stuhl. »Warum sitzt du eigentlich hier?«

»Ich sitze, wo ich will«, erklärte Van Veeteren. »Ich bin krankgeschrieben, und das Wetter ist gar nicht schlecht. Ich schau gern zu, wie sich andere Leute in ihren Laufrädern abstrampeln ... und außerdem habe ich ein Buch, in dem ich blättern kann.«

Mahler nickte verständnisvoll.

»Ist vielleicht nicht das Richtige für Sonnenschein.«

Er schaute über den Platz hinaus und winkte einer Kellnerin.

»Zwei Dunkle«, sagte er.

»Man dankt«, sagte Van Veeteren.

Sie warteten auf das Bier, tranken einander zu und ließen sich zurücksinken.

»Na, wie ist das gelaufen?«, fragte Mahler.

»Was denn?«

»Red keinen Unsinn«, sagte Mahler. »Ich hab dir schließlich ein Bier und eine Gedichtsammlung ausgegeben, zum Teufel.«

Van Veeteren trank noch einen Schluck.

»Schon wahr«, sagte er. »Und jetzt ist es jedenfalls vorbei.«

»Er konnte also dem Druck nicht standhalten?«

Der Kommissar dachte kurz nach.

»Ganz recht«, sagte er dann. »Poetischer lässt sich das einfach nicht ausdrücken.«

XIII

19. Juni 1994

44

Auf dem Friedhof von Kaustin standen Linden und Ulmen und vereinzelt auch Rosskastanien, deren ausufernde Wurzelsysteme dem Friedhofsgärtner Maertens, wenn er mit dem Spaten darauf stieß, immer wieder ein lautes Fluchen entlockten. An diesem Sommersonntag jedoch hatte er – wie die anderen, die das frisch geöffnete Familiengrab umstanden – allen Grund, anders zu denken. Den dichten Kronen, die während der schlichten Beisetzungszeremonie Schatten und zumindestens eine gewisse Kühlung schenkten, Dankbarkeit entgegenzubringen.

Wenn sie unter der brennenden Sonne gestanden hätten, hätte es durchaus zu einer Ohnmacht kommen können.

Sie waren nur zu siebt. Und drei waren beruflich anwesend, Maertens selber, Kantor Wolff und Pastor Kretsche. Die anderen waren Frau Hoegstraa, diese alte Schwester, der sicher auch nicht mehr viele Jahre blieben, und zwei Polizisten aus Maardam, die vor einigen Wochen hier herumgeschnüffelt hatten, wobei aber natürlich nichts herausgekommen war. So war es nun einmal. Leopold Verhaven war unter der Erde. Zumindest ein großer Teil von ihm; natürlich waren die fehlenden Körperteile nie gefunden worden. Sollten sie jemals auftauchen, könnten sie sie ja immer noch ins Grab stopfen … manchmal konnte man sich fragen, was die Polizei eigentlich den ganzen Tag machte. Und wofür sie bezahlt wurde.

Aber auch das war nun einmal so. Er hatte keine Lust, sie zu fragen. Wartete eigentlich nur darauf, dass Kretsche zum Ende kam, damit er die Schotten dicht machen und sich zu Hause im Fernsehen das Fußballländerspiel ansehen konnte.

Der Pastor sprach über Unergründlichkeit. Über die alles überwindende Liebe und Gnade des Herrn. Und über Vergebung.

Ja, was, zum Teufel, sollte er auch sonst sagen? Maertens seufzte und lehnte sich diskret an einen Ulmenstamm. Schloss die Augen und spürte einen leichten Wind, der jetzt über den Friedhof strich, er war kaum zu bemerken und schenkte auch keine Kühlung. Vor seinem inneren Auge sah er ein großes, beschlagenes Bierglas in seiner Hand vor dem Fernseher.

Eija, wären wir da, dachte er und fragte sich, woher zum Henker ihm dieser Spruch gekommen war. War vielleicht aus der Bibel; in seinem Beruf war es unvermeidbar, dass er in dieser Hinsicht so einiges aufschnappte.

Er öffnete die Augen und betrachtete die Gruppe. Frau Hoegstraa trug einen Trauerflor, sah verbissen aus und vergoss nicht eine Träne. Kretsche redete und redete, wie immer. Wolff schien auch fast zu schlafen. Der ältere Polizist schwitzte ziemlich heftig und fuhr sich ab und zu mit einem bunten Taschentuch durchs Gesicht. Der jüngere schien über irgendetwas nachzudenken, was immer das nun sein mochte.

Wenn die nun auch dafür bezahlt wurden, dass sie hier herumstanden! Ihn würde das nicht überraschen.

»... am Jüngsten Tag. Amen«, sagte der Pastor, dann war es vorbei.

Ruhe in Frieden, Leopold Verhaven, dachte Maertens und hielt Ausschau nach einem Spaten.

»Ich habe mir ein paar Gedanken gemacht«, sagte Münster, als sie ihre Autos erreicht hatten.

»Lass hören«, sagte Van Veeteren.

»Tja«, sagte Münster. »Erstens wüsste ich gern, wie der Kommissar festgestellt hat, dass er es war. Jahrens, meine ich.«

»Hrrm«, sagte Van Veeteren. »Die Rollstuhlrampe bei Czermaks, natürlich. Und diese Frau mit dem Stock, im Gefängnis. Ich habe das vielleicht nicht sofort miteinander in Verbindung gebracht, aber einen Zusammenhang musste es doch geben. Etwas, das ein Glöckchen zum Bimmeln gebracht hat.«

»Aber Frau Jahrens war doch schwerstbehindert. Konnte auch mit Stöcken nicht gehen.«

Van Veeteren fächelte sich mit einer Zeitung Luft zu.

»Nicht alles ist so, wie es aussieht, Polizeirat. Ich dachte, da wären wir uns einig?«

»Und was mag das wohl bedeuten?«, fragte Münster.

»Dieses und jenes«, erwiderte der Kommissar und schaute zum Friedhof hinüber. »Dass die Wurzel oder die Quelle des Bösen nicht immer da liegt, wo wir sie zu finden erwarten, zum Beispiel. Leopold Verhavens Schicksal – ich hoffe wirklich, dass er irgendwann in der Zukunft rehabilitiert werden kann – hatte doch fast nichts mit ihm selber zu tun. Er wurde zur unfreiwilligen Hauptperson in einem Drama, eines stummen, verbitterten und besinnungslosen Dramas zwischen dem Ehepaar Jahrens. Absolut unschuldig wird er zum Sündenbock auserkoren und muss fast ein Vierteljahrhundert im Gefängnis verbringen … kein Wunder, dass er danach ein wenig eigen war! Als Frau Jahrens sich endlich zur Beichte entscheidet, führt das nur zu Verhavens Tod. Das ist einfach zu übel, Münster, aber vielleicht gibt es in allem doch eine Art seltsamer Logik. Ich habe fast das Gefühl, schallendes Gelächter aus der Unterwelt zu hören, wenn du verstehst, was ich meine …«

Er schaute in den hellen Sommerhimmel mit den Federwölkchen hoch.

»Sogar an einem solchen Tag«, sagte er.

Sie schwiegen eine Weile.

»Und Marlene Nietsch?«, fragte Münster.

»Ein Zufall, glaube ich«, sagte Van Veeteren. »Er hatte sie wohl in der Stadt gesehen und wusste, wie sie aussah, und an dem Tag fuhr er an ihr vorbei, als Verhaven sie gerade verlassen hatte. Vermutlich ließ er sie einfach in seinen Wagen einsteigen und dann nahmen die Dinge ihren Lauf. Sie wollte nicht und er wurde gewalttätig. Ich nehme jedenfalls an, dass es so war, obwohl es natürlich noch viele andere vorstellbare Varianten gibt.«

»Und die Reste? Von Verhaven, meine ich.«

Der Kommissar zuckte mit den Schultern.

»Keine Ahnung, sind irgendwo vergraben, fast hoffe ich, dass es auch so bleibt. Stell dir vor, sie werden in hundert Jahren gefunden und führen zu neuen Ermittlungen. Ab und zu habe ich das Gefühl, dass das hier eine unendliche Geschichte werden wird.«

Münster nickte und öffnete die Wagentür.

»Aber jetzt reicht es auf jeden Fall«, sagte er. »Ich muss nach Hause und packen. Wir fahren morgen.«

»Italien?«, fragte Van Veeteren.

»Ja. Zwei Wochen in Kalabrien und eine in der Toscana. Wann macht der Kommissar Urlaub?«

»Im August«, sagte Van Veeteren. »Ich bin ja kaum wieder in Gang gekommen, aber das ist ja auch vielleicht nicht nötig. Der Juli in Maardam ist meistens ein schöner Monat. Ruhig und friedlich ... alle Idioten sind schließlich verreist. Nimm das aber nicht persönlich.«

»Wie würd ich denn«, sagte Münster. »Mach's gut.«

»Mach's gut«, sagte Van Veeteren. »Pass gut auf deine schöne Frau auf ... und natürlich auch auf die Kinder. Und im September ist wieder Badminton angesagt.«

»Aber sicher«, sagte Münster.

Noch einmal fuhr er den Weg zum Großen Schatten hoch. Verließ jedoch nicht sein Auto. Betrachtete nur das überwucherte Haus, rauchte eine Zigarette und trommelte mit den Fingern auf dem Lenkrad herum.

Was für eine schreckliche Geschichte, dachte er.

Und jetzt waren alle Beteiligten tot. Wie in einer Shakespeare-Tragödie. Beatrice Holden und Marlene Nietsch. Arnold und Anna Jahrens. Und Verhaven selber, natürlich.

Aber die Gerechtigkeit war immerhin wiederhergestellt. So weit wie möglich zumindest. Die Nemesis hatte ihre Pflicht getan. So musste man das wohl sehen.

Und wer war noch übrig?

Verhavens alte Schwester, die bei der ganzen Sache keine Rolle gespielt hatte.

Andrea Jahrens oder Välgre, wie sie derzeit hieß. Die Tochter mit den zwei Kindern.

Die einzigen Überlebenden, könnte man wohl sagen; Frau Hoegstraa würde sicher auch bald unter die Erde kommen.

Überlebende und gänzlich Unwissende. Es gab natürlich auch keinen Grund, ihnen irgendetwas zu erzählen.

Auf die Idee würde er nie kommen.

Nie.

Und als er nun zum letzten Mal langsam durch den Ort fuhr, der in verräterisch schönem Sommerschlummer versunken war, dachte er daran, was er zu Münster gesagt hatte.

Nicht alles ist so, wie es aussieht.

Kaustin – das Mörderdorf.

Danach überlegte er sich, dass er dem Kollegen nicht die ganze Wahrheit gesagt hatte. Der wahre Grund, aus dem er an jenem Tag zu Czermaks gegangen war, war natürlich nicht, dass ihm die Rollstuhlrampe aufgefallen wäre – das war gewissermaßen eine Gratiszugabe gewesen. Nein, die Ursache war um einiges prosaischer, und jetzt verspürte er genau dasselbe Symptom.

Er hatte Durst gehabt.

Aber, dachte er mit plötzlich auflodernder und schnell erlöschender Munterkeit, und mit dem klaren Risiko, sich gar zu oft zu wiederholen: Schließlich ist nicht alles so, wie es aussieht.

Dann beschleunigte er sein Tempo und dachte an die Grenze, die er nun endlich überschritten hatte.